高博洋 著

我消失的影子

MOURN FOR THE PAST

广西师范大学出版社
·桂林·

我消失的影子
WO XIAOSHI DE YINGZI

图书在版编目（CIP）数据

我消失的影子 / 高博洋著. --桂林：广西师范大学出版社，2020.12
 ISBN 978-7-5598-3311-2

Ⅰ. ①我… Ⅱ. ①高… Ⅲ. ①幻想小说－中国－当代 Ⅳ. ①I247.5

中国版本图书馆 CIP 数据核字（2020）第 195904 号

广西师范大学出版社出版发行

（广西桂林市五里店路 9 号　邮政编码：541004）
　网址：http://www.bbtpress.com
出版人：黄轩庄
全国新华书店经销
湛江南华印务有限公司印刷
（广东省湛江市霞山区绿塘路 61 号　邮政编码：524002）
开本：889 mm×1 194 mm　1/32
印张：10　　　字数：223 千
2020 年 12 月第 1 版　2020 年 12 月第 1 次印刷
印数：0 001~6 000 册　定价：58.00 元
如发现印装质量问题，影响阅读，请与出版社发行部门联系调换。

清醒地穿过梦境,
我们自己只不过是过去的岁月的一个幽灵。

卡夫卡

序

愿你心疼他笔下的人物，
就像心疼你自己

面对这本小说，我会记起与博洋第一次于上海相识的那个遥远的夏夜。

那年的上海电影电视节，忘了具体是哪一天，一位业内令人尊敬的前辈，带我社交、游走于上海各个与影视相关的场所，十个小时转了七八个场，问候寒暄，有时连对方的名字还没记住，就要告辞。我跟那位前辈说，我受不了了，身心俱疲，头疼得都要炸了。前辈心疼地望着我，似乎没有放我走的意思，说，蒋峰，你再坚持一下，一会儿要来的这个人特别难得，我觉得你们会成为志同道合的好朋友。

志同道合，好老派的说法，但是个令我好奇的安利方式。我决定再等一下，先去路口的药店买点头痛药。待我回到露天咖啡馆，前辈身边的座位上多了一个高个子的（哪怕坐着都要比别人高半个头）、戴眼镜的年轻人。前辈满面春风地向我介绍——蒋峰，这就是高博洋。

给博洋这本书作的序言，赘述许久，他才登场，就像我们第一次见面，一天都要过去了，他才出现。熟悉之后，回想初次见面才觉得，很可能就因为一个细节、一个念头,就和一个很重要的朋友错过或因此结交。就如同文学写作,一个细微的发端,一次血液的回流,一场精神的迟滞,可能都会错过或者成就一次与世界对话的机会。

博洋试图与这个世界对话,并通过他笔下的人物和自己对话。毫无疑问,真正的小说创作者,终极意义上的追求或许在试图与自己对话。

马尔克斯曾经在访谈录里提及,在自己的写作技巧越来越娴熟的时候却感觉到了写作的苦,因为自己的责任心越来越强,觉得每写一个字,或许会引起更大的反响,会对更多人产生更大的影响。抛开文学天赋这个难以找到衡量标准的字眼,在写作方面,博洋具有一个成熟小说作者应有的责任意识和审慎态度,相信阅读过这本小说的人,当能够感受到。

这本《我消失的影子》,博洋写了一年,放了一年,又改了一年,他原本可以将这部作品改写成一个商业感十足且能畅销的类型文学——这是通俗意义上的说法,但他没有。他隐隐觉得,笔下人物的生命流淌,通过目前这种写法来表达是最合适的。博洋直到写完这本小说的修改稿,才恍然意识到这个故事和表达,并非是自己凭空锻造的,有些酝酿一开始就有了。我问,一开始是多久之前,他讳莫如深。马尔克斯的《一桩事先张扬的凶杀案》,酝酿了三十年，该怎么理解这样的三十年呢？博洋一定有他自己的答案。

影子是什么？百度百科对此定义——由于物体遮住了光的传播，不能穿过不透明物体而形成的较暗区域。它是一种光学现象，理论上是不会消失的。而本书开篇就告诉读者，一个叫"阿布"的人，他的影子消失了，这几乎毁了他的舞蹈生涯，乃至一切。阅读中，我始终在思考，在博洋的世界里，影子到底代表什么？最后我如愿找到了答案。

《我消失的影子》书名虽是第一人称的视角，但在谋篇布局中，却并非以第一人称起述，我一直在期待，什么时候作者会回到第一人称"我"的叙述上，以回应书题。博洋满足了我的期待。全书前后共十六个章节，有预谋地变换了几次叙事视角，人物线索也在时空跳转，形成了一套内在的讲述逻辑，结构上也有一种互补与关照。这是一次文学上的冒险，博洋构建了一面真实又怀旧的庞大镜像，将人物复杂的内心世界描绘得极具辨识度。在现实与记忆的实虚相映中，所呈现的诸多人物关系密织，每一种叙事手法奇诡难料，隐含着一丝慈悲，更带着一股狠劲。看得出，他心疼笔下的人物，他感到爱莫能助，他笃定这个"阿布"在现实世界里始终存在着，他的往事值得被怀念，他的明天有理由被牵挂。

关于这本小说、这个故事，我想再多叙述几句，但又怕将情节和谜底剧透。在序言里不能多讲了。

  我想对有幸读到此书的朋友们说：愿你心疼他笔下的人物，就像心疼你自己。

蒋 峰
2019 年 11 月

目录

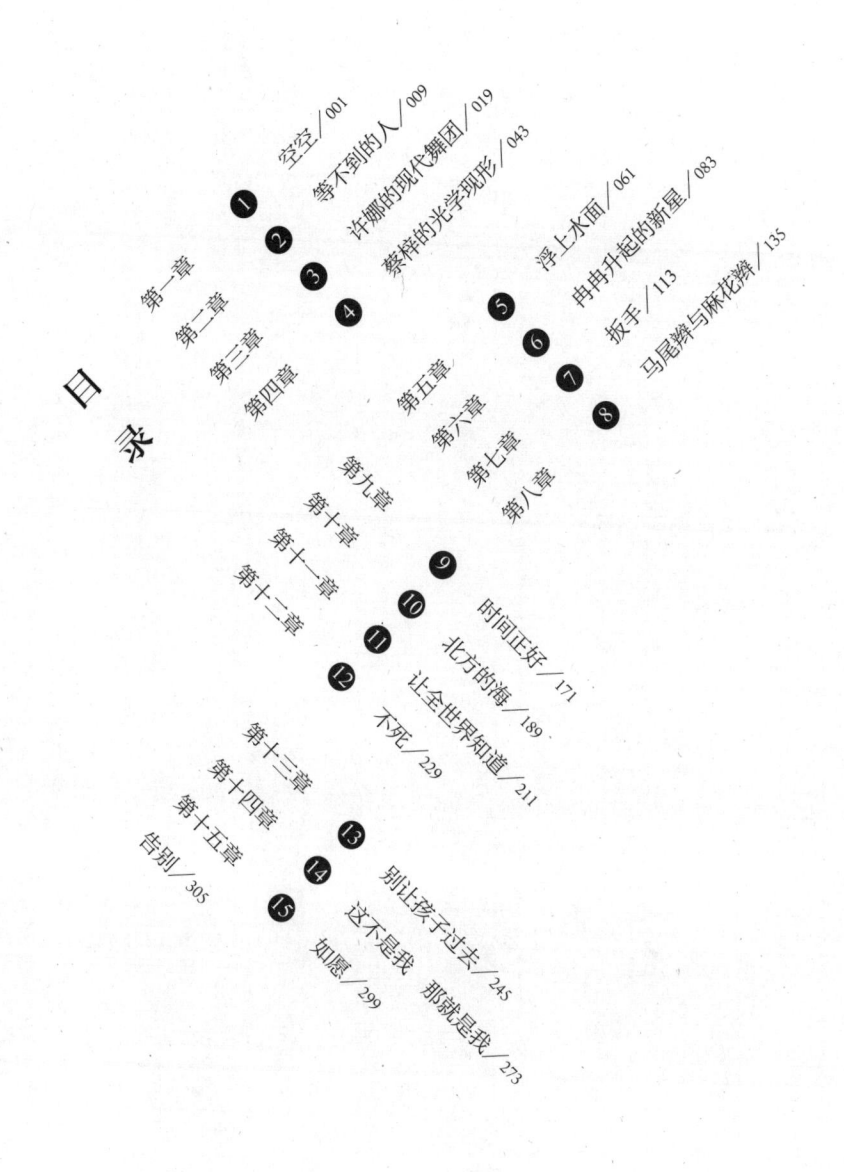

- 第一章 空空 / 001
- 第二章 等不到的人 / 009
- 第三章 许娜的现代舞团 / 019
- 第四章 蔡梓的光学现形 / 043
- 第五章 浮上水面 / 061
- 第六章 冉冉升起的新星 / 083
- 第七章 扳手 / 113
- 第八章 马尾辫与麻花辫 / 135
- 第九章 时间正好 / 171
- 第十章 北方的海 / 189
- 第十一章 让全世界知道 / 211
- 第十二章 不死 / 229
- 第十三章 别让孩子过去 / 245
- 第十四章 这不是我 那就是我 / 273
- 第十五章 如愿 / 299
- 告别 / 305

1

第一章

空空

I

最先感到不对劲的是阿布自己。但他似乎没受干扰，随音乐继续舞动，直到实在忍不住了。

到底怎么了？

阿布停下来的时候，后台的工作人员全都挤在侧幕跟前，神情错愕地盯着幕布。

脚下一块块细小的黑胶布条在此刻看起来像是无数只蟑螂，让阿布的胃里一阵阵翻江倒海。演出前他是不敢吃东西的，怕身子沉，影响状态。

明明站在自己该站的位置上，那些黑胶布条可以证明这一点。身后四米处有一套投影设备，光线让他的后背变得雪白；面前三米处是透光度极好的幕布——一幅可以罩住整个舞台的巨大幕布。

一分钟以前，深色的影子还在蜡白的幕布上舞动着，阿布身材修长挺拔，模糊的轮廓犹如毛笔在宣纸上勾勒出的线条，厚实又极富变化，没有一丝不协调。一切都在按计划进行着，阿布是这出影子舞的主角。

然而只隔了一分钟，幕布上什么也没有了，好像一切都没有发生过。

阿布又扭动身子，恨不能在台上翻几个跟头，好让自己的影子重新出现在幕布上。灯光师及时将射灯调到了最大，激增的温度让阿布无所适从，然而光线还是不容置疑地穿透了他，将幕布打得雪亮无瑕，似乎摆明了无视他的存在。

再有经验的工作人员也几乎要投降了，如此离奇的演出事故还是第一次碰到。

台下的数千名观众或许以为这一切不过是舞蹈设计中的一个环节，但阿布蒙了。他伸开五指，眯着眼从指缝里瞄向投影机：一片耀眼。肖斯塔科维奇的《第二圆舞曲》响彻剧场，刺得他耳膜生疼。

突然间，音乐戛然而止，阿布孤独地站在蜡白色的幕布后，虽然并不直接面对观众，但比直接面对观众还要尴尬和无助。

现场观众逐渐失去了耐性，嘘声四起……

太逼真了。

第二次做这种梦。上次阿布梦见的是皮影戏，那个梦境里的他还是工匠手里的皮偶，这次直接站上了舞台，结果被狠狠地戏弄了一番。

太逼真了。对一个舞蹈演员来说，这就是噩梦。

一旦醒来就再也睡不着了，这种中途惊醒的睡眠在他看来比失眠还难受。随之而来的，还有伤痛的折磨。

长久以来过度的牵拉和扭转，导致各关节不同程度劳损，近来紧张的排练让膝盖更是吃不消了。之前他从没这么痛苦过，所以不得不感叹，这场梦做得苦，这出舞排得更苦。

他不由自主地用右手的拇指去摸左手手心，那里不知道什么时候被拉了条口子，稍一用力就觉得疼，还没到结痂的时候呢。

一想就叹气，小橙这次离开了不到两个月，阿布的生活就陷入一团糟的境地。事实上，跟小橙分隔两地也有一年半了，再坚持不到半年她就能结束在美国的学业回来跟他领证。为了那一天，阿布常常感到度日如年。

好在，快熬到头了。

2

这是尺寸规格最小的睡袋了。阿布一直以来习惯钻在里头入睡，脑袋也要埋进去，将拉链拉到底不留缝隙。倒不至于喘不过气，只有这样，他才能睡得安稳。

估计是因为最近头发掉得厉害，阿布突发奇想地买了一顶假发，真是变态。还不好意思让人知道，藏在睡袋最深处，睡觉的时候一伸脚，就感觉有人在冲他脚心挠痒痒。

阿布逼自己像死尸一样躺在里头等天亮，却还是会被厨房或卫生间传来的各种莫名其妙的响动所惊扰，有时是轻微的脚步声，有时像拧动门把手的声音，还听到过窗户关上以及其他飘忽不定的异响，似乎周遭空气中充满了另一种存在。

每当此时他都会屏住呼吸，在黑暗里瞪大眼睛，较劲似的让自己保持清醒，绷上一会儿好像就没事了。

才刚刚十月份，寒意就像钻入鼻孔的高压氧，驱走了所有困意。

他索性裹紧被子打开电视，让无聊的夜间节目为自己催眠。无意中看到了数字频道里的一场演出，仿佛是星空中一个个黑色的精灵在翩翩起舞，竟然跟梦里的场景如出一辙，事实上这正是自己最近在排的舞蹈，字幕显示：英国达人秀之"影子舞"。作为同行，他不由得担心起台上的演员来，他们该不会重蹈自己在梦里的覆辙吧？

演出结束了，没有任何意外发生，关掉电视的时候他反倒有些失望了。

本以为失眠就像便秘，调理一下过几天就好了，没想到严重到几天几夜闭不上眼，阿布整个人仿佛被搁太阳地里暴晒过，蒸发掉了全部水分，轻飘飘的，每迈出一步都像踩在厚厚的棉花里。

棉花一样的白云接连好几片在天边追着一小块乌云跑，阿布正瞧着，就接到团里打来的电话，听筒里声音刺耳，是许娜在嚷嚷：人呢？

才想起下午要排练，他眉毛蹙成一团，张嘴就是"我靠"，也没敢太大声，但还是被那头听到了。

你谁也靠不住！还有不到两周就演出了，你要掉链子我马上换人！

没来得及反应，那边的电话就挂掉了。阿布保持着之前的姿势，骂了一连串脏字，宣泄得太用力，感觉自己的脑袋随时会炸掉。

赶紧去医院，那一小块乌云要么被吃掉要么被赶跑了。大夫一听"失眠"两个字，顺手就开了一些不疼不痒的药，一个多余的字都没说。阿布再想问，大夫已经等不及叫下一个号了。

从医院出来，已经是下午，连白云也没了，太阳倾斜了角度，却变得刺眼，阿布始终记得一个说法：夜里不睡，白天怕光。

回家路上，肚子里突然一阵翻江倒海，一股难以遏制的力量不断下沉,试图经肠子拱开他的括约肌,估计休息不好还会导致消化系统紊乱。来不及找卫生间了!巧就巧在路旁就是一家幼儿园,阿布救命一般夹着腿冲去。

按说幼儿园的安保措施应该很严格才对,但今天貌似有什么活动,家长们进进出出。阿布怀着侥幸心理张口虚构了一个孩子的名字,脸上的肌肉随着全身紧绷而不敢有一丝松缓,保安用怀疑的眼光打量他一番,竟然点头放行——其实就在保安迟疑的那两三秒里,阿布几乎觉得人生到头了。

在幼儿规格和童话风格装点的卫生间里畅快了好半天,阿布又活过来了。

小操场上,二十来个孩子正在上课。蘑菇头女老师正举着一个贴满图例的小白板给孩子们演示影子是怎么生成的,一边比画一边说:影子呢,其实是由于物体遮挡了光线,让光线不能穿过不透明的物体而形成的比较暗的阴影,影子在生活中随处可见,比如,你们看,老师脚底下,这就是影子。大家都看看自己脚下,是不是也有影子呢?

小朋友们纷纷低下头,或好奇,或兴奋。

再动动胳膊动动腿,转转身子,看看影子是不是和你们一样在动呀?老师一边示范一边引导道。

是!小朋友们纷纷效仿,如发现又一样新奇事物一般。

就在此时,一个孩子发问道:老师,是每个人脚下都有影子吗?

老师不假思索地反问道:你看看其他人,谁没有影子呀?

发问的小男孩儿原地转了一圈儿,将形态各异的影子检视一遍,皱起了眉头。

老师接着用下定义的口吻笑着说：有一个成语叫如影随形，可以说，影子是我们每个人最亲密的朋友，尤其是在这样的阳光下。

可是，老师！小男孩嚷嚷道，那他呢？

顺着小男孩手指的方向望去，女老师怔住了，只见一个男子晃晃悠悠地从操场中央小跑而过，脚下空空。

第二章　等不到的人

I

第一个电话是在上午,估计不到九点。是一个男的打过来的,清楚地叫出阿布的名字。这不奇怪,快递员们平常都那么愣愣地直呼人名,只是对方的语气过于严肃,又不像是快递员。阿布太困了,再多想一会儿就睡不着了,说,晚点再打吧,挂了接着翻身睡去。手机还在震动,像是追着耳朵眼儿飞的蚊子。

后来那个电话打来时快到中午了,还是个男的,嗓门比之前的那个大。阿布闭着眼睛想骂人,却终于听清了"派出所"三个字,说要他去一趟。阿布倒也没怵,嗓子眼儿干涩,唾沫都咽不下去,提出要不然就在电话里说吧,实在懒得跑了。对方换了个说法,说派辆警车过来接他也成,反正知道他住在哪儿。

听起来像是在威胁,阿布本想嚷嚷句有什么了不起,有本事来抓我啊。对方却果断挂掉了。

从睡袋里钻出来揉揉眼睛:派出所跟我有什么关系?这么一想,猜测是诈骗,跟接到法院传票的语音电话是一个道理。今天还是周日,骗子也加班?

小橙还是没回微信。阿布撂下手机不由得一肚子火,晃晃悠悠刚下床,手机又响了,陌生号不接也罢,可他还是接了,万一是小橙呢。

不是小橙，是小橙一发小，在电话那头说她也联系不到小橙了。

阿布就哦了一声，没再往下讲。

哦就完了，你心也太大了吧？你难道不应该做点儿什么吗？

做什么？

赶紧找她啊！跟她认个错。

认什么错？闹个别扭还分对错？

那你一大老爷们儿不得主动点？

主动有用吗？一吵架就玩失踪，我习惯了。

挂了电话，阿布突然觉得有另一种可能，或许小橙被她发小藏起来了，俩姑娘串通一气，故意的吧。随她们去吧。

2

就在两三天前，阿布在T3航站楼等了好久都没等到小橙。微信不回，电话关机。

一个半小时前飞机就落地了，就是去逛免税店也不会逛到这个时候吧，快凌晨了。

倒没有什么不祥的预感，他就是着急，眼下每多等一分钟都是煎熬。太想她了，来的路上他就决定了，等她一出现，就冲过去抱她，将备好的玫瑰花献给她。

或许是空气太过干燥，玫瑰花竟然干巴了，最外侧的两片花瓣径自掉了下来，花束下方手握的地方已经变了形，留下了深深的抓痕，可见他握了有多久。一个喷嚏接着一个喷嚏，不知是不是跟他对花粉轻微过敏有关。

出门之前他特地把自己收拾得干干净净，喷上了小橙送他的香水。平时他顾不上这些，不喜欢那种标榜着品位的庸俗味道。可这次不一样，他得做出点姿态，期望她登机前两人的不愉快能一笔勾销。

　　凌晨一点，出口没人了，手机也因为连续不断地打电话、发微信，快耗没电了。阿布赶紧求助于工作人员，几经辗转，最后等来的答复是：除去转机的，所有乘客都已入境。简直是废话。他本想冲工作人员发火，却实在没力气了。再去联系航空公司，小橙坐的是国际航班，客服竟然说的是全英文，他勉强听了半天，还没等到中文服务，手机就没电了。

　　接机大厅暗了下来，只有小一些的灯还亮着，像天上的星星。

　　"一座城睡去，一个人无眠。"阿布不由得想到了斯皮尔伯格的电影《幸福终点站》。

　　不远处一个熟悉的身影将他猛地拽了回来。确切地说，是两个身影，一男一女，其中一位，飘动的长发、高挑的身材、轻盈的步伐，包括挎包的姿势，分明就是……阿布追了上去。

　　哎！

　　一开口就破了音。

　　跟对方差不多隔着一个百米，除非以百米冲刺的速度跑过去，否则很难追上了。毕竟，对方在连廊尽头，几乎已经站在电梯跟前了。身心疲惫的阿布瞬间来了劲头，跑的时候两眼被迎面刮来的风刺激得直流泪，视线模糊了。原本就看不清楚，此刻更不敢确定了，但他还是喊了小橙的名字。

　　对方回了一下头。好像是回头，也可能是甩了一下头发，正好没看清她的正脸。

阿布揉着眼睛，却发现越揉越痒，越痒越想揉，左右手轮番上阵揉了那么一个来回，缓过来再定睛一看：电梯门合上了。

来不及了，阿布只好沿着一旁的滚梯冲向地下停车场，虽然路径绕得有些远，但起码比再等一班电梯要快一些。

冲进地库的时候左脚不慎扭了一下，阿布咬咬牙，只为了那个身影，其他什么都不顾了。

这个点儿了，停车场还那么热闹，放眼一瞧，车满满当当，有的还没熄火，尾部的白气腾腾而起，如同原始丛林般暗藏玄机。阿布一时分不清哪个才是"小橙"他们乘坐的那一辆。

不远处的减速带似乎被车轮压过，陆续传来两下沉闷的声响，如同一个人重重地跪了下去，膝盖生生磕碰在地上，听着就疼。

阿布循声跑去，在一个纵向行车口瞥见一辆车正在转弯，但瞬间就在夜色里消失了，他甚至没来得及看清是什么车型。

回到家已是凌晨四点，阿布浑身没有了力气，这才感觉到左脚踝一阵阵剧痛。赶紧给手机充上电，微信对话框里没有任何动静。看着屏幕，他想象不出小橙有什么理由不回复他，内心涌起了一种被无视的耻辱感。

疲倦一扫而去，原本想倒头大睡的他像是打了兴奋剂，气鼓鼓地在屋里来回踱着步，他一厢情愿地认为小橙落了地并且收到了他的微信，却还是上了那辆车。他坚信那个背影只属于小橙。

小橙说回来本身就挺突然，说是为参加一位发小的婚礼，这让阿布有些意外，这么大的事自己事先竟然一点儿都不知道，心里不免有些失落。他忍不住询问了那位发小是谁，听到对方是女孩儿后才松了口气，再一听名字，觉得很耳熟，之前听小橙提起过，印象里那姑娘好像半年多前才结过婚，于是他故意调侃：难道是二婚？

小橙肯定了他的调侃，说，之前那位丈夫太渣太无趣，发小强忍着过了半年生不如死的日子。忍无可忍，硬是离了。紧接着别人又给介绍了一位海归，据说业余爱好是变魔术，很合发小的胃口，然后就有了这第二次婚礼。

小橙之所以特地飞回来，就是因为发小第一次举行婚礼时她错过了，作为亲闺蜜，绝不能再错过这第二回。发小还有点迷信，一直都把小橙当作是自己的福星，两人从小到大但凡是好事都有对方在场，所以发小曾半开玩笑地说过，第一次婚姻就是因为小橙没观礼，所以黄了；如果第二次她再不来，自己的终身幸福就要被彻底葬送了。

阿布听小橙转述的时候额头上全是汗。

3

本以为发小婚礼那天能见到小橙的，所以阿布一早就赶到了华尔道夫酒店。出门前，阿布从柜子里挑了件休闲西装，又用几乎快过期的发蜡抓了抓头发。

婚礼很隆重，但也乏善可陈，无非是各种鲜花、蛋糕、酒水、视频，还有心不在焉的客人以及提不起兴致的服务员。

阿布在签到处的红册子里找到了小橙的名字，顿时松了口气，转而兴致勃勃地走上前向新郎新娘道贺。一对新人虽然不认识他，却都堆起热情的笑容一致欢迎他的到来，并用眼神等待着他的自我介绍。

一听他报出小橙的名字，新娘高兴得恨不能甩开新郎上去亲阿布一口。她啥时候回来的？敢跟我搞突然袭击！一直不回我信儿，差点儿就要把她从嘉宾名单上拿掉呢。

阿布没来得及开口，新娘又是一串连珠炮：她，她，她人呢？又臭美去了吧，别告诉我她一到这儿就钻洗手间补妆去了！老娘结婚她整那么漂亮干吗？哎，对了我告诉你啊，她上学那会儿就喜欢跟我们玩反转，什么叫反转你不知道吧，就是像今天这样的big surprise。记得高二的时候我们一块儿张罗着给她男朋友过生日，临到傍晚她发短信说自己有事来不了，再打电话就关机了。得，当时给我们急的呀，她男朋友一脸黑线，不爽到极点，蛋糕上的蜡烛都烧成矬子了。大伙儿正准备散，你猜怎么着，人家晃晃悠悠捧着一个更大的、插满蜡烛的蛋糕突然又出现了，你说这……

新郎用胳膊顶了她一下，新娘立刻意识到自己话太多了，吐了吐舌头，笑着找补道：别介意啊，我没别的意思，那时是早恋，不懂爱情。

没事的，没事的，阿布缓了缓情绪，我是想问，你们还没有看到她吗？

新郎新娘面面相觑，诧异道：难道你们不是一起来的吗？

主会场里，几乎每一个角落都被阿布找了一圈儿，每一张脸都被他识别了一遍，直到追光和音乐响起，他才不得不落座。望着一张张陌生面孔，承受着陌生面孔的一道道疑惑的目光，阿布反复拨打着小橙的手机，还将现场拍下的照片微信发给了她。

但，没有任何回应。

阿布不信小橙会不来参加发小的"二婚"，如果这婚礼真像她曾说过的那么重要的话。

现场的热闹和嘈杂无形中加重了阿布的失落，在极大的反差之下，不太会喝酒的他也端起了酒杯，不知不觉一杯杯下肚。有邻桌不相识的人上前打圈儿敬酒，他也来者不拒，好像在为小橙撑面子一样。

终于，有人姗姗来迟，一桌人先后迎了上去，不用说，一定是小橙。阿布拨开人群兴奋地扑了过去，真想倒在她怀里好好睡一觉。

4

阿布醒来的时候发现自己正躺在一张破沙发上，浑身极不舒服，周围的环境异常逼仄和简陋，一翻身就摔在了地上，疼得他以为自己是在做梦，不过总算被摔清醒了。不远处的抽风机嗡嗡作响，散发着一股消毒液的味道。阿布意识到自己原来躺在过道里，正对着保洁人员的操作间。

保洁大妈过来说他喝多了，还撒酒疯，见着姑娘就扑上去搂住不放，非说人家是自己的未婚妻，闹到后来挨了两巴掌。是谁打的记不得了，反正都喝多了，人多手杂，乱成一锅粥了。

摸一摸脸颊，还挺疼，这么大力道应该是男的打的。看来小橙没有出现，要不然自己不会这么狼狈。

再摸摸裤兜，手机没丢，但没有一个来电，也没有一条微信。

阿布在心里自嘲一番，这两天习惯拿手机当表了。

天早黑了，街面却挺亮堂，到处是人，到处被灯箱路牌照着，聒噪和喧嚣里尽是落寞。阿布真想蹲在大商场前讨饭，也许就是个讨饭的都会有人关注，哪怕是被看一眼。

好像全世界都遗弃了他，小橙就是他的全世界。

3

第三章
许娜的现代舞团

I

许娜的四个来电阿布都没接。前三次呼叫拖到了最后，第四次没呼叫几秒钟就自己断掉了。排练还没开始她就催阿布了。的确，不只是许娜，似乎所有人都在盯着他。

脚下起码有十来个烟头，都是阿布点着了没抽几口就扔在便坑里的，一直没冲水，就让烟头那么堆着。

四十分钟前他就到了，一直躲在卫生间里。选择离窗户最远的便坑是因为这个位置无论自然光还是灯光都照不到，有一点光线就有可能让阿布意识到自己是没影子的。之前他试过各种办法，但即便他不愿接受，也不得不面对自己没有了影子的现实，诡异到他没法儿想象。

更没法儿想象的是假如因此而失去了跳主角的机会，对他来说可比死了还难受。没想好该怎么办之前，他没法儿坦然走进排练场，可又不能不来，假如许娜质问他为什么不接电话，他就说自己蹲卫生间的时候手机掉便坑里了。

隔间的门被一脚踹开了。许娜一定是循着烟味找来的，这可是男卫生间。不管卫生间里有没有人，这个女的就是这样。

站在便坑上的阿布躲避不及，被弹开的门板撞得不轻。出来的时候左手捂着右胳膊肘，焦虑转为愤怒。阿布开口要骂，许娜却转过身轻描淡写地说：手机掉便坑里了吧，怎么不连你也一块儿掉进去呢。下次再晚就把你换了！

许娜走出卫生间时晃动的马尾辫像是在挑逗他，阿布压着火气辩解道：这才刚到点儿，我没迟到！

排练开始前，作为舞团的负责人，许娜做了一次动员，其实是说给阿布听的。即使她没点名道姓，他也知道她话里的意思是忍自己很久了。阿布一直以来都感觉得到她对他的私心，但这次他担心自己没法儿过这一关。没了影子，这出舞还怎么跳？

第一幕一开始，阿布的步点儿就错了。许娜以为他有情绪，打算让导演一个段落一个段落地抠上几遍，磨他一下。导演是许娜好不容易请来的，在台湾业界小有名气，脾气太好，几乎什么都听许娜的，感觉像是她的傀儡，真令人担心他在艺术上的底线。比这更令阿布担心的是自己不能被看出破绽，好在今天不上灯，就排动作跟走位。即便如此，阿布净琢磨着影子的事了，显得心不在焉。其实排练大厅的光线均匀又充足，通常不会在地板上投下明显的阴影，即便有也极难察觉。大伙儿都挺专注，没人像他那样。

许娜冲他嚷了两次，后来他就好些了，起码节奏和走位没再出错。本以为第一天能侥幸混过去了，许娜却抽风似的临时起意，要带灯合一次。工作人员瞬间放下了透光的大幕，阿布像是被从肋部捅了一刀，血溅在幕布上。

现找借口恐怕来不及了，假装受伤无异于自我投降——团里的演员对受伤这种事儿忌讳又敏感，伤者往往会失去机会，给其他人腾出空位来，不知多少人正瞄着阿布A角的位子，甚至巴不得他出点儿什么状况。装拉肚子装晕却又不可信，阿布双手揉着脸，心口被火燎了似的。眼看射灯马上就要到位了，想象着幕布上唯独自己没有影子，阿布就像要坠入一场噩梦。

灯架支了起来，灯光师跃跃欲试。通上电的时候音乐响起，不是从耳朵里传来，而是从心里发出的，一阵由缓至疾、由弱至强的鼓点，让阿布的心跟着：咚！咚！咚！咚！

不能起光，无论如何不能有光！

2

早知道要赔那么多钱，不如去外头把电断了来得省事。阿布虽这么想，却还是庆幸。许娜没来得及发火，冲他咆哮也没用了——灯架倒了，碎碴子散落一地，真搁在舞台上就是演出事故。排练没法儿继续了。

摘下早被汗水浸湿了的头套，阿布低着头一脸歉疚，仿佛他真是无意的，本想帮着一块儿清理来着……许娜却把他揪到一边，让他别走。

外头下起了雨，没下几滴很快又停了。许娜推开靠边的一扇窗，微风进来，她点燃一根烟抽了两口就递给一旁的阿布，阿布迟疑了一下但还是接了过来，夹在中指和无名指之间，并没有衔在嘴里。

许娜让他抽，他有点哆嗦，不得不猛吸一口，不知怎么呛得咳出了眼泪，然后他把烟弹出窗外。许娜开始发火了，不知道是不是被他弹烟的动作激怒的，要他解释一下今天是怎么回事。

阿布没有回答也没法儿回答，连着说了三个"抱歉"，依旧是一副急着要走的样子。许娜硬靠近一步,像是有意挡住他的去路,质问道:你到底还想不想干了?

阿布用左手向后捋着没完全干透的头发,一脸无辜道:干啊,干!

男一,A角,你一直以来都想要的,我顶了多大压力给你这个机会!你觉得这是大学社团里的热场演出,随便比画比画就行了是吗?我费了多大劲儿去说服老板磕来投资,拿到这出舞剧的授权有多不容易你知道吗?!

知道,知道不容易。阿布接着拿左手摁住右胳膊肘,道:你在卫生间踹门,我胳膊到现在还疼着呢。我知道你是无意的,不怪你。排练的时候我也是无意的,我他妈也没想到会撞在灯架子上!你以为我想让大伙儿排练受影响吗?我难道就心安理得吗?我难道不想给自己争口气吗?你有压力,我也有,谁都有,谁都有失误的时候,所以不要遇到一点儿事儿就自己先慌了。该多少钱我赔,不过请你别再拿换人来威胁我。

威胁?许娜冷笑着,一时不知该从何说起。或许是料到她接下来的话会比自己想象的还难听,阿布绕过她小跑着离开了。

阿布一贯能说,许娜是知道的,他歇斯底里的时候就像个疯子,可能跟艺术沾边儿的人多少都那样,虽然眼下他还什么都不是。

许娜伸手掏烟,烟盒是空的,忽然意识到不对:阿布以前是不抽烟的。

3

不知不觉就绕到了那座小教堂附近。阿布心烦意乱,忘了是怎么走过来的，原本是要回家的。俗话说躲得了初一，躲不过十五。第一天就这么难，往后呢？

影子舞的创意跟亮点全在影子上，阿布原本还庆幸，台湾导演夸他身段协调、比例好，肢体语言丰富，舞台表现力强，特殊光线下映出的影子可塑性高，有着无与伦比的魅力——其实都是许娜的话。现在长板变短板了，阿布总不能求许娜换一出不需要影子的戏演吧？演出时间都定了，唉。

他停在路牌下，望着对面的小教堂发了会儿呆。小教堂应该是这一片老胡同里最高的建筑，虽然才不过三层，但柔和的月光下所形成的阴影足以笼罩他。

小教堂前一段时间经过了一番修缮，阿布每次有意路过时都会瞧见那些工人在手工作业，硬是将那些覆于整个墙面且风化、破损严重的斑层剔去了，估计屋顶上的水泥砂浆才刚刚干透。说来也怪，周边的老平房都要拆了，只有小教堂作为一百年以上的老古董还将屹立不倒。

折回家的路上，经过高挑的路灯他本能地想躲，曾经习惯看到的影子被拉长又缩短再拉长的景象没有了，真担心自己得了某种怪病。

到家时快十点了，阿布花了很长时间刷牙，似乎还没完全习惯浓重的烟味儿，手心的口子一沾水还疼，真是倒霉。

稀里糊涂又做梦了，难得还梦到了小橙，之前阿布从来没有梦到过她（小橙并不知道这一事实，因为阿布时不时会跟她撒谎称自己梦到过她无数次）。

梦里，小橙跟他说话的时候是背对着他的。她告诉他，如果想不让影子消失，就必须在它消失前及时往地上泼水，当然得泼到影子上去，万一来不及，最好的办法就是往自己身上浇水，从头到脚地浇。

他猛一下子醒来了，或许天机就是在梦里被泄露的。阿布从睡袋里费劲地爬出来，跨进淋浴间，打开水龙头，甚至忘了调节水温。突如其来的凉水激出他好几个喷嚏，阿布咬了咬牙，为快一点儿看到成效，他一秒钟都不想耽搁。

当他打着寒战冲到暖光灯下时，简直没法儿相信，影子果真好端端地趴在脚下，像个熟悉的老朋友，世界上再没谁比它更忠厚老实了。

这影子竟和人一个毛病，不经夸。阿布裹着毛巾擦干了身子，还没来得及庆幸，它"嗖"一下就溜了。阿布拎起玻璃水壶朝它泼去，只见影子贴着地板向大门口滑去，水壶、水杯、玻璃花瓶甚至加湿容器，但凡能泼出水的，他都抓起来用上了，可还是眼睁睁地看着影子从门缝下溜走了。

无奈长叹了一声，像是在打呼噜，阿布被自己的鼾声叫醒了。拉开拉链从睡袋里再次钻出头来，四顾茫然，伸手揪了下鼻子，难道是梦中梦？太俗套了。

然而，屋里真发大水了。

伸脚接触到的不是地面，而是水面，而且水面已没过了脚面。

水龙头都顾不上关，他先蹚过大水冲到了外屋，扑在地上将一套拼了半个多月的纸模拼图救起。拼图虽然全湿了，但不是没有挽救的希望，阿布看电视剧《西游记》里，落水的佛法经文被捞起后摊在大石头上晾晒一番，照样可以集册入典。

实际上拼图拼了才不到四分之一，彻底拼完总共是四千片，算是他为小橙准备的一样小礼物，之前她说过不太想要那些俗了吧唧、花钱就能买到的东西，阿布就想不如亲手做个什么试试，仿佛回到了纯朴的学生时期，不抖机灵的笨办法就是最大的创意，还能考验人的耐性和毅力。

拼图全摊在桌上，阿布拿吹风机一片片烘，烘着烘着无意瞥了一眼脚下，影子竟然好端端地映在水里，仿佛无端冒出来的幽灵。琢磨起梦里小橙的话，实在惊奇，兴奋地摸出手机拨给她，没有接通，那就拨给许娜吧。电话刚一接通，我靠！影子又不见了！阿布视线四下一扫，影子正有恃无恐地贴着浅浅的水面向门口漂去，跟泥鳅似的。

阿布跟了出去，只见影子不紧不慢地贴着楼梯一层层下到了地面，接着一路贴地前行，径直上了大街。这次他还勉强跟得上，那是因为影子表现得有点心不在焉，时走时停，时快时慢，并不像真要跑的样子，甚至连形状也出现了好几次变化，像是不断回头在看他。

拖鞋跑丢了，阿布也顾不上了。三三两两的夜跑者全副武装地从他身旁经过，空气中留散的一股汗臭夹杂着运动香水味飘进了他的鼻孔里，好在很快就过去了。今夜难得空气清透，每呼吸一次，就好比咽下了一丁点芥末油。

别说咽芥末油了，就是咽兴奋剂，两条腿也无论如何迈不动了。阿布从家出来，一路经东安门大街追到了南河沿附近，距离故宫越来越近，道路的明暗变化平添了些许神秘感，幽僻的胡同仿佛在向他招手，他跟不上了，双手撑住膝盖，摆出呕吐的架势来大口喘气。

不知这算不算是默契，影子也慢了下来，最后在一个岔路口停下，跟阿布隔着差不多十米的距离，彼此望着。阿布，像看到了自己，却不明白自己。

与岔路口相连的那条胡同里没有路灯，路口仅有的光线连墙上路牌的轮廓都勾勒不出来，明与暗正处在一个非常暧昧含混的状态中，夜里的视线总是不那么清晰。

料想影子要进去了，阿布没再坚持，目送它融化在黑暗深处。

4

阿布准备去医院检查一下。跟许娜请假的微信刚发出去，她的电话就打了过来。他实在没心思跟她解释，摁掉了。没过多久，手机一震，许娜在微信里嘱咐他安心休养，说会找人临时替他。

没说换人，更让阿布不安，措辞太讲究了，反倒不像许娜。阿布想知道替他的人是谁，还"临时"，特邀一位知名主演吗？许娜那边却没了反应，电话也不接了。

阿布原地转着圈儿，想到好几次演出前被人挤掉的经历，胃里就烧得慌。

挣扎了一番，还是先去医院吧，磨刀不误砍柴工，如果影子能恢复，一切就都不是问题了。

挂号的时候，阿布犹豫了。按说影子不是实体，属于光学现象，该去内科还是外科？内科、外科各自项下又细分了好多科室，从内分泌科到神经内科，再从呼吸科到消化内科，从普外科到骨科，再从泌尿外科到血管外科，等等等等，第一次体会到了医院机构的庞杂和人体的精密。

换个角度想，无缘无故没了影子，该算是疑难杂症。他去找问讯台打听，值班的是个戴口罩的中年女人，对着一张屏幕始终没抬头，听阿布大声重复了三遍，才歪着脑袋瞥了他一眼，眼神就像在看一个怪胎。她见阿布不停地指着脚下，就用指尖点了点屏幕。阿布凑上前一瞧，明白了。

　　骨科他熟，干他这行的没少在这些方面受苦，听起来起码跟影子沾点边儿。结果却让阿布失望了。还是一位副主任医师，用大手在他膝盖和脚踝处摆弄一番，除了痊愈的旧伤，没看出别的毛病，也就没拍片子。为什么不拍？阿布想知道自己怎么了，反复强调自己是为影子而来的，恨不得跟人吵起来。其实对方够有耐心了，要换其他大夫，早建议他去看临床心理科了。

　　阿布还想去挂别的号，大不了挨着个儿把所有科室瞧一遍。医学这么发达，就不信没人能管影子的事。下楼时等了好几趟电梯都没能挤进去，倒不是因为满载，而是每次都被那一张张死气又冷漠的面孔拒绝在了门外。这氛围让他更沮丧了。

　　一层一层沿着楼梯下去，他感到手机在震动，掏出来一看，是陌生的座机号，没来得及接听对方就挂断了。手机屏幕上显示的时间是下午两点，一想到排练已经开始了半个小时，阿布就长叹一口气，想到另一个人站在他男一的位置上，可能是演B角的大林，也可能是别人……谁也不行，谁都没他合适，谁的影子都不如他的影子有生命力！

　　许娜也在看表，不过是为了掐算时间，导演正和她商量能否把第一幕的开场时间延长一点，音乐不只要柔缓，还要多一些节奏变化，好让这段独舞展示得更加充分，也更有利于情节的铺陈和舞者情绪的酝酿。

大幕早就拉开了，包括灯光组，每一副灯架旁都守着两个人，是为了防止再生意外而专门添设的岗。电源接通了，演员们始终很专注，尤其是那个顶替阿布的人。幕布被灯光浸润得比绸缎还细腻。谁都没想到几分钟以后，新换的射灯也如同烧断灯丝的钨灯一般脆弱，转瞬间就灭了。

5

一天没吃东西也毫无饿意，大便还拉出了血丝，痔疮好久不犯了，坏事儿都赶一块儿了。阿布找了一家人相对少点的酒吧，其实他不会喝酒，只是端起来往嗓子眼儿里灌。喝酒对某一类人来说，喝什么和怎么喝并不重要，重要的是那个过程里的某种小小的仪式感，跟有一类人抽烟一样，只为了烟丝燃起的那一瞬间。

两瓶嘉士伯让他晕晕乎乎的，难得今天还想喝，但难得的兴致却被一阵尖厉的女声谩骂给打断了——

脏手拿开！你擦得干净吗？这皮不能沾水……对不起就完了……我这包多少钱你知道吗，把你卖了都赔不起……行了别废话了，叫你们老板过来……

阿布的耳朵堵到不行了，他最看不惯辱骂服务员的人，不管前因后果谁是谁非。

没等那女的撒完泼，阿布就拎起她的金贵包，一直走到门口，拉开玻璃门给扔了出去。那女人一怔，顿了两三秒，疯了似的扑过来。阿布似乎早有准备，抢起一个酒瓶，指着她吼道：别他妈跟我废话！一个破包有什么了不起的，有种直接报警，我帮你打110！

几天来憋的一肚子火借机撒了出来，纵使面对的是一个长相还不错的女人，他也毫不留情。

女人像是厌了，打了个酒嗝儿，没等酒馆的工作人员来搀她，就灰溜溜地跑出去捡包了。

回到自己桌前，阿布以为走错了，转过身分辨了一圈儿，没错呀！可怎么多出来一个姑娘，还冲他摆着手打招呼，口气像个熟人。不认识我了？姑娘保持着不易觉察的笑容。

阿布一屁股坐下，注意到她手腕上贴裹着一层极薄的塑料膜，挺奇怪的。再仔细打量：一头过耳的短直发，颜色染过，灯光下看不大出来，倒是那略显凌乱的空气刘海，让她看起来挺娇嫩，卡其布麻白衬衫又平添了几分中性，卷过胳膊肘的袖子加上高腰水洗牛仔裤，看起来整个人似乎还处在工作状态。

脑海里实在检索不出对方是谁，阿布便直说了：我不认识你。

姑娘一点儿没尴尬，说：没想到你脾气还挺大。

阿布懒得理她，拿起酒打算换个桌子坐。

干吗走啊，我有那么讨厌吗？姑娘问他。

我有那么讨喜吗？阿布反问她。

对了，你刚才挺 man 的。

别逗了。阿布嘴上没放松，心里知道她在夸他，犹豫了一下。

人家那包可真不便宜，被你那么扔来扔去的。

是吗，早知道直接拎走得了。不过我还是不认识你。阿布又把话头引了回来。

好好好，不认识。你们男的勾搭姑娘难道全找熟人勾搭？姑娘瞬间拉下了脸，口气反倒像撒娇。

你喝多了吧，是你主动跟我搭的讪好吗？阿布瞪大了眼睛。

那你的意思是我想勾搭你了？

姑娘的语气让阿布急了，他字正腔圆地说：明明是你先过来跟我打招呼，怎么成了我……

姑娘扑哧一声笑了，阿布实在有些蒙，她紧接着说：开个玩笑，你不用这么认真。

阿布瞬间没了脾气。

姑娘推了他一把，说：好了，我请客，服务员，上酒。

该不会是酒托吧？阿布正琢磨着，对方不知从哪儿掏出一副牌，拍在了桌上。

我说话算话，来，想了解什么？帮你看看。姑娘说着又将一块黑色小方巾摊开，将倒出来的牌码在了方巾中央。

这是什么？阿布完全摸不清她的路数。

塔罗牌啊，明知故问。

原来你就是一算卦的，还有在酒吧干这个的？阿布瞬间有了一种识破对方面目的成就感。

看不起我？姑娘直勾勾地看着他。

阿布顿了顿，我不懂你到底想干吗。

姑娘索性将牌推到了阿布跟前，说：要试着洗洗吗？

阿布伸了伸脖子环顾四周，身体的反应出卖了他的内心。

姑娘像是一眼看透了似的，问道：你担心什么？怕上当受骗？

你到底是谁？

嘘。姑娘乍一示意，阿布跟着怔住了，见她接着把目光移开，低下头，若有所思地沉默了几秒钟，像是被什么东西电了一下。

　　又过了几秒钟，她又将目光移回到阿布的脸上，试探性地问道：你……不开心？很郁闷？感觉自己像个 loser？

　　把"像"拿掉。我就是个 loser。

　　你有心事？姑娘盯着他的眼睛。

　　心事？阿布也盯着她，忽然发现这姑娘的眼睛其实长得挺好看，但话到嘴边又咽了回去。

　　你，丢东西了？姑娘压低声调，像是猜到了答案。

　　阿布一愣，把视线挪开，舌头在嘴里转了三圈儿，还在警惕别上什么当，然后拿起酒杯，确认里头没被下药。

　　一定是。说吧，丢了什么东西？姑娘微微扬了扬嘴角。

　　你继续猜吧。阿布双手交叉在脑后，抵不住好奇。

　　不说算了。姑娘低下头咬住了吸管，猛吸了几口。

　　阿布没再起身，握着杯子等了一会儿，不自觉地冷笑道：得，反正不认识，又喝了酒，你就当我随口胡说八道吧。

　　不会。姑娘抬起了头。

　　深吸了一口气，阿布说：我影子没了，不见了，算丢了吧。

　　什么？姑娘表现出一脸茫然。

　　影子，shadow，其他语种怎么说我不会。懂吗？阿布自己也觉得无聊了，借着头顶的灯光开始比画。可以想象，姑娘放肆地笑了起来，听她笑就知道喝多了，长岛冰茶连冰块都不剩了。

　　你还挺有想象力……姑娘这话要搁在平时，阿布准爱听，可现在却让他有些没法儿忍受。

就说你不信吧，无所谓了。阿布不可避免地叹了口气，其实他面前也多了几个空啤酒瓶。

谁说我不信！算你找对人了，我的业务范畴还真包括解决你这种"疑难杂症"。

越说越离谱了还。你走吧，没工夫跟你闲扯。阿布不耐烦了。

你认为我在闲扯？告诉你，这事儿包在老娘身上了！姑娘拍着桌子，眼里透出真诚，连醉意都一扫而光。

告诉你我可认了真，到时候解决不了我可一分不掏。

别废话，加一下我的公众号——"光学现形"。姑娘说着划拉开手机。

你倒还上赶着了，我不用微信。

别跟我装特别！姑娘把二维码递过来，感觉对面没了动静，紧接着椅子"哐当"一下倒在了地上，阿布的眼神像是盯上了什么东西，着魔一般不顾一切地往出跑……

你怎么这么屄啊！姑娘在他身后嚷道。

你懂什么！我的影子！阿布喊破了音。

6

许娜提出请阿布吃饭时，他刚刚醒来。昨天夜里吐了两次，嗓子肿得像核桃，咽唾沫都疼。想问什么事，许娜答非所问地说下午排练临时取消了，这让阿布感到一丝侥幸，别的什么也没多想。

吃什么你定，我买单就是了。阿布虽然这么说，但到了许娜发给他的位置一看，说什么也不进去了。没想到他对牛排这么反感，许娜有些恍惚，他们俩曾经一起在这家牛排馆吃过的，当时他赞不绝口，她还记得他说自己最喜欢吃的就是牛排了。

换了一家日本料理，人不多，阿布点了面条和寿司，许娜只要了一份汤，服务员还推荐了几种刺身，都被他们拒绝了。

两人安静地吃着，阿布内心一点儿也不平静，怕许娜把他换了，怕自己影子丢了的事儿败露。可能是多虑了，吃到甜品上来，阿布也没觉得许娜有什么特别的事要说，那起码可以好好品尝一下红豆布丁的滋味。

以往许娜约阿布吃饭，彼此的话也不多，也没什么目的。许娜喜欢他，这个惯性一直都在。

许娜横过手机开始看视频，阿布好奇地伸了伸脖子，许娜这才把屏幕转过来对着他，阿布手握着牙签就看了一眼，剔牙的心思没了。他把牙签硬生生地咬在嘴里，一个视频完了还有一个，一不小心就把牙签咬断了。

这里面的人是你吧？

阿布觉得许娜这是明知故问，也就没回答。

许娜把手机拿了回去，这两段视频是她从某个显示器上拍下来的。上午接到团里电话时，保安只是说有人搞破坏，瘦高个儿，撬开了楼道拐角的配电箱，摆弄了半天，甚至往上面泼水，农夫山泉的瓶子被他扔在了男卫生间的纸篓里。保安问许娜要不要报警，瓶子上应该还有破坏分子的指纹。要不是楼道里统一装了新的监控设备，清晰度不错，许娜打死也不信阿布会干出这种事来。

原来你说请我吃饭就为这个。阿布从嘴里吐出两截断了的牙签，左手捂住脑门，也没看许娜是什么表情。

我说排练没到一半就突然断电呢，整条电路都被你玩坏了！你不知道水导电吗？你不怕死，别人还怕呢。许娜到现在还忍着没发火，但她说的话有点像暴风雨来临前水面上缓缓晃动的涟漪。

阿布抬手招呼服务员买单，顺便多要了一壶清酒。酒比账单更快上来，阿布倒了一杯推给许娜，还有一杯是自己的。刚端到嘴边，迎面扑过来一股暖流，眼睛被辣到了，液体顺着脖子流到了衣服里，胸前跟着也湿了。他想说，你泼得真好。

你脑子进水了吧，怎么不去死呢！许娜原形毕露了，把酒杯狠狠地拍在桌上，相邻两桌正在用餐的客人纷纷回头，服务员手捧着账单停在两三步远的地方，不知该进还是退。

阿布将舌头顶出来沿着嘴唇的轮廓舔了一圈儿，还是温的。他没去管沉甸甸的睫毛，毕竟酒杯还在嘴边，保持这个姿势可不容易。虽然有一瞬间手略微抖了一下，但里头的酒还在，这个动作怎么着他也得做完。

这第一杯酒喝得有些浮夸，他仰起脑袋连下巴尖都快跟脖子形成一条直线了，等他把视线挪回来，许娜已经把剩下的多半壶清酒一口气喝光了。

7

阿布搀着许娜出去，料理店早过了打烊的时间。服务员都不敢上去劝，更不敢催，许娜冲阿布把能骂的话都骂过了，酒也没有断，连着上了好几壶，边喝边骂，直到料理店说酒已彻底卖完，她也累了，眼泪第一次在阿布面前涌了出来，默默地，像秋天的树叶悄悄脱落。

许娜是挺难的,阿布应该清楚,这个大他半轮的女人有着什么样的经历。十几岁独自来北京立志要当一名舞蹈演员,军艺没考上据说是由于复试前一晚吃得过饱,第二天一上秤,竟然超过了体重标准,被刷掉后第一件事就是去卫生间边哭边抠嗓子眼儿吐了个干净。

后来进了舞蹈学院,毕竟天资摆在那里,还包括一点运气。前后三年多亏了那个叫六哥的大老板关照。任何地方都不缺天资聪颖的人,缺的是为抓住机会敢豁出去的人,还有最最重要的一点:遇贵人。许娜跟阿布就提过一次六哥,她的贵人。

许娜右掌心有一道疤,像一条蜿蜒的爬虫。据说她当年参加一个饭局,在座的有一位老者号称知天知命善观手相。酒过三巡,在大伙儿的强烈要求下,老者挨着个儿给瞧一眼,瞧到许娜时犹豫了一下,托起她的手说她掌纹里主事业的线条歪斜且细碎,将来事业难成。旁人有跟着起哄的劝她尽早改行,许娜面子上挂不住,倒也没发火,客客气气地请教了老者事业成功的纹路该怎么走,顺手就拿起桌上的餐刀,让刀尖拉过掌心。刀尖不够锋利,得特别使劲儿才行。鲜血流到了桌布上,在座所有人都记住了许娜,疼成那样自始至终没掉一滴眼泪。

回头想来,让许娜沮丧的是,虽然距离四十不惑还有好些年,但隐隐觉得老者一语成谶了,不知道是不是她那刀尖没拉对位置。那时候国有文艺院团不好待,倒不是她不努力,而是竞争太激烈,演出不瘟不火。她不求一战成名,可挪了几次窝都没能站稳。六哥被抓进去后的那个秋天特别难熬,暖气还没来,她只好把空调暖风打开，家门都不愿意出，就是怕冷。送外卖的敲开门见她气色不振，多管闲事地问了一句，没事吧，许娜恍然答道，靠山没了。

倒不是全要靠那个已婚男人吃饭，以许娜的实力和她对舞蹈的领悟，在当时挑大梁其实不成问题，唯独差点儿运气，何止一点儿。后来的意外断腿绝对是命运跟她开的最残酷的玩笑。

认识阿布那年，许娜还能像体操运动员一样后空翻，阿布还是个跳街舞走穴的学生，曾自诩"身轻好似云中燕，豪气冲云天"，觉得进艺校埋没了才华，觉得自己能跳进东方歌舞团，然而他的大部分积蓄却都用作了改装摩托车。速度与激情对他来说，最重要的是速度，因为在速度里他能体会到窒息的感觉，仿佛进入另一个具有精神寄托的时空里。跟过他的姑娘兜几次风就觉得腻了，热血年代似乎不复存在，他常这么感叹。要不是许娜，他可能依旧混迹在夜场，别说出头了，连进一个像样单位的机会都没有。

许娜帮阿布捡回了一条命。许娜不愿回忆，偶尔噩梦里会记起摩托车在环路上翻倒的瞬间，速度太快了。阿布恨自己，早知道就该坚持把唯一一顶头盔给她。不过许娜说他错了，没用的，摔的是腿，是她的命；相反，如果头盔不戴在他头上，他就不只是脑震荡那么简单了。是啊，头盔都撞裂了，路侧的缘石被磕掉好大一块。

那场事故改变了许娜。什么一切都是最好的安排，许娜不靠这类鸡汤活着，即便自己跳不了，还是要做跟舞蹈有关的事，就像因伤退役的运动员，往往更愿意去当教练。许娜想证明自己虽然没法儿再登台了，但从此以后整个舞台都是她的。

赶上了国有院团纷纷转企改制，继续待在里面对她来说不会有出路，于是许娜一手拉起了不到十个人的队伍。纳兰现代舞团成立第一年都是许娜自己在搭钱，后来欠了债，把六哥给她的房子抵了出去。说投资梦想有些俗了，她在拿仅剩的这些东西赌一口气。

　　许娜不恨那些说她是二奶出身的人，英雄不问出处。六哥是个好男人，最初是她被他吸引，所以从来没想过求六哥给一个名正言顺的身份，起码她跟阿布是这么说的。人都死了，她说，语气里没有不甘。六哥之后她就再没找过别的男人，独来独往惯了。其实她跟六哥在一起时也是如此。

　　许娜唯独介意别人说阿布是她包养的小白脸。她是喜欢阿布，甚至比喜欢来得复杂。她什么也不图，对外跟人解释说他是个好苗子，将来必成大器，背地里却总骂他不上道，怀疑过自己对他的判断。关系不错的一个姐妹认为她不过是收了个器大活儿好的弟弟，顺便给母性泛滥的自己找一个宣泄的出口。除了不给他钱花，跟包养差不多一个意思。千金难买我愿意，管得着吗？许娜这么说也是赌气，心里恨不能逼着对方听她解释，她和他连床都没上过。

8

　　许娜不愿骗自己。那年一月上哈尔滨演出，穿得再厚，室外待不了几秒钟就冻透了，包括阿布在内所有人，都想骂许娜干吗接这种活儿。给钱多，许娜抱着这个目的，说不定还能沾点国际冰雪节的光。

　　尾款比例不低，但演完对方没给钱就失联了。都是分包出去的活儿，即便问清楚了也解决不了。许娜揪着主办方工作人员的衣领吼了一圈儿也没人负得了责，找谁去？

夜里雪还特别大，许娜从信用卡里透支了六万块钱出来，把大伙儿的劳务费一分没少给结了，装作什么事儿都没有继续跟大伙儿乐呵呵地吃夜宵。

她喝多了，阿布搀她回房，她说无论如何也要把名气打出来，有了江湖地位就没人敢欺负咱们了，还鼓励阿布无论如何也得混出来……阿布没吭声，酒后胡言搭上就没完了。许娜坐在床上突然眯着眼指着他说，混出来你就离开我了，是不是？

我现在就准备离开了。说完他转身就走，没几步只觉得什么东西撞在了后背上，两条胳膊从后往前交叉环绕，勒住他的脖子，一下子就喘不过气来，但他没有挣扎，任许娜使的劲儿越来越大，身体贴得越来越紧……阿布其实喜欢窒息的感觉，从小就喜欢，许娜让他突然有了一种久违的亲切感。

许娜被推倒在地上的时候，阿布不停地咳着，一手撑在左侧的嵌入式衣柜上，柜门一动，里头的感应灯就亮了，一束光照在脸上，血色慢慢恢复了正常。许娜爬起身没站稳，一头扎在阿布身上，两人一起倒了进去。阿布的后脑勺碰疼了，嘴唇也疼，被许娜咬了一口，他也回咬了她，就这么吻了起来，好久才从衣柜里连拉带扯地出来。

穿得太多，脱衣服就花去不少时间，足以让阿布想起小橙——他从小到大就喜欢的女生，他唯一的女朋友。

许娜不会猜到阿布突然甩下她跑去卫生间干什么，长吁一口气，她刚才猴急了，其实也不用急，一晚上时间足够。她摘下六哥送她的手链，翻身下床从皮包里找出了安全套，调整了姿势躺下，什么也不盖了，等着他。

不知过了多久，似乎传来了抽泣声，也可能是吸鼻子的声音。隔音太差了，应该是隔壁。紧接着她突然又觉得应该调暗光线，再次爬起身时才意识到声音是从卫生间传来的。

悄悄来到卫生间外，她几乎用了小时候吓唬人的方式猛地拧开门把手，只见阿布眼圈儿红红的，手不自然地耷拉在一旁，整个人像是刚刚泄了气的皮球，来不及掩饰，下体一览无余，地上一摊白色液体。

许娜猜到那是什么，问了一句你怎么了，也是本能反应，其实可以不问的。

阿布摇了摇头，如果当时真回答她说我有女朋友了，我很爱她……许娜一定会笑晕过去，再骂他变态，她不相信一个男人会这样，打死也不信。按说这个世界上是个男人就想上她，像阿布这种性经验远不如她丰富的小男孩儿更是如此，他抵挡不了她，她一定是他的性幻想对象，可他竟然独自坐在马桶上手淫，赶在门开的一瞬间射了。

这不正常。许娜得做好心理准备，可能阿布心里就是那么想的。

要不是许娜见多识广承受力强，就该让他走的，这个晚上等于毁了。可她还是跟他躺在了一张床上，没有身体接触，就那么并排躺着等待入睡。黑暗里彼此的呼吸都很轻，像是在刻意降低自己的存在感。过了好久都没能睡着，两人竟随便聊了起来。阿布不由得问到为什么要起"纳兰现代舞团"这个名字，她让他猜，全猜错了，没等到标准答案他就沉沉睡去。

许娜觉得他没理由放弃和她做爱，即便自尊心没受影响，但几年后这个相似的晚上还是让她有些耿耿于怀。

清酒的劲儿差不多过去了,嘴里不知怎么有一股丁香和坚果的味道。许娜不相信阿布的话。人的影子没了?哄谁呢,以为别人都是小孩呀。再不说实话我强奸你了啊!

不信是吧?被逼到墙角的阿布脱光了衣服给她看,找个光位,跟墙拉开距离,这不是什么把戏,他身上可什么道具装置都没有:影子真没了!

许娜眯着眼睛乐了,张开五指摸着阿布的胸肌,扑上去和他一起倒在床上。这次跟上次不一样了。

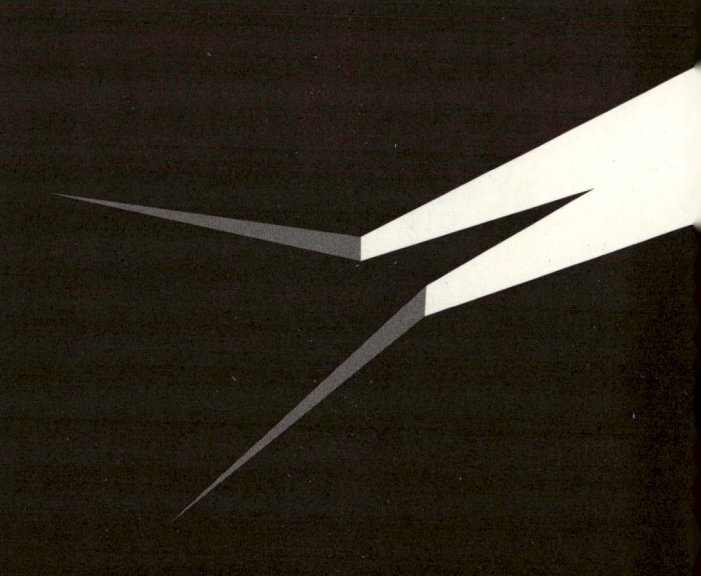

第四章
蔡梓的光学现形

4

I

大夫们觉得阿布有病。

我是有病！他恨不能把嘴贴在人家耳朵旁强调好几遍，影子没了还不算病？

有些树挺奇怪，刚一到秋天叶子就往下掉，一片一片像阿布脱落的头发，真担心它们没到冬天就要光秃秃地在风中摇摆。

阿布想要访遍民间高人，就不信没人能管。可时间不等人，许娜不等人。

大仙儿的话对阿布来说更像是心灵鸡汤，影子的事儿还是没解决。本打算狠下心一分钱不给的，想想还是心软了，时间就是成本。可刚把装了钱的信封给人放下，接着又赶紧拿起来，死死攥在手里，跑之前撂下一句话：老子的时间也有成本！

上次在一位大师那儿也是如此，阿布宁愿被追出去两条街，也不想花冤枉钱。

西医中医都瞧过了，庙堂道场也去过了，该拜拜，该求求，就是不见效。没影子的这段时间里，阿布感觉自己像得了一种怪病，或许体内某块重要的器官被莫名摘除了？

再过一两天就要进剧场联排了，他快疯了。还有什么办法？

想起上次在酒吧遇到的那个玩塔罗牌的姑娘纯属偶然，意识里的自己坐在一棵树下，一个苹果掉落下来砸中了他，那苹果就是她。在阿布有限的社交经验里，只有这姑娘似乎跟那种比较玄乎的东西沾点儿边，不知道为什么，他竟然将这个姑娘划入到了自己的社交关系中。

姑娘叫什么，怎么联系，他一概不知，或许当时她根本没有告诉自己，但姑娘说到"影子"时目光中闪烁着的老道和自负，以及她拍着胸脯口口声声说"包在老娘身上"的样子，让他冥冥中想试一试，病急乱投医他也认了。

有时候对陌生人的信任冲动，或许就是第一眼的直觉。

阿布坐在上次的位置上，把角，视野好，将整个酒吧尽收眼底。

他前后分三次要了鲜榨西瓜汁、炸鸡以及红豆抹茶蛋糕，每次跟不同的服务生描述并询问姑娘的情况，三个服务生都记得阿布，却不记得姑娘。

守株待兔似乎保守了，如果搁在过去那种封闭型社会形态里或许还有可能，如今想在同一个地方等到同一个人，除非摸清了对方极其详细的生活规律。否则，在一个荒谬跟奇迹并存的特大城市里，茫然四顾，都是沧海一粟，两个陌生人即便是座位相邻看完同一场电影，出了影厅也可能这辈子都见不到了。

当然，这些都不重要，重要的是，阿布决心找到她。之前听过"六人定律"，说世界上任何两个陌生人之间相隔不超过六个人，他想知道他和姑娘间会有哪六个人存在。

要不是服务生为邻桌结账时提到了"关注公众号即可优惠"，他也不会想起那天姑娘主动说要加他微信来着。当时他喝多了，竟然拿不用微信当借口拒绝了,跟多数男的正好相反。

姑娘特别提到了自己的微信公众号,阿布用力回想了半天,隐约记起了个大概,好像是"光学"什么的。

公众号搜索栏里,关键词跟"光学"有关的倒是出来了一大堆,"中国光学光电子行业协会""北京光学学会""光学计量测控""应用光学国家重点实验室",还有各种企业机构,等等,加起来最起码有上百个,没一个看着像跟塔罗牌或占星术沾边的。划拉着屏幕浏览下来,眼睛都快花了。

难道记错了,还是根本不存在?按说酒桌上的话不必当真,何况是萍水相逢的陌生人。犹豫了片刻,阿布琢磨着要实在不行,就让酒吧把当时的监控调出来拿给派出所,求他们帮着找。

酝酿好了一套说辞,准备去找酒吧的负责人,可大小肠偏偏在此时蠕动加剧,促使他不得不先去找马桶。

灵光乍现。蹲在马桶上的时候,他捧着手机那么不经意地一划拉,一个名叫"光学现形"的公众号映入眼帘,点进去一看,介绍栏里分明写着:

> 塔罗占星、六爻排盘、推背归休,其实全不重要,我也不重要,重要的是你们。

2

姑娘叫蔡梓,听起来像"菜籽"。

阿布本想约在闹市区的咖啡馆,蔡梓一句多余话也没有,直接发来一个定位。位置不近，竟然在北大校园里，就是大家都知道的那个北大。原本还在为长途跋涉犯难的阿布，内心踏实了一点儿，能把据点安插在那儿，应该不会太不靠谱。

进了校园，却不知是导航出了偏差，还是自己认错了方向，七拐八绕走了四十多分钟，还在鬼打墙一般围着未名湖兜圈子，树上的鸟都急了，像猴子似的从一棵树跳到另一棵树，前后跟着他飞。

湖畔附近的一片林子后头有一条狭长的岔道，弯度比较大，站在道口根本不会知道里面是什么，只有向深处走去，才豁然开朗。道路尽头竟然通向一条僻静的小胡同，人迹罕至。胡同两侧是几座低矮的建筑，独门独院，青瓦朱门，雕梁画栋，如同二环内的王府贵邸，甚至比过去的遗迹还要精致，反倒说不出年代了。不过，在这体面背后，杂草恣意蔓延到了路中央，还有像垃圾堆一般砌积而起的土坡，上面的小树歪歪斜斜、枝干凌乱，想必经过一番野蛮生长。掩饰不住的顽强而悲怆的气息，让这一切更透出一种荒诞感。

挨户去找"光学现形"四个字，连个门牌也没有，正要发微信给蔡梓，只听"哗啦"一声像是推拉门开了。回头望去，一个姑娘站在推拉门后，着一身轻薄的长裙，头发比上次梳理得还齐整，眉眼间透着捉迷藏一般的顽皮。

她身后倒也不是四合院，而是一栋砖体结构的现代建筑，看不出风格。穿过甬道进去就是一个门厅，两旁的青花瓷壁缸显得厚重，金鱼在里面并不活跃，一扫而过的是墙上生了锈的暖气片，还有漏水渗下来的犹如尿渍一般的疮痕。除此之外，像极了性欲寡淡的老妇女，带不来任何新鲜和刺激感。

门口也不挂个牌子。阿布这算打招呼了。

叶问开武馆也从不挂牌。蔡梓边走边回应道，口气比上次稳重了不少。

进了主屋，整面墙全是书，没有书架，一本一本一层一层像垒砖一样垒到了天花板。跟前有梯子，梯子上放着长柄夹，不像姑娘家的用具，反倒像是给一个上了年纪的老学究配备的。

阿布适当地歪了一下脑袋，便于让视线横过来分辨那些躺着的书名，意外地发现书上竟然都没有落灰，可见是爱书之人。

不过，没书架，会让整面墙看起来摇摇欲坠，别说从下头抽一本书出来了，估计在跟前跺一下脚，整摞书都可能砸下来，就砸在阿布头上，因为他坐在了最靠前的沙发椅上。

茶凉了，只好倒掉重沏，弄得阿布还怪不好意思。其实他不喝茶，但碍于面子，在蔡梓重新沏好后，没等水温凉下来，就勉强送到了嘴旁。似乎正因如此，他有些语无伦次，语气里透着急躁，跟屋里昏暗的光线不太搭。瞥见墙上那一幅幅看也看不明白的抽象画，有的像马克·罗斯科，有的像达利，还有的近似于瑞士的克利，其实他也是瞎说的，多说点儿话或许能相应地减少一些焦虑，至于他那点儿少得可怜的绘画素养，都是受了小橙的熏陶。蔡梓倒是频频点头，反正她不懂，谁说什么就是什么呗，她也不关心。

3

原来在书墙中央还隐藏着一个机关式的暗门，不仔细看根本发现不了。暗门并不神秘，与之相连的不过是一间看起来很普通的房间，吊灯和壁灯的光线都经过了设计，让人昏昏欲睡，牛皮纸式的壁纸加重了这种氛围。贴墙的长条矮桌上摆着一排不知作何用途的木器和镜子，谈不上有什么风格，没有风格或许就是一种风格。

那是什么？阿布的视线落在其中一个架子上，像是摆放手机用的，类似可以伸缩的自拍杆。算他猜对了，蔡梓没解释。阿布乐了，没想到你还玩自拍。

我以前还玩视频直播呢。

你不会把跟我聊天的过程都直播出去吧？阿布不安道。

别逗了，谁会看你啊，再说我早不碰那玩意儿了。

阿布嘘了一口气。

一张椭圆形木桌，蔡梓请阿布坐在她对面，这环境让他拘谨起来。望着桌上摆着的塔罗牌，心跳不由得加快，仿佛要迎来一场手术。

你打算怎么解决，要我怎么配合，提前说，我好有心理准备。阿布直勾勾地盯着蔡梓，两只手交叠着放在桌上，显得很不自在。

凡事别一上来光想着解决，别纠结影子为什么消失，这都只是表面，你要想根源，是什么导致它这样的。影子虽然不是实体，但它也是人，起码有人形，甚至有人心。它的诉求甚至委屈、痛苦等，都是什么，你想过没有？

别扯了！人形人心？还成精了。你行不行？不行咱就别浪费时间了。

蔡梓没被他的话干扰，摆摆手让他坐下，声明一点，我这可不是说什么怪力乱神，沉不住气，影子就飘，影子一飘，就容易被风或者别的东西带跑……

你再讲这些概念性的话，我就睡着了。阿布耷拉着眼皮，语气里透着一股邪火。

别说话，照我说的做。蔡梓开始压低嗓音。

阿布没再反驳，深吸了一口气，强迫自己平静下来，随着蔡梓的要求，伸出双手开始洗牌……

整个占卜过程中，阿布隐约感觉蔡梓像变了个人，似乎她沾着塔罗牌以后，整个人的气场就沉了下来，深邃了起来，嘴角完全见不到活泼的痕迹了。

4

离开时天色已晚，蔡梓没亲自送他，长发披肩的女助理陪阿布走到了铁门前，阿布没敢盯着她的脸看，只是凭直觉猜到这姑娘面容姣好。

外面的杂草和小树纷纷呈倾斜状，透着夸张，起风了。想到蔡梓的话——沉不住气，影子就飘，影子一飘，容易被风或者别的东西带跑。

跟姑娘道别后，阿布才意识到忘了问出去的路，不过他很快就有了主意，反正他的习惯是不走回头路，况且另一头还有一盏路灯有意无意在向他招手。他双手插进裤兜沿着小路走，两侧的建筑愈发破旧，有一栋平房估计拆了一半停了工，屋内被搬空了，只剩下梁架，还有漏了风的窗格，其他残垣断壁都横陈在路边，残骸一般令人绝望。

原来这条胡同并不短，越走越僻静，除了呼呼掠过耳边的风声，就剩下树叶翻飞乱舞,虽然像是在聒噪,却一点儿不觉得热闹。阿布纳闷为何附近一个人也碰不到,转念一想,如果碰到了,那才可怕呢。

被催生出的战栗感逐渐游走全身,阿布加快步伐,以至于拼命跑了起来。

总算跑上了大路,他夸张的样子引来了路人异样的目光。天彻底黑了下来,三三两两的学生走过,让他心里踏实了不少。

喘着粗气回想在"光学现形"的整个下午,恍若隔世。

说来也怪,切牌之后,蔡梓没再提影子的事儿。按说作为求问者的阿布应该问自己想知道的,再根据选择的牌阵,将所选的牌依次入位,最后由蔡梓根据牌面上的信息为他解读和分析,可蔡梓只顾着自己比画了,只聊了一些鸡毛蒜皮的小事,无非是工作、生活作息以及和其他人的相处等,阿布就想谈影子,却不知不觉被蔡梓带跑了。后来还聊到了小橙和许娜,两个让阿布头疼的女人,一个在躲她,一个他想躲。

蔡梓倒没收他一分钱,只是告诉他,她会把他的影子找回来的,具体什么时候也没说,让他等电话。

这让阿布心生一丝犹疑,说不上具体原因,就是有点儿不想再来这儿了。

5

一夜辗转无眠。

阿布想象着蔡梓的样子,尤其是那一面垒满书的高墙,竟感到了一种不安,倒不是因为蔡梓要他视自己是灵媒,而是因为她可以看透人心,这一点是他忌惮的,像是自己揣着什么秘密,生怕被人看穿。

算了,还是别再见了,神道道的人通常都不太靠谱,阿布这么告诫自己。太久没睡过一个好觉了,之前两个多月排练太辛苦,猛地歇下来身体也吃不消,现在他无比渴望能像倒在棉花堆里一样睡他个昏天黑地。

微信响了好多次,他懒得去管,一定是许娜。枕着手机睡去,再睁眼已经是中午了,划拉开手机,翻出其中一条,竟然是蔡梓,就两个字:速来。

无数个疑问盘旋在脑海里,他主观上不太愿意相信,但还是很好奇接下来的剧情。

从东四环长途跋涉赶到了北大校园,又花去整整一个钟头,到达的时间比上次还晚。夕阳下,秋风一吹,一身鸡皮疙瘩。

长发女助理站在门前候着,见到他时笑笑,直接将他领进了上次那间屋子。

蔡梓坐在沙发椅上捧着一本厚厚的书,看得十分专注。屋里光线很暗,原来,一半窗帘都拉上了,只有沙发椅旁的地灯亮着。

见阿布进来,蔡梓没什么表情,淡淡地说,坐。

阿布气喘吁吁地坐下,什么情况?

蔡梓不紧不慢地合上书,你先把气喘匀了,你这个样子我没法儿和你说。

阿布立即照做,有意放慢了呼吸,两手不自觉地攥起拳头,绷了不到两三秒钟,又把目光投向蔡梓。

你打算怎么谢我呀?蔡梓突然问他。

什么怎么谢你?阿布坐直了身子。

蔡梓低下头顿了不到两三秒钟,然后语气疲惫地感叹道,真的非常不容易。

什么不容易?你别卖关子!阿布两眼放光。

你答应我,待会儿说话小点儿声,情绪别太激动。

阿布狠狠地点着头。

蔡梓将食指竖在唇前,用眼神引导阿布将注意力转移到他左侧那一面光秃秃的墙上,上次来的时候墙上还挂着一些画,这次全被摘掉了。

虽然没什么仪式感,阿布还是不自觉地屏住了呼吸。

只见一个深色的圆点不知不觉从墙角冒了出来,慢慢地向墙中央移去,就像滚雪球一样不断变大,从拳头那么大逐渐变成了脸盆那么大,在形成了一坨灰黑色阴影后趋于稳定,看上去分明是个脑袋。本以为接下来登场的该是身子了,谁知那脑袋又继续变大,像是一大块浓墨滴在了宣纸上,一点一点洇开……

阿布惊奇到连下巴都抻长了,恍惚中有一种观察受精卵发育似的神圣感。

经过一番翻转、拉伸和延展,灰黑色阴影终于呈现出人的轮廓,端端正正地立在墙中央,个头不小,宽肩细腰,大小腿看起来要比一般人粗一些,两条胳膊要比一般人长一些,上半身和下半身像是照着黄金分割点划分的比例——阿布本人就是这样的。

阿布连着说了三个"我操",愣在原地半天没挪动身子,心里却恨不能扑过去抱住它，可他犹豫了一下，回过头用一种不可思议的眼神盯着蔡梓，眼睛睁得老大，像是为了不让眼泪掉出来。

6

阿布赶到排练场时，感觉这里比往常热闹，来了一堆记者。这是怎么了，不是说联排之前对外要尽量低调吗，这么大的事儿也没人通知他……不管了，反正他今天心情不错！打许娜电话一直没人接，前前后后找了好一会儿才在化妆间找到她，她正一个人坐着抽烟，大灯开着，窗帘紧闭。

怎么闷在这儿？找你半天了。

见阿布突然进来许娜还有些意外，刚把烟头掐灭，又掏出一根来，吐着烟圈儿半天没话说。那晚在日本料理店喝多以后发生的事她都记得，第二天醒来就没再跟阿布说过话，只给他发过两条微信，第一条说让他赶紧想办法，第二条说她也会想办法，事在人为。看来许娜还是想帮他保住绝对男一号的位子，当然，前提是得保住整部戏，这是她倾尽全力的一场豪赌，容不得半点闪失。

那些记者来做报道吗？怎么大伙儿瞧我的眼神都那么怪？阿布一连抛出两个问题，许娜只是哦了一下，然后说，有变化了……

何止变化，总算要解决了！阿布第一时间赶来把喜讯告诉许娜，一副如释重负的口气，简直比肿瘤病人复查时从大夫嘴里听到"良性"两个字还要兴奋。酒吧偶遇真就是上帝给他开了一道窄门，蔡梓这个姑娘比那些卜卦大师、大仙儿强多了，真把影子给他找着了，人世间还有这等奇事！

许娜起身关灯扯开窗帘，绕着阿布转了一圈儿，猛推了他一把，烟灰落在阿布的脚上，脚下却什么也没有。

　　哪儿呢？！许娜显得比他还急。

　　我说总算，快了，彻底解决得下次了。找到影子是第一步，然后才能把影子跟本人缝合在一起，很快了。说话时阿布双手还比画了一个类似穿针引线的动作。

　　你找了个裁缝？许娜双目失神。

　　啊？阿布一愣，忙解释道，你傻吧，缝合，缝合，恢复懂吗？跟恢复视力一个意思，我的影子就要恢复了，我OK了！

　　看他一副兴致勃勃的样子，许娜恍然大悟似的把目光投向窗外，拿手掌抵了抵额头，连着吐了三口烟，最后一口像叹气。

　　阿布似乎猜到了，自己一定错过了什么。冲出化妆间，沿连廊快步走进排练场，一堆人靠墙围拢在一起，显然成了这里的焦点。他拨拉开外侧的记者试图把身子挤进去，最里面坐着台湾导演和一个年轻男子，导演讲得清楚，这就是我们这出舞的特邀男主角……

　　是他，阿布知道他，但不认识，之前曾看过媒体对他的一些报道，称他是中国现代舞领域一颗冉冉升起的新星，正好那人就叫新星，不知是本名还是艺名，总之是个跟报道里相符合的称谓。阿布左右看看，团里演B角的大林不在，大林的名气跟这位新星没得比，再想到自己，除了许娜，绝不会有人当他阿布是冉冉升起的一颗新星。

　　新星身上穿的是专为影子舞量身特制的紧身衣，阿布再熟悉不过了，现在它穿在了另一个舞者身上，一切仿佛跟自己不再有关系。

　　快步走回化妆间，感觉走了好久。许娜还在，阿布掏她一根烟呀上，反复几次却打不着火，狠狠地将打火机摔在地上冲她吼道：为什么？！

阿布意识到自己错了，许娜开始说"有变化了"，是要告诉他现在的情况，可他却当成了问句在回答。的确，是有变化了。

是你决定的吗？我问你话！阿布站着，许娜坐着，一高一低，再往前一小步，裤裆就要贴着她的脸了，演出在即，临阵换人是大忌，这你不知道吗？别以为特邀就保险了，咱们在一块儿排了多久，他一外人怎么可能比我强？！

许娜低头不语。

化妆间是开放式的，被隔断分成了三间，两人就在最靠里的这间，连门都没有，就一面帘子，还没拉上。许娜躲不开，从椅子上起身的时候阿布已经扯开了自己的裤子，运动裤软得像毛巾，一褪就下来了。许娜被反按在化妆台上，台面上残留的粉底让她不由得咳了起来。

说话，你说话！阿布大口喘着气，太阳穴上的青筋突兀。

许娜一声不吭，连呻吟都没有。

不知过了多久，阿布慢了下来，可能是想到了什么，但他不服软，更卖力地努动着身子，许娜的脑袋一下下顶在化妆镜上，发出咚咚的闷响。

你觉得你跟我睡，我就必须什么都依着你？许娜拧过脸说。

阿布离开她的身体，提上裤子，走出化妆间前撂下一句话：告诉你许娜，跟你睡就是为了保住我的男一号，就这一个目的。

7

想恢复可没那么容易,这一点阿布开始时估计不足。影子的状态极不稳定,稍微遇到一点风吹草动就会躲起来,胆小如鼠。

这次总算被稳住了,简直是不可能完成的任务。整个过程被蔡梓描述得曲折离奇,阿布大概理解了,这就好比钟馗捉鬼,光捉住没用,驾驭不了还是有可能让它跑了。

阿布一次次趴在墙上试图拿鼻子嗅出影子留下的痕迹,恨蔡梓没有一个类似于紧箍咒的东西。

蔡梓告诉他,这次一定让它安心回去做他的影子。

当影子再次出现在墙上时,蔡梓闭上眼睛深吸一口气,如仪式一般,阿布在一旁不敢作声,房间里安静得仿佛没有了人。墙上的影子却很不安分,又是耸肩,又是抬手,又是挠头,动作夸张而丰富,宛如正在上演一出哑剧。

前几次也是如此,阿布知道蔡梓要在这一段时间里安抚并说服影子,只有她拥有这种独特的能力,一场无声的谈判容不得自己插嘴。蔡梓说过,他要是沉不住气,发出声音,就可能前功尽弃。

阿布学乖了,蔡梓说什么就是什么,只要把影子给他恢复回来,花多少钱、做什么都行。

通常情况下蔡梓和影子的沟通都是静默无声的,就跟通灵类似。阿布从来不迷信这些,此时此刻却坚信它们都是真的。这个下午蔡梓却意外地发出了声音,声音颤抖,浑身不自在,甚至抬起头大声嚷嚷,谁?什么人?

什么谁?阿布跟着一怔。

蔡梓问道，你叫我了？

没有啊。阿布一脸诧异。

蔡梓小心翼翼地环顾四周，还没来得及平复情绪，又像被针扎了似的猛地站起来，神色紧张道，谁啊？到底谁在说话？！

见蔡梓神经兮兮地原地转着圈儿，阿布也神经兮兮地质问道，你怎么了？！

别说话！蔡梓有些手舞足蹈了。

我没说话！阿布强调道。

不是你！蔡梓几乎破了音。

那他妈是谁？！阿布猛站起身。

谁啊？出来！蔡梓双手按着脑袋。

你别吓我！阿布夹紧双臂，做出一副防备突然袭击的架势。

怎么了蔡姐？不远处的女助理也慌了神。

没听见吗？就在这，有人说话！蔡梓瞪大眼睛，头发都乱了，着了魔似的。

女助理一哆嗦，不慎将身旁紧挨着的一人多高的绿植给带倒了，那绿植明显头重脚轻，砸在地上"砰"的一声，缸盆里的土也跟着撒了出来。

阿布不会想到，几乎同时倒下的，还有正对面那堵墙上的影子。

第五章 浮上水面

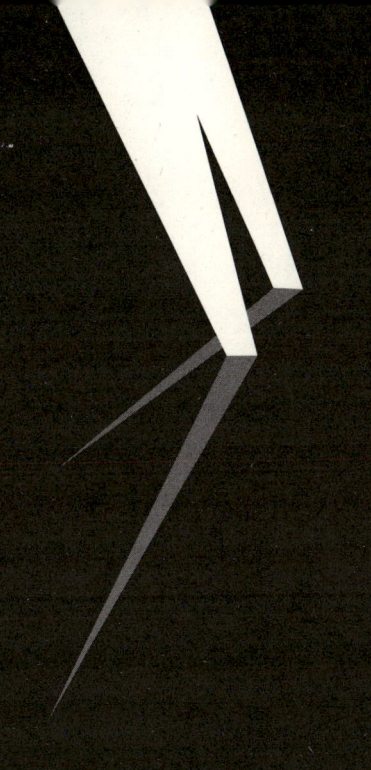

I

蔡梓头上缝过针，这个发型正好给遮住了。那渣男一喝多就打她，甩了她以后还打，每次来都是喝多了。蔡梓想找机会杀了他，实实在在想过，后来一段时间那渣男来得少了，她也没断过杀他的念头。她还做过准备，不管搬到哪儿，床底下都藏着一根棒球棒、一把从西藏带回来的短刀，以及一瓶工业硫酸。

养成四处搬家的习惯也是被逼的。两个多月了，那渣男看来是没法儿找上门了，蔡梓紧绷的神经终于放松了下来。

"光学现形"平时熄灯没这么早，往往会到夜里一两点，今天例外了，整栋房子陷入一片漆黑的时候才不过九点零五分。一旦"光学现形"暗了下来，整个这一片也就暗了下来，仅剩下那盏昏暗的路灯了。

停电了？

蔡梓记不清上次停电是多久以前的事了。奇怪，好好的怎么就停电了？

蔡梓就住在这栋房子里，工作间对面的一个小套间，一室一厅加厨房和独立卫浴，这样的格局对她来说再合适不过。女助理就住在隔壁单辟出的开间里，她最近新交了个男友，周末会出去住。

手机照明将一小部分黑暗稀释，让她感到有了一点儿踏实，事实上，自从在阿布面前露馅儿之后，她就没踏实过，除了自责，还是自责，前者带有反省和悔恨，后者是为女助理犯下的低级错误而愤怒，不过，当时发生在她身上的事，才让她真正不安。停！蔡梓赶紧刹住这念头，这念头让黑暗中的她愈发紧张了。

女助理的手机始终无人接听，蔡梓不得不去工作室的书桌上翻一本小册子，上面记有管理部门的电话，真够麻烦的！要怪就怪自己搬进来之后从来没亲自拨打过，否则就会存在手机通信录里了。

快步穿过走廊，来到了工作室门前，一手稳定手机照明，一手插钥匙开锁，可一上来她就失手了，钥匙掉在地上的声响让她觉得异常刺耳，好像这响声会惊动黑暗里的其他什么东西似的。弯腰去捡，不知什么东西一闪而过，人一紧张，手机也滑落在地，周围顿时一片漆黑，不得不蹲下来摸手机。不远处的厚壁青花瓷水缸里传来了奇怪的响动，很轻微，像是什么东西落进了水里，难道是金鱼游动得太过剧烈，以至于跳出了水面？蔡梓顾不上那么多了，贴着冰凉的地面继续摸找，先是摸到了手机，原地照了半天，竟然在身后差不多一米之外的位置找到了钥匙。脑袋跟着"嗡"了一下，她感觉不对劲，一串钥匙自由落体难道不应该落在门把手的正下方吗？

她急急忙忙打开门，举着手机在身前照了一圈儿，实际上根本没敢看光亮划过了什么，硬着头皮冲到书桌前，书桌犹如一摊废墟，连笔记本电脑都埋在下面，鬼知道那本小册子夹在什么地方！不！不能提"鬼"这个字。她提醒自己集中注意力，赶紧找到赶紧离开，在自己熟悉的地方感到不适，那就是真的不适了，突然间"咣当"一声，房门重重地关上，仿佛被强电击中了心口，她也不敢去想是风刮的还是别的什么原因，反正整个人是死了两三秒。

冲进卧室钻进被窝时,她身上所有的汗毛都竖起了,凉飕飕的,人被冷水激过一般颤抖不停,大脑反倒异常清醒,仿佛死里逃生后对世界有了短暂的新的认识。

刚喘了两口气,手机又是一番炸响,刺激着她的神经,让她没完没了地哆嗦起来。电话那头是女助理,声音愉悦,别担心,估计是跳闸了,电箱就在你房间的卫生间里。

蔡梓忙安慰自己,刚才连虚惊都算不上,搞不清楚状况的时候人就容易疑神疑鬼,自己吓唬自己。退一万步讲,即便受点儿惊吓,顶多吓晕过去,想想也没什么大不了的。这样平复好自己的情绪后,她才敢摸黑进了卫生间。

电闸总算合上了,光芒普照,一片耀眼,她长舒一口气,仿佛重获新生。瞧了一眼镜子里的自己,一脸苍白,实在是孤独的样子。但这一瞧不要紧,蔡梓立刻知道事情没完,一个模糊的身影从镜子里一闪而过。

蔡梓使劲揉眼睛,强迫自己冷静下来,刚才还给自己讲大道理呢,搞不清楚状态的时候就容易疑神疑鬼,自己吓唬自己。她应该是神经过敏或是看花了眼,想到这儿,便释怀地笑了笑。

可她一走出卫生间,迎面就撞上了那个人影!太过突然,脑袋上缝过针的部位再次磕在地板上。

果然,顶多吓晕过去。

2

醒过来时蔡梓还以为脑袋摔破了,伸手一摸,好像没什么事,再一看自己竟然躺在床上。正对面靠墙蹲了一个人，蜷缩着身子，是阿布。阿布？怎么是阿布！

怎么不能是阿布，先断电，再撬门，还能翻窗户，总之想进来有的是办法。蔡梓猜他是觉得上当受骗而心有不甘，趁夜造访想给她个教训，轻了一顿暴打，重了先奸后杀。这么想着，她摸了摸衣领，对呀，自己怎么就躺在床上了。可能她把事情想严重了，自己明明把钱都退还给他了，还要她怎么样啊，她又没恶意。

只见阿布小心翼翼地来到她跟前，迟疑着伸出手，摊开了拳头。她还以为他手里握着什么凶器，没想到掌心中央是一个小瓶。

蔡梓愣了一下，觉得似曾相识，问了句：这是什么？

阿布没有回答，继续托着掌。

蔡梓拿过来一瞧，是自己的哮喘喷雾剂，怎么在你这儿？

阿布低着头，神情似乎有些紧张，真是莫名其妙。他憋了好半天才开口道，上次，你，你在酒吧落下的，被我捡到了，一直不知道怎么给你。说话声小到了估计只有他自己听得见。

蔡梓感到诧异了，什么叫不知道怎么给我？

找你啊，我也不知道上哪儿找你。

蔡梓一脸茫然，你到底在说什么？

你，当时喝多了，手机没电，扫不了充电宝，钱包也丢了，还有事急着走，求我帮你买单，不记得吗？

记是记得，上一次遇见阿布时他一个人默默地坐在吧台前，自始至终低着头，一副孤独的样子，面前摆着一杯啤酒始终没动，蔡梓的视线正对着他的侧脸，笔挺的鼻梁和分明的轮廓给人的第一印象就不错，干净的气质应该挺讨异性喜欢。蔡梓再次主动上前跟他搭讪，并不是只因为他的身材和颜值，而是因为酒吧里总共没剩几个人了，何况真没谁看起来像他那么好说话。

蔡梓一上来就将手包扣在吧台上，一股脑倒出一堆东西来，好向他证明自己的钱包不见了……不过是两杯鸡尾酒的钱，通常情况下男人是不会拒绝帮助她的。

阿布冲她点了点头，羞怯地笑了一下。蔡梓又连忙将散落在吧台上的东西揽入包中，告诉他，既然这么爽快，下次她请客。

喷雾剂应该就是那时落下的。

有一阵子了，偏偏这时才想起来。来找她就专门为送这个？真够奇怪的。蔡梓手指灵活地转着雾剂瓶，颠倒来颠倒去，偷瞄着阿布那唯唯诺诺的神色，显然藏着什么心事，她似乎早该发现不对劲儿了。

难怪上次在酒吧碰面，阿布不认识她。这么想，难道蔡梓先后遇到的并不是同一个阿布？那么，到底谁是谁？

直到眼前这个阿布用示弱一般的神情和语气向她开口，她才意识到还有更严重的事情发生。

3

蔡梓做梦也不会想到，凌晨这个点儿，竟然会跟一个和阿布几乎一模一样但又不是阿布的人去到很远的南护城河边。

要不是阿布急得快哭出来，蔡梓才不会忍着头疼和困倦开车过去。导航显示是二十六公里多，永定门桥走匝道盘桥上来，往北过了河右转就是。停了车沿着小路又走了好几百米，下至河道堤沿处。

她跟在阿布后头，听得到自己的心跳。河里的水是活水，夜风扫过水面时带起一阵刺鼻的湿气，闻得到一股发霉的植物的味道，可能是水草，也可能是别的什么被水浸泡久了所产生的腐臭，她不懂。

是不是要下雨了，总觉得水面上起了涟漪，头发丝也变得沉甸甸的，虽然看不见。这一片没有路灯，一切都是黑的。黑暗中看不清自己的脚，只感觉双腿怪沉的，可能中途不知不觉踩进了泥里，蔡梓这才想到掏出手机来照亮，这一照让阿布的脸看起来更反常了，额头一圈儿亮晶晶的，应该是汗，不知是不是急的。他在岸边徘徊半天了，还在闷着头走，就这一条直线，又没有岔道，竟然能记错了位置。

他不是阿布。

在"光学现形"的时候蔡梓就意识到了，只是不太确定。一路上她都没有流露出任何质疑的情绪，当时阿布就坐在副驾上，没有系安全带，车内安全警示音也没响，还有他的呼吸以及整个人的气场，都跟阿布本人不同。换成阿布自己走错了路，早急了，脾气一上来别说骂娘，抓起什么摔什么，脚下胡乱踢腾一番，没宣泄完可能就被野草丛里的连秧缠住了。

虽然有太多值得追问，但她告诫自己要沉得住气。

还要走多久？蔡梓关掉手机照明光，冲着黑暗问道。

对方欲言又止，报以轻微的喘息声。

蔡梓抬头望向上空的深色天幕，估计用不了多久天就亮了。她弯下腰从脚边摸起一块石头，扔进河里去，溅起的水花看不见却听得到；抡起胳膊扔第二块，第三块，扔到第四块的时候没有了落水声。蔡梓还怀疑是因为这块石头体积和质量太小，旁边那位突然说，就是这儿。

天蒙蒙亮的时候就剩下了蔡梓一个人，地上却多了一道深色的影子，蔡梓来不及深究其原因，因为她发现了比这更重要的事：河面上浮着一具裸尸。

是女人的尸体，蔡梓这么觉得。通常女尸仰面朝上，男尸面朝水下。等警察来的间隙，她蹲下来抱住自己的双腿，把胸贴在膝盖上，望着露出水面的那一对胸，不知是被水草划破，还是刀伤，看上去已经完全不成形，让她不由得浑身发麻。

蔡梓冲动的时候想过杀了前男友那个渣男，想过抡起棒球棒击打他的后脑勺，再拿藏刀给他放血，把硫酸浇到他的脸和手上。回想起来那些不光幼稚，简直就是小孩子赌气放狠话，隔着好几米远看到浮尸都让自己紧张到不行，别想了，杀人的事她可做不了。不过，要是河里躺着的是她前男友那个渣男就好了。

来人了，脚步声提醒了她。只见河堤上走来一名着工作服的清洁工，看样子他也发现了浮在水面上的尸体。

4

警车、救护车闪着灯来了，瞬间就把新的一天唤醒了，整个城市跟着聒噪了起来。蔡梓恍惚觉得像在拍电影，没法儿统计有多少晨练或上班、上学的男女老少途经南护城河时，看到了浮在河面上的裸尸。

之前在她不远处的那一道影子也不见了。

蔡梓说自己是晨练从这儿经过时发现的尸体，话音没落就不自信了，仿佛心里有鬼似的。这么早出来晨练对她这个年龄的人来说挺稀罕，而且是从北四环外大老远跑来，何况从这条破河堤下走过，坑坑洼洼一脚泥，她这一身穿着连同脚上的鞋子一看就不是那么回事儿。来了解情况的警察年纪不大，眼里全是血丝，估计是扛了一宿。这个时间出警很尴尬，要不是蔡梓的一通电话，本来该下夜班了，因此他显得挺不耐烦，听完就让蔡梓还有急着出勤的清洁工跟另一辆车回去做个笔录。

蔡梓犹豫了半天，如实写肯定不合适，她自己都没消化呢。哦，一个丢了影子的人大半夜来找她，楚楚可怜言辞恳切地说要带她去看个东西，跑来发现了河里的尸体，完了什么都没说，转身化作地上的一道黑影，谁信啊？编鬼故事呢吧。

警察真要怀疑上她，还挺麻烦，什么身正不怕影子斜，这种说辞没法儿让蔡梓平静下来。她本来就满脑子疑问，这下更心烦意乱了，咬着一支笔不知该怎么往下写，回想这一夜的经历，有一种反过来被阿布坑了的感觉。

想给阿布本人去个电话，却发现原来没留过他的号码，微信还被他删了。蔡梓理解他为什么那么做，对阿布来说，她蔡梓就是个骗子。

好在后来笔录蒙混过关了，毕竟还有清洁工一同作证。慌忙回去的路上蔡梓感觉嗓子发炎了，一夜没睡，抵抗力弱了就容易这样，她急需一场高质量的睡眠。昏昏沉沉中突然一个激灵，对呀，那要真是阿布的影子，把影子找回来还给阿布，她就不是骗子了。

5

接到通知的时候阿布还不清楚缘由，直到见了一位姓黄的警官。黄警官高高大大的，本人还挺和气。

两人在一间普普通通的办公室里聊起来。黄警官先问了阿布手心的伤是怎么回事——阿布半握拳都被他看见了，眼够尖的。阿布随便找了个借口搪塞过去，猜到这个跟自己年纪相仿的公安人员一定还有别的什么事。

李小橙是你女朋友？

怎么了？阿布心里"咯噔"一下，嘴上却还是下意识回应了他，视线在一旁绕了一圈儿，停在了墙角的饮水机上。

黄警官及时起身去给他倒水，却发现桶里早空了，于是喊外头的人帮忙，看来像是个小头目。阿布懒得多问，双臂环抱在胸前。

她跟你什么关系？

她是我未婚妻啊。怎么了？

黄警官重新坐下，早知道答案似的，接着问，你现在能联系上她吗？

阿布急了，到底怎么了？

哪儿有那么多怎么了，手机拿出来给她拨个电话吧。

水被端到跟前，满满一纸杯，阿布抓起来一口喝干，喝得太猛，洒漏到身上，下巴两侧挂着的水珠都顾不得抹去，赌气似的掏出手机，通信录里第一个名字就是"A 老婆女神"。阿布特意点开了免提，不一会儿传来关机的提示音。

你最后一次联系她是什么时候？

阿布翻着眼睛，就前几天吧。

具体哪天？像是逼问的口气。

四五六天了吧，我哪儿记那么清。阿布不耐烦了，目光跟对方接触了一下，又倏地缩回。

你自己媳妇儿什么时候联系过你不记得了？这才几天。想好再说！黄警官的嗓门明显高了八度。

阿布不自觉地又拿起空纸杯，盯着对面警服上的警号问道，到底什么事儿？

黄警官拿指尖戳了戳桌上的一本册子，也就A4纸那么大，比普通杂志厚点，一大半都反压着，像是写满伤痕，阿布本该意识到的。照黄警官的话说，有人报案了。

无名裸尸案其实跟黄警官没直接关系，只不过他是负责人口失踪立案的，有情况自然要去盯一下，看看是否有助于确认死者身份。

一听说是去医院辨认尸体，阿布整个人几乎走不动道了。

只瞧了一眼，他就跑到一旁哇哇吐了起来。这不夸张，死者面部连带头骨被钝器反复砸过，没法儿形容地可怕，浑身上下都是被利刃划拉或者捅刺过的口子，十个指头被强腐蚀性液体灼伤，加上一段时间的严重浸泡，整个尸体惨不忍睹；还有，死者的长发应该是后来被人剪过的，参差不齐，一侧还豁了一大块，像是被用剃刀刮过一样，连在警院选修过法医专业的黄警官都不由得倒吸一口凉气。

辨认尸体按说给看照片就可以了，把人直接带到尸体前这么做似乎有些不妥，黄警官心知肚明，可他忍不住这么做了。

阿布瞬间虚弱了不少，声音嘶哑地强调那不是小橙，肯定不是她。不知是真的不是,还是他本能地拒绝相信。

两人在楼道拐角连抽了好几根烟,没什么话说。阿布坐在台阶上一手扶着栏杆,等缓了过来,把烟头踩灭接着猛力拍打自己的脸颊,腮帮子一鼓一鼓的。他还要进去,像是拿出了豁出去的劲头。

你可以不这样。黄警官在身后来了一句。

阿布回过头,不哪样?

黄警官一时语塞,怎么说似乎都不合适了。两人就那么互不理解地望着对方,僵持了三四秒钟。

再回到尸体前,阿布跟之前判若两人,也不拿手捂鼻子了,视线稳稳地从死者身上扫过,后来竟然要求把尸体翻过来。黄警官冲一旁的工作人员点了点头,对方显然很不耐烦,什么话没说就出去了,过了一会儿带了一个戴着口罩和手套的人进来。

阿布两个拳头按在心口处紧紧地攥了攥,如释重负般长吁了一口气,黄警官明白了:胎记。胎记好就好在这儿,只要那块肉没被剜掉,就永远是独一无二的标记。

小橙左腿后侧靠近屁股下沿的地方有一块胎记,形状不太规则,一直延伸到大腿内侧,就算他什么都不记得,也不该忘了这个。

出来以后,阿布摸出手机反复拨号,黄警官瞥见屏幕显示的是"A老婆女神",显然没接通。这么拨电话估计是阿布这一个星期来重复了无数次的举动。

黄警官递烟过去的时候被阿布不小心碰掉了,阿布突然问道,你怀疑我?

黄警官迟疑了一下,俯身去捡烟,可能是下意识的动作,起身的时候说,就是为了调查,为了解情况。

浮上水面

调查调查，你查出来了吗？谁他妈瞎报的案，你之前跟我说过吗？把尸体摆出来让我认，你考虑过我怎么想吗？你是要告诉我小橙可能也遭到了同样的厄运吗？！

你冷静点。黄警官把刚捡起的烟又扔掉。

难道以后所有发现的死尸，我都要挨着个去认？

黄警官不再回应他。

阿布抬手抽打起自己来，左右交替着，一个巴掌接着一个巴掌。

6

实在不行了，回去倒头就睡，用蔡梓自己的话说，好像睡死过去。

可她还是做了一系列离奇古怪的梦，傍晚醒来时伴随着窗外的鸟叫，试着去辨别那是什么鸟，回过神，梦里发生的就全忘了。

阿布又出现了，这次蔡梓反应过来，这不是阿布，是阿布的影子。那晚也是，之前还担心再找不到这影子了。蔡梓的疑问太多，一时不知该从何问起。

伸手抹掉嘴角的口水，隐约想起梦里浮现过的几个疑问：尸体怎么就被找着了，还是被阿布的影子找着的？那种情况下她不得不报了警，然后呢，这是影子的目的吗？这之间按说不应该有什么联系，尤其是她蔡梓，跟尸体无关。她不是一个胆大的人，折腾这么一夜，到头来除了加重自己的心理负担甚至是阴影外，没任何好处，她或许以后都不敢再往水多的地方去，对，傍晚没法儿去未名湖畔散步了。

你难道不应该是地上的一道阴影吗，为什么看起来跟个大活人似的？蔡梓眯着眼睛打量它。

影子语气缓慢地说，只有在晚上，晚上我才可能化聚成人的模样，其他时间只能是地上的影子。等天一亮，我想像人一样直立也不可能了。

蔡梓小心翼翼地用手指碰了它一下，没任何感觉，感叹说，跟幽灵一样。

你见过幽灵吗？影子反问道。

蔡梓眨着眼睛没有回答。

反正我不是。影子轻声强调。

好吧，先不说别的，你为什么不跟阿布待在一块儿？

影子面露难色，别提这个，其实我也说不清。

你是在针对我？蔡梓突然这么问。

影子眼神空洞地摇着头。

那你是什么目的？

我，就是想知道，那个尸体是谁的。

蔡梓诧异了，尸体是谁跟你有什么关系？

影子欲言又止。

还有，你是怎么发现的？蔡梓追问。

可能影子本身就对死人比较敏感吧，接着影子换了个口气说，好在不是他（她）。

谁？

影子迟疑了一下，我不能说，说了你也不懂。

蔡梓皱起眉头，我是不懂，你说的这些我都不懂，可这一切跟我有什么关系?

影子轻轻晃着脑袋,要谢谢你,谢谢你报警。

这话让蔡梓更困惑了,她当时本不想报警的,你这还不是针对我?

影子连忙解释道,不,我就是想求助你,因为只有你能帮我。

蔡梓的确没想到,要不是影子口口声声强调了三遍,她还认为这一切都是巧合呢。只有她一个人能够听到影子说的话,影子跟这个世界交流的唯一途径,就是她。

蔡梓学会塔罗牌没多长时间,占星卜卦,更多是噱头,是为了糊口,虽然她足够敏感,间或能看透人心,可远没有到运筹命理术数的地步。此时面对影子,却有了一种油然而生的崇高感,也可能是虚荣心,仿佛自己成了一位灵媒,终于能通理另外一个空间的事物了。

7

影子轻快地原地转了个圈儿,瞬间变得跟照片一样单薄,逐渐呈黑白灰的色调,然后又像丝绸一般,缓缓飘落在地,最终成了地上的一道影子,深色的,跟平日所见无异,并从门缝下悄无声息地滑了出去。

蔡梓拉开房门,只见影子已经站在外头,又变得跟阿布一模一样。两种模式自由切换,仔细想想也够神奇。蔡梓觉得很不真实。

提出去吃夜宵也是因为蔡梓自己饿了,这个点儿应该还去得成没打烊的馆子。

满满一桌菜上来，蔡梓之前还担心点多了，不停地抱怨两个人根本吃不了。的确是点多了，因为只有她一个人在吃。当蔡梓知道影子根本不需要动筷子就已经吃饱的时候，气得几乎疯掉。

影子指着自己的鼻子耐心地向她解释，作为影子，进食全靠鼻子，只要靠近食物，凑上去闻一下即可。每闻一种味道，就相当于吃进去一种食物，等闻好了，也就饱了，今天它闻了这么多菜，撑着了。

竟然还有嗅觉？蔡梓觉得影子在要她，指着邻桌尚未被收走的残羹冷炙说，早知道就让你去闻他们的了。

蔡梓又要了些啤酒，尽量不带感情色彩地喝着，可能是故作轻松。影子陪着她，偶尔闻上那么一下，蔡梓想看看它会不会闻醉了，影子怯怯地告诉她，我也想试试醉的感觉，可从来就没有成功过。

蔡梓宣布成功就在今夜，于是，更多酒被端上了桌，影子不遗余力一瓶没少闻，而且闻得很使劲，最终却全由蔡梓喝了下去。

成功不在今夜，不省人事的只有她。

从小馆出来后，蔡梓被风吹醒了，一点儿也没有失言失态，甚至连走路都保持着比较得体的步伐，从背影看上去活像个爷们儿。影子跟她并肩而行。不断有梧桐树的叶子落下来，不用看就知道泛了黄还微微打着卷儿，这个季节的北京虽然多数时间有雾霾笼罩，却可以在大风过后的午夜，体会到那种短暂而难得的清透。寒意不止贴在脸上，还往嘴巴和鼻孔里钻去，犹如咽下了芥末，整个喉咙连到额顶都被打通了。

影子虽然感知不到温度的变化，却能用余光看到蔡梓呼出的白气。

　　蔡梓自己的影子随着脚步而不断变化着,始终修长又轻盈,飘动的短发配着细长的脖颈,像一把小伞。

　　蔡梓瞥了影子一下,眼神中还带着些许好奇。影子意识到自己该说点儿什么,便告诉她,因为它自己就是影子,所以是没有属于自己的影子的。说起来像绕口令。

　　她沉默,然后嘴角上扬,那你应该躺在地上,跟着我的影子!

　　蔡梓似乎有点儿自来熟的意思,影子也不知自己为何那么听她话,反正照做了,这对它来说又不累。

　　就这么着,两个影子并肩而行,虽然比例并不是特别协调,但起码分得出谁是谁来,而蔡梓竟学着小学生的样子在地上跳起了方格,始终保持着单脚,沿着影子的轮廓变化,追逐跳跃,差不多每两步换一次脚,整条街的气氛转眼被带活了起来。

　　一阵冷风吹出了蔡梓的酒嗝,她正要说话,风更大了,街面上的叶子都跟着起哄,哗啦哗啦的声响像是在给她壮胆。

　　你应该回阿布那儿去,你是他的影子。这样没道理。

　　影子触电似的闪到一边,示弱道,你不懂的,我,我没法儿回去。

　　蔡梓侧过脸盯着它,有顾虑吗?你怕什么?

　　影子刹车般停下脚步,低下头神情紧张道,不,我还不清楚怎么回事呢,也说不上来,求你了。

　　一些奇怪的念头从蔡梓脑中闪过,影子应该藏着什么秘密,只是不能和她说。蔡梓跟着也不安起来,表面上还得装作没事儿人似的。

影子却冷不防问道，那，你为什么要骗他？

蔡梓觉得意外，反问道，什么叫我骗他？

难道没有吗？影子追着问。

蔡梓接着朝前走去，不知该不该回答它。

拿电脑和投影设备模拟阿布的影子，表现出一副想方设法帮助他的样子。影子声音很小，却表述得很清楚，这应该是它第一次在蔡梓面前说这么长一串话。

蔡梓顿了一下，无奈地笑笑，不知道你有没有去过精神病院？

影子摇摇头，听着就觉得是残忍的地方。

曾有个精神病人，病得很严重，几个疗程下来，始终不见好转，几乎到了难以治愈的程度，每天都试图自杀。他的病房从三楼搬到了一楼，即便如此，他还是会破窗而出，被玻璃碴儿划伤，还摔断了胳膊，大夫们都恨不得把地下室腾出来给他当病房。

他被当作重症病人监护起来，房间里的墙全是软包，连床体都是圆弧形的，没有一个尖角。整个房间里什么也没有，除了主治大夫和必要的护工，没有人敢靠近他，更没有人和他说话，因为他对任何人都充满了敌意。他怀里永远揣着一个破布枕头，谁也碰不得。从他喃喃自语中猜得出，枕头就是他的孩子。他每一分每一秒都极其痛苦，大夫们嘴上说不会放弃，但一些人内心已经绝望了。

为什么会这样？影子依旧低着头问道。

蔡梓叹了口气，老婆孩子在一次车祸里丧生了，驾车的就是他本人，他将所有错误都归咎到自己身上，根本没法儿原谅自己。

影子没说什么。

在一次例行的室外放风时，这位病人跟一个刚到院里的女实习生相遇了，他仿佛看到亲人一样驻足凝望，随后便意外地露出了入院以来的第一个笑容，这在临床经验丰富的大夫们眼里，实在是罕见。后来，女实习生受命开始照顾这个病人，病人竟然很乐意配合她，不但情绪趋于稳定，甚至表现出了难得的平静，不再哭哭啼啼，不再寻死觅活，连饭量也逐渐增大了，虽然吃药时偶尔还是会歇斯底里，但总体来说，只要女实习生在，一切似乎都能够迎刃而解。当然，这么一来也会有另一个问题，病人愈发依赖女实习生了，好几次大半夜嚷嚷着要见她，见不到就拿头往地板上撞，由于实习生一下班就回了学校，不可能随时待命，病人便失控一般再次撞破了玻璃，这次没之前幸运，不幸扎破了动脉，差点儿没抢救过来。后来，护工们不得不采取强制措施，将他捆在了床上。从那以后，病人就开始绝食，情况愈发棘手，医院没有办法，只能一次次将女实习生紧急叫过来，只要她及时赶到，病人紧绷的神经就会放松下来，像迎来救星一般涕泪涟涟地呼唤着她的名字，他呼唤的不是女实习生的名字，而是他死去的爱人的名字。

　　听到这儿，影子默默地倒吸一口凉气。

　　蔡梓正好相反，她哈出了一口白气，紧了紧外套说，不论病人是不是真把女实习生当作了他的爱人，起码有一点，在他心中，这个人某种程度上并没有死去。从那以后，院领导决定，让女实习生搬到医院的内部宿舍来。就这样，女实习生从早到晚陪着病人，几乎寸步不离，同时还得照顾他们的"孩子"，就是那个破布枕头。病人完全离不开实习生了，张口闭口还喊她老婆，实习生起初并不乐意，但不得不咬着牙扮演好妻子的角色，整个过程就如同一场过家家，不知道什么时候是个头。

最后那病人好了吗?

蔡梓若有所思道，实习生问过她的主任，这么做有什么意义呢，她就是再有奉献精神，也不可能一直这么下去，再说了，这么搞有点拿人家开涮的意思，再善意的谎言也是谎言，伪装出来的真相根本就不是现实，动机再好可如果分寸把握不好，反倒会造成更大的伤害。主任告诉她，只要能缓解病人的痛苦，任何方法都值得尝试，毕竟病人在一天天好转，这就是最大的现实。女实习生只好抛出那个最切身的问题，实习总得结束，她马上要毕业，她还有男友，还有很多事要做，她也没那么高尚，不可能一直跟病人耗着，她离开医院了怎么办？主任想都没想，反问她，一个妻子要离开她丈夫一段时间，除去感情不和，正常情况下会有多少种理由？

影子沉默。

蔡梓停顿了一会儿说，如果想问病人最后好没好，我明确告诉你，他没有痊愈，但起码每一天都过得比前一天好一点儿，而且不再绝望了。

女实习生呢？

实习期一到就走了。她跟医院合起来向病人撒了个谎，病人以为妻子被调到外地挂职锻炼一年，就走一年。

然后呢？

没然后了。

说完蔡梓回过神，光顾着说话也没看路，路口过了，走岔了吧？跟影子这算才认识，深一句浅一句说得够多了。

长久沉默。一直到绕回蔡梓熟悉的那盏路灯下，影子一语道破，实习生就是你吧？

蔡梓笑了一下，谁也不傻，这影子仿佛浮上水面的尸体，之所以浮上来，是因为水下浸了太多的秘密。她下定决心，无论如何也要说服影子回去。假如自己能像曾经跟阿布吹牛般那么玄乎，她一定有办法收了这影子，就像法海用钵盂收了白素贞一样。如果收服不了，就让它离自己越远越好。哪怕消灭它。再杀一次人也可以，虽然她不愿意承认自己有那个胆量。

第六章
冉冉升起的新星

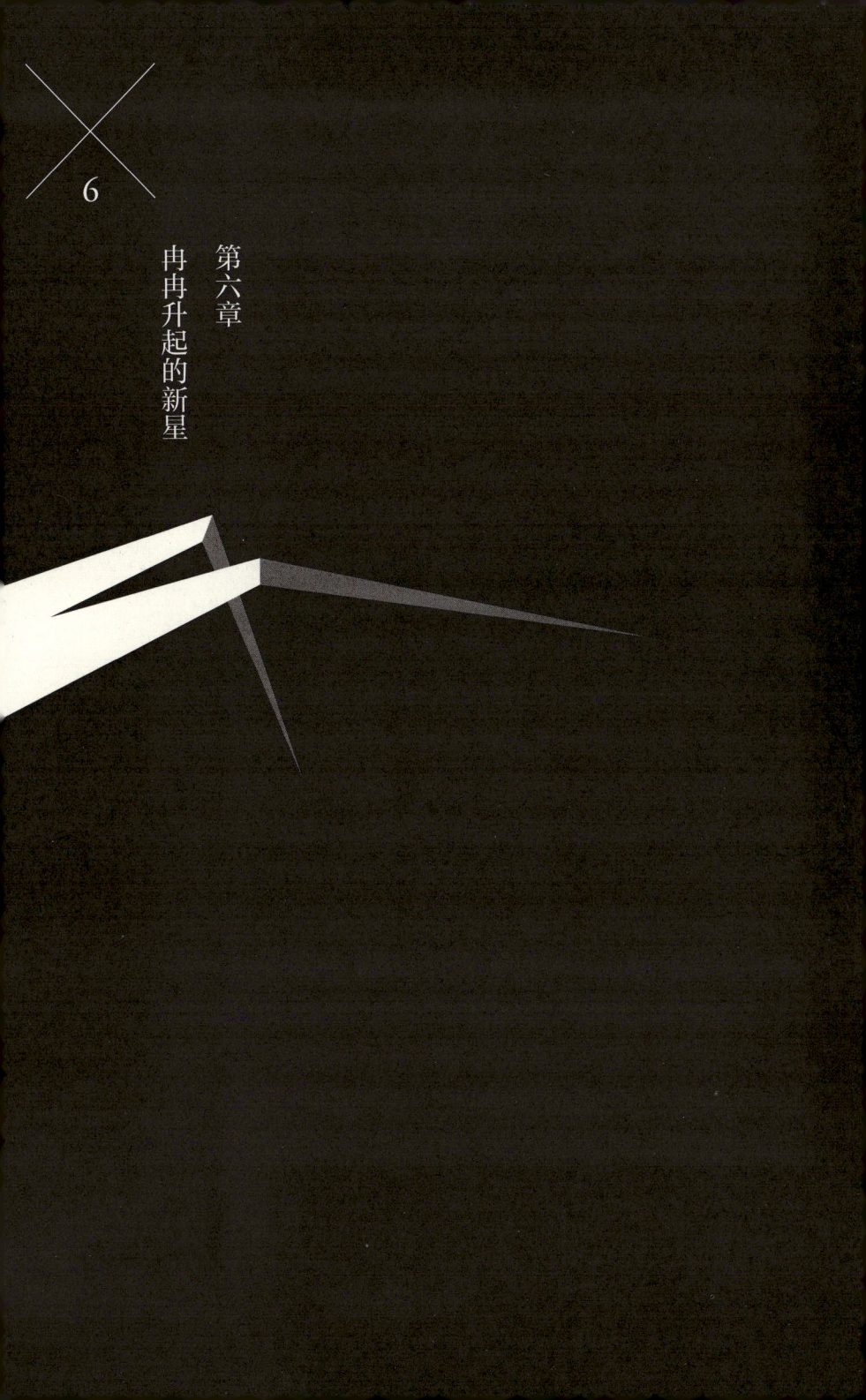

I

许娜几天来都有些不安,晚上回家时总感觉身后有人跟着她。几次回头瞪大眼睛扫一圈儿,落叶在地上翻卷跳跃,风其实没那么大,像是有什么人脚掌贴着地面在把叶子踢起来。

过了两个路口还是觉得不对劲儿,许娜装作不经意地钻进路旁的一家 7-ELEVEn 便利店,买了一小瓶啤酒塞到包里,玻璃瓶沉甸甸的能给自己壮胆,其实她内心并不这么认为,她觉得自己就是想喝口小酒罢了。天不怕地不怕,坏人也不怕,她许娜是谁呀,可是跟过六哥的人。有一年跟团去巴西演出,她听说那里治安不好,一查住的地方距离犯罪率最高的贫民窟仅一街之隔,不由得担心起来。六哥却叮嘱她随身带上安全套,许娜还以为六哥在开玩笑,没想到他一本正经地强调,那边治安不好,猥亵啊,强奸啊,发案率高,万一遇上了,与其做无谓的反抗逼急对方,不如主动递上安全套,起码能保命,也算是止损了。想想不愧是六哥的风格,许娜笑了,胆子大了,从小区中央的林子里穿过时,她把手伸进了包里,当然不是摸安全套。直到走进楼道才拔出酒瓶,闪到墙角屏住呼吸,不过三五秒,抡起胳膊,手里的酒瓶就碎了。

不知道阿布是怎么想的,鬼鬼祟祟跟了她一路,倒在地上的时候他才发现自己这么不经打,一直到包扎完伤口许娜还在骂他活该。

阿布气得说不出话，在急诊室门口一脚踹倒了铝壳垃圾桶，许娜也不吱声，任他发泄去。两人一前一后出来，借着医院大厅的灯光，阿布指了指花坛水泥堆儿，许娜瞧见了，一团黑乎乎的影子不知是被拉拽还是被挤压过，十分别扭地躺在层层簇拥的万寿菊中，她不由得感叹，真他娘的不容易。

上次化妆间事情之后，男主角的事就没了下文，反正有那位冉冉升起的新星在，许娜没联系阿布，阿布当然不能接受出局的结果。

就近找个地方聊聊，这是许娜的提议。既然阿布的影子恢复了，猜他来也是说这事儿。

斜对面就是一家24小时麦当劳，里面睡满了等待天亮排队挂号的患者，不少人拖着行李，不知舟车劳顿之后能否看得上病；那些玩着手机聊着天的号贩子反倒显得跃跃欲试。这才几点，阿布瞬间觉得自己脑门儿上的伤根本不算事儿。

好不容易在暖烘烘的人堆里找了俩空坐下，阿布捂住了鼻子，紧挨着他的那位穿灰外套的人估计是坐了一个星期绿皮车过来的。许娜让阿布把手拿下来，别矫情了，人家不容易。阿布不屑道，你懂什么，我是怕喷嚏打出来把人吵醒了。

许娜停顿了一下，不扯别的，直说吧，联排效果不错，导演也挺满意的。人家毕竟是特邀，噱头足够大，大后天就演媒体场了。你是想拿回男一号吧，可现在已经这样了，你应该懂。

我不懂。这角色没人比我更合适，跟名气大小无关。我前前后后花了一年多时间准备，下了多大功夫你又不是不知道。不就耽误了几次排练嘛，至于说换就换吗？！

要怪就怪你的影子，关键时刻掉链子，多睡你几次我也保不了你。许娜直勾勾地望着阿布。

是，怪我的影子，该死的影子！阿布说着腮帮子一鼓一鼓的。

许娜换了个口气告诉他，可以试着帮他争取男二的B角或者男三的A角，虽然戏份少点，起码都带有一小段独舞，不过得先跟导演打个招呼才行。这个节骨眼儿上就是换一个场工，也不是随随便便的。再说了，效果好的话还会演第二轮，到时候不请特邀了，男一肯定是他的。

阿布挠着后脑勺冷笑一下，视线从许娜脸上挪开，透过落地玻璃窗望着外头抽烟的号贩子，心想，应该管他们要一根烟。学会抽烟没多久，不耐烦的时候就想抽，抽之前必须告诉许娜，这次除了男一的A角，他阿布什么也不会接受。

抽完烟回来，见许娜拿着手机在打电话，应该正跟导演商量呢，正好背对着他，阿布犹豫着退到立柱后，想多给她点儿时间。谁知许娜的后背连续耸动了好几下，像是在抽泣，阿布忍不住上前，许娜转过脸来却好像什么都没发生，轻快地起身说要去买圣代。阿布纠正说，新地，麦当劳的冰激凌杯叫新地。

随便吧，我就说圣代她们敢不卖我。

阿布独自坐在散发着汗臭的人堆里，伴随着此起彼伏的鼾声。不一会儿，就听见有人叫道，香草新地好了，谁的香草新地？没人回应。阿布还在犹豫，这么晚了还有谁像许娜一样点这东西，手机震了一下，他不紧不慢地打开，许娜发来四个字：我先走了。

2

联系不上许娜了,她不会跟小橙一样吧?好在不过短短的一个晚上和半个白天。阿布直接去了剧场,许娜说后天演媒体场,那么今天一定会在剧场合练。

国家大剧院在阿布心中肃穆而神圣,一年前他根本不敢想象舞团能来这里演出,四个月前场地正式确定下来的时候他几乎一夜没睡。要不是许娜,像阿布这种跳不出来的人现在可能还混迹在夜场,根本没机会站到国家大剧院的舞台上。

整整一年,几乎每次排练结束后,阿布都要给自己加练两个小时。许娜曾夸他身子软、基础条件不错,当然也批评他不够勤奋、基本功不扎实。阿布好面子,于是跟自己较劲,几乎把所有时间、精力都搭在了上面,中间受过两次伤,动过一次手术,连圣诞节和小橙生日都没能飞到波士顿去陪她。

好多次做梦是被吵醒的,全是观众的掌声;极个别的时候做噩梦,演出中受重伤被抬下场,依旧有观众的掌声;就连时不时产生的耳鸣,他也恍惚以为是有无数人在为他鼓掌。

一个巴掌拍不响,要不是演职人员通道入口处的保安太横,呛人的话太难听,阿布是不会动手抽他的。舞团的人脖子上都挂有证明身份的胸牌,阿布没有,许娜的电话又打不通,阿布本身就装着一肚子火来的,正好借着机会全撒了出来。

其实这两个巴掌即便抽在那个叫新星的男一号脸上也出不了气,最好是给他抽进医院彻底没法儿演出,那才解决实质问题。正瞎想着就听见有人来了,前呼后拥的架势,令阿布没想到的是,人家来替他解了围,更没想到,竟然是新星。

冲突被劝和了。那保安本来还嚷嚷着要报警,转眼就当误会放弃了,算是放了阿布一马,吃个哑巴亏白挨他一巴掌。

阿布不想表示什么谢意,甚至不想跟新星有任何眼神交流,径直往里走去。落在身后的新星主动跟他搭话,算是正式的寒暄,令阿布更没想到的是,新星说认识他,纳兰舞团的台柱子。

别逗了,阿布是爱听好话,可也不至于犯傻,嘴上说,太浮夸了。

我看过你的演出,《化蛹》不错。新星的口气像是一位老前辈。

那是编舞的功劳,再说我也不是领舞。

新星眼睛也不眨,说明你与众不同嘛。

与众不同就说明这舞跳得有问题了,阿布那么想,嘴上却说,真正与众不同的是你,别人都老了,你永远是新星,你可是中国现代舞的台柱子啊。

新星伸出食指在阿布眼前一晃,笑得仰起了脖子,恰好暴露了他的缺陷:估计是发育过盛,喉结又鼓又大,像个桃子,加上脖子过长,就像动画片里咽不下食物的长颈鹿。想想他在幕布上影子的比例也不会协调到哪里去,真是可惜了这出戏,可惜了他阿布。要不是手机响了,新星还会笑下去,毕竟是二十郎当岁的小伙子,跟大多数舞者不太一样。

阿布原本打算去化妆间找把舒服的椅子坐下,跷起二郎腿,打个响指,让化妆师小黄过来给他上妆,完了换好衣服,扎好头带,套上舞鞋,不管别人怎么说,他阿布是跳定了,赖也要赖在舞台上。这部旷世奇舞《夸父》将是他孤注一掷的神作,他必将技惊四座。

被惊到的是阿布自己。

他默默地坐在台下观众席里,在黑暗中看完了整场合练。开始时,他还抱着纠错的心理,想着该如何挑出新星的毛病,如何取代他,不,不能叫取代,他只是想夺回属于自己的位置。

难以置信!新星跟大多数舞者不一样,那是一种灵性的释放,有那么一瞬间阿布恍惚以为世界在崩塌,新星力挽狂澜的光辉才刚刚闪耀,玛莎·葛兰姆化作无数颗繁星感染着他、庇佑着他,又或者新星就是其中的一颗小星,永远不会暗淡、不会落下。阿布攥着拳,手心都是汗,生怕自己不由得鼓起掌来。实际上,心里早就响起掌声了。

那一刻阿布明白,之前的很多敌意都是自己臆想出来的,新星几乎无可挑剔,完美得可恨。

离开的时候,那个念头在阿布脑海里更明确了,之前它曾不止一次不经意闪过。从国家大剧院正门沿着一级级石阶上来,总共是三十六级,一级一级默数,数完就上了长安街,往东过个马路就进了广场,右手边是人民大会堂,左前方就是天安门,川流不息的车辆和熙熙攘攘的游人消解不了庄严肃穆的氛围。那个念头却容不得犹疑:他必须做点儿什么,让新星跳不下去,总之,他一定要做点儿什么。

3

坐高铁,四十八分钟到保定东站,其实还有更快的,四十一分钟就能到。许娜特地买了商务座,倒不是因为没别的座可选,她想趁着赶路的时间安静一会儿，避开坐得满满当当的车厢。遂她心愿，整节车厢里就她一个人，放倒宽敞的座椅，睁大眼睛望着窗外，景物过得太快，以至于晃得她有些晕，她想，假若换成十七岁时的自己，她可能会默默地哭上一路。

要不是六哥在监狱里杀了人，许娜不会有机会来看他。

许娜急匆匆出站，急匆匆钻进一辆黑车，价都没讲，把导航音量开到最大，奔着易县方向去了。

颠簸了一个多小时，憋尿憋了一路，下车时给司机转了四百元，还加了他微信。许娜估计以后还得再来，有个认识的司机总归不是坏事。

阿布打来的所有电话许娜都摁掉了，索性设置成免打扰，微信也调成静音，为了不被分心。好像从上路第一刻起到她离开监狱的这一段时间，只能属于她跟六哥。

六哥被正式批捕的时候托人给许娜带话，不许来看他，通电话可以，绝不许人来，没商量的余地。许娜了解六哥的脾气，虽然是生意人，但极其注意自己的形象，以前每隔两个月就得染一次头发，衣裤从里到外都得是专业烫熨。明明长在天津，却过得比南方人还讲究。听说他父亲祖籍浙江湖州，母亲是上海人，难怪他精细又讲腔调。狼狈的时候当然是不愿意见人的。

可许娜还是来了。见到六哥的时候她忍不住笑了，这才几年，六哥的头发几乎全白了，比实际年龄老了快二十岁，没染发剂真是不行啊看来。六哥也跟着笑了，边笑边骂她，死丫头，不听话！又换了个口气说，来就来，还空着手。

对呀，松鼠鳜鱼，北京烤鸭，六哥最爱吃的。记得他说过等有一天人类万一要移居外星球了，为方便携带和长期储存的速食罐头，只生产这两样就够了，别的都不要。当然，还要许娜。

第一次来监狱竟然感受不到一丁点儿愁云惨雾，想象中污染严重的河北到处是阳光。阳光穿过六哥的肩膀正好落在许娜脸上，六哥夸她还是那么显小，跟娃娃菜一般鲜嫩，还不赶紧嫁人。

许娜不想跟他说这个，六哥却反复坚持，让她赶紧找自己的幸福去。六哥强调他这是最后一次叮嘱，说多了也腻味。

你懂什么是幸福吗，真够老土的。我清楚自己要什么，可不清楚什么是幸福。幸福应该是那些不知道自己来世上该干吗的俗人才会追求的体验吧。

六哥摆了摆手，没听懂，起码是没听懂的样子，许娜瞥见他手上满是口子，不知道是干活儿留下的，还是跟人打架时弄的。

六哥低血糖，严重的时候直不起身子，只能在地上爬，那是一副比狗还狼狈的姿态。估计是得罪了谁，也可能是外头的仇家，盘根错节的关系绕到了里头，总之，最近半年他很不好过。诊所的药时不时会耽搁，最重的活儿往往分到他所在的这一组，晕倒了好些回，申诉好多次也没下文，还在澡堂子里为抢一根花洒被人踹中了下体，尿血尿了几天，六哥都忍了，要不是对方那句话，他是不会在食堂用磨得锋利的筷子扎透人家喉管的，总共两根筷子，还有一根直接扎进了对方左眼窝里。

许娜想哭，这个份儿上了哭不丢人，可她哭不出来，骂六哥干吗不忍住呢，之前不都好好的吗，八年了，再咬牙忍三年就出来了，三年很快的，她排一部舞就得花一整年，排到第四部的时候六哥就能上剧场看她演出了。许娜好不容易拉起队伍，该出成绩的时候，六哥却看不到了，她多想让六哥看到自己的梦想实现，看到自己出人头地啊。

你懂什么，一个月我都不忍了，黑啊。早死早托生吧。

许娜低头盯着自己的脚尖，水磨石地面上的斑斑点点让她不舒服，密集恐惧症吧，自己不该那么脆弱。来的路上她想过，给六哥请最好的律师，先争取死缓，活下来，时间久一些，万一争取个无期呢。她说，我跟你保证，我努力赚钱，帮你运作，绝不会让你老死在监狱里的。

许娜认为，犯人之间打架，失手致死太正常不过了，六哥宅心仁厚，一点戾气没有，就是立马给他放了也属于对社会无害的那一类。

六哥盯着许娜，像打量一件艺术品，咂着嘴说，这么好看一张脸，你不该来这儿。

许娜摸着玻璃，呼吸急促地望着他，你把话说清楚，什么意思你，说过的话不算数了吗？！

没等许娜讲完他就站起身，没什么可说的，杀人偿命，就这么简单，这是我的命。

许娜跟着起身用右手拍打着玻璃，六哥已经冲一侧的管教喊报告了。结束的时候，许娜在玻璃外头连骂了他三声王八蛋。

这是许娜最后一次见六哥，六哥留给她的最后一个印象就是那一头白发。

4

灯突然熄灭的时候，新星以为是一次普通的断电。要不是太晚，他是不会让助理先走的。

跟阿布一样，合练之后他还要给自己加练一会儿，偌大的舞台上就他一个人，自己的步伐和喘息回荡在空旷的剧场里，密密麻麻的座椅依旧像一个个人头，新星就当这是正式演出，等正式演出的时候就当作排练了。

天气预报说今天有雪，虽然还没下，可温度像是迫不及待地要把人拽入冬天。新星原地徘徊了一下，哆嗦着向四面压过来的黑暗喊话，还有人吗……负责拉闸锁门的工作人员应该还在啊。

没有回应。

新星没多想，除了安全出口的绿色标识，没有别的光源，黑暗里做些基本练习还可以，剩下最后一个章节就没法儿练了，怕平衡受影响，万一伤着腿脚就麻烦了。

躺在地上做身体拉伸吧。他没急着走，直到头顶隐约传来一阵"吱吱"的异响，舞台上空应该是幕轨和灯架，还有横跨在上面的操作台，想着就挺复杂，是螺母松了吗，还是电流不稳？侧着脑袋听听，像是有什么东西在一点点下坠，又被什么东西卡着，所产生的细小摩擦声里透着金属的尖利。

抬起头，盯住黑暗深处，恍惚以为在仰望没有星星的夜空，什么都看不到，就什么都有可能。想象自己就是那颗划破天际的新星，没有光，就自己为自己照亮，有亮就有安全感，可他觉得越来越冷，暖气得到中旬才来，整个舞台一片冰凉，不止冰凉，还是湿的。

伸手一摸，是水，浅浅一层，也就能没过一枚硬币。什么情况啊，再一摸，摸不到干的地方了，到处都是水。

新星爬起来，裤管已经贴在腿上，舞鞋也沉沉的，一挪步子就"啪唧啪唧"响，一定是哪儿漏了。他蹚着水，脚往侧台走，一阵嗡嗡声在斜对面的某个位置刺激着他，接着像有细小的爆竹悄悄被点燃，又隔着一层东西炸响，细微到像是在剥塑料糖纸，自己耳朵太好了，那是什么呢？

摸黑回到了自己的单间，化妆台的镜灯还亮着，新星换掉湿裤子，脱掉吸饱水的舞鞋，忽然明白过来，刚才那是电流声。水导电！

去地库还有一段距离，全靠绿色的微光提示，电梯停了，只能走楼梯，下了三层，过五个楼梯转角，听到了五次不属于自己的脚步声，短促而凌乱，活像个颤颤巍巍的小脚女人。新星索性塞上耳机，点开舒缓的钢琴曲，还是有些紧张，具体怕什么也来不及想，只觉得不对劲。八百度的高度近视，戴了一整天的隐形眼镜开始模糊，他使劲揉了揉眼睛，更模糊了。

地库里通常都光线不足，当他推开门的那一刻却感觉满堂亮，多出来的安全感让他怀疑自己刚才有点儿被迫害妄想，何必呢，他新星少年得志，好运气都站在他这一边，没什么可顾虑的。

车却不在立柱这边了。他凑到跟前辨认立柱上的数字，似乎记错了，于是绕着地库转了一圈儿，不停地摁着车钥匙找闪烁的车灯。又转了一圈儿，一处破损严重的减速带让他意识到转了不止两圈儿了，实在有些晕，隐形眼镜被自己揉掉了，或许藏在眼皮底下。

望着凸面镜里变形的自己，新星站在岔口处犹豫要不要给助理去个电话,耳机里一首曲子结束,该下一首了,正要掏手机,低下头的时候隐约听见有引擎在冲刺。

如果换个时间,新星本来是能反应过来的。

5

许娜觉得她遇到的男人都让人失望。她就遇到六哥和阿布这两个男人。六哥进去的时候曾答应许娜一定好好保重,十一年后还是一条好汉,能减刑的话说不定七八年就够了,结果呢?阿布就别提了,扶不起的阿斗,扯什么影子,怎么不把他自己丢了,机会明明就在眼前,竟整么蛾子。结果不都一样,但许娜失望就失望在他们实际上放弃了自己,更放弃了她。

大口吸着烟,越想越气,要不是媒体场马上要演了,她甚至都不想回北京。一个陌生号打了进来,许娜现在可没心情接电话,说不定是阿布,对了,怎么能拿他跟六哥相提并论,六哥是谁呀,阿布差得远呢。不如晚点再走,许娜看了一下,最晚的两趟车分别是夜里九点四十五和十点半。还有六七个小时,她在想去哪儿,正琢磨着,就有人语气严厉地要求她把烟灭了。

这儿又不是北京,室内也不让抽了?是之前打电话叫她来的那个狱警。许娜没正眼看他,猜他是想让自己赶紧离开,视线里压根儿没看到禁止吸烟的标识,懒得跟他废话。

一出来就连着打了两个喷嚏,冷空气像是有意往许娜口鼻里钻。狱警也跟了出来,自己点上一根烟,把烟盒朝许娜扬了扬,是红双喜,她眼神里透着不屑,把脸扭到一旁。

怎么，瞧不上这十块钱的？狱警上赶着搭话。许娜本不想理他，可他这话挺瞧不起人的。

你懂什么，是劲儿太小了。她说着从包里摸出一小盒骆驼烟，狱警显然没想到，尴尬地笑了一下。许娜问他，就你也算公务员吗？

这跟是不是公务员有什么关系？狱警伸手帮她点火，腕上的电子表就像二十世纪小学生戴的玩具表。

许娜吐一口烟不再理他。

监狱的院门外是一道长长的斜坡，坑坑洼洼的。下坡对踩着高跟鞋的许娜而言并不轻松，路面上满是细小的碎石，估计是大货车粗暴驶过后留下的，每走一步，受过伤的腿都觉得疼。

车轮碾压着碎石跟了上来，许娜侧眼瞧见开车的还是那个狱警。什么情况，是想捎她一段吧，还是要扮作一位拯救者来给她陪伴？许娜不屑地笑了一下，笑自己聪明，识破了狱警的小心思。

狱警的金丝边墨镜泛着廉价的光泽，跟老式桑塔纳还挺搭，不能更差了。许娜十几年前在舞蹈学校门口可是被跑车里手戴百达翡丽的家伙搭过讪的，现在狱警问她需不需要载她上车站，她自然拒绝了。桑塔纳跟她保持并行，尾气突突冒着，快赶上拖拉机了。对方还在劝她上车，许娜回答说从不坐一百万以下的车，要不然皮肤会过敏。狱警什么也没说，桑塔纳缓缓下行。

往下道路两旁全是树，成群的知了汹涌鸣叫，不对吧，这个季节怎么可能有知了？不想了，要不是阳光这么好，许娜可能就拉开车门了。

狱警从后视镜里看见许娜越来越小，心里纠结，不告诉她也不行，告诉她呢，可能会让她心里更复杂甚至更痛苦。许娜看着还年轻,什么都不知道的话,也许往后忘得更快,狱警自我安慰。两个小伙子从车前横穿而过,吓了他一跳,就要发火骂人的时候,后面传来叫声。

许娜滑倒了。她应该是不小心滑倒的,看着没什么大事,狱警想。

许娜坐在后座上望着车窗外快速闪过的树发呆,狱警打开后车窗,告诉许娜她可以抽烟,许娜却摇上来,再把衣服裹紧些。狱警问她几点的车,许娜说她没打算去车站,距离发车还有六七个小时呢,不如带她逛逛吧,第一次来这里,不晓得还有没有下一次。

去哪儿呢,易县没什么可逛的,狱警同样不是本地人,只知道这里最有名的当数狼牙山和荆轲塔。

这时候,许娜意识到六哥不能死,她有句话没及时跟六哥说——我许娜等你这么久,是我自己要等的,也不能说等,等这个字好他妈矫情,反正是我自己要这么干,是我惯着自己,等也跟你无关。

狱警全听到了,又从后视镜里瞟一眼许娜,倒不觉得她有什么不正常,他猜到她是不自觉地把心里话念出声了。

桑塔纳开到荆轲塔的时候,许娜却不想下车了。狱警熄了火,不过停的位置正巧能看到荆轲塔,不时能听见塔身悬挂的风铃声,清脆悠远,像是在召唤着什么。

狱警点燃一根烟,望着远处的荆轲塔,默默地说,燕太子丹送荆轲走的时候其实清楚,荆轲是没法儿活着回来了。

扯这个干吗,显摆公务员读书很多吗?许娜后脑勺贴着后座,想必后座上全是陈年累月的污渍，洗不掉也不用洗，就像这破桑塔纳，修不好也不必修，破破烂烂地走向报废是它唯一的归宿。

狱警丝毫没受影响，若有所思道，这塔底下没有荆轲的尸骨，只是衣冠冢，荆轲的尸首最后也没回到这里。

那为什么还要在这儿修塔？

荆轲是为燕国而死的。

两人都没再说话。许娜打开车门下来，视线落在荆轲塔上，塔角的风铃随风摆动，她也莫名其妙想哭，恍然大悟，狱警对她没别的意思，他一定是有话要说。可她不想点破，也不想追问，她就想看看他到底要怎么告诉她，想看看他能忍多久。

离开荆轲塔回去的路上，斜阳透过后玻璃烤着许娜的后脑勺和脖子，她不舒服，犹豫要不然坐到副驾上去，还没开口，狱警先开了口，是啊，六哥要是死，就是为你许娜而死的。

六哥在狱里有个死对头，估计两人以前在狱外就认识，积怨太深，里外斗了好久。六哥这次没优势了，因为他的刑期还有三年，而对方在这个星期天就要被刑满释放了。对方走之前告诉六哥，出去第一件事就是睡他的女人，狠狠地睡，把几年来积压的兽欲全撒给她，再把她一直以来在做的事搞垮……

许娜确信她是六哥除了离婚的前妻之外唯一的女人。如果换她是六哥，且不论对方的话是真是假，她也会一气之下攥起锋利无比的筷子扑过去。

6

　　一定是它。阿布面朝着墙上的影子，不用想，一定是。是你吧，一定是你，你干吗要坏我的事，一坏再坏？为什么，你为什么不能老实点？阿布冲影子大声嚷嚷，手不住地拍打着墙面。

　　影子不过就是一道影子，所有反应都跟阿布的动作完全一致，一丁点儿迟疑都没有。这样的反应等于说没有反应，不过是一道不能再普通的人影，没有生命，没有主观能动性。影子回到他身边之后这两天，阿布都这么告诉自己。

　　现在似乎不是这样。

　　阿布咬着指甲坐在车里，一下、两下、三下，弄出细微的劈裂声。等新星出现在视野里的时候，他停下来，把手伸向了车钥匙。

　　新星找不到自己的车是因为他忘了其实自己没开车，原本可以不来地库。要不是有人推了他一把，他可能就没命了。

　　没被车撞着，倒地的刹那却摔得不轻，新星整个人是晕的，快够上脑震荡了，一下爬不起来，感觉地面在晃动，像趴在甲板上。耳机里切换到下一首曲子，比刚才那首舒伯特的柔板还慢，让人更没力气了。

　　不过他还是被阿布从地上搀了起来，阿布不停问他有没有事，用不用去医院，新星长吁一口气说，站起来感觉好点了。不用说，推开他的人就是阿布，真悬，是阿布救了他。

　　掸掉身上的灰，又缓了一会儿，新星回过神，骂起刚才开车的那个疯子来，他没想会有谁针对他，也没想找保安或报警，其实调监控一看就明白了，但新星没有这么做。一场意外，大难不死，跟阿布抽完一根烟之后，新星提议出去喝一杯。

当时车速有多少？两人并排坐在三里屯一座大厦底商的小酒馆里，就着薯条喝啤酒，新星这么一问，阿布放下两指间的薯条。

四五十迈，差不多吧。

有那么慢吗？

开车的又不是我。阿布意识到新星还没问过他为什么也恰好在地库呢，就那么巧？或许按照新星的思维，通常就是那么巧。

阿布注意到新星揉了三次左膝，问他，疼吧？新星解释说是过去的小伤，刚才磕了一下，位置正好，其实磕在舞台上就不会有事，地库的水泥地还是硬，不过没事，回去贴上一块日本产的进口磁贴，不会有任何影响。阿布知道他所说的没任何影响指的是演出。明天就要演媒体场了。

一谈到演出，阿布有些不耐烦，谁让两人没什么别的话可说呢。

新星不经意地说，我知道，这个角色本来是你的。

现在难道不是吗？阿布望着玻璃窗外穿流而过的车辆。

新星愣了一下，猛咽下一口酒，可惜呀！我希望是你，就该你去跳的。

阿布嚼着薯条，你不用在我面前说这些，让人觉得虚伪。

新星笑了一下，放下酒杯，你有想法我理解，其实最开始，我是不想接这个角色的。

什么意思？阿布扭过脸看着他。

没什么。新星又另起话头，你说你好好的，到演出跟前了怎么就被换了，病了？单纯因为我？我想不是吧？

现在问这个还有意义吗？

那你说怎么才有意义？

我让你现在退出，你干吗？

新星咧开嘴，顿了好几秒才故作轻松道，这么说吧，《夸父》就是一件披风，披在谁身上都有型有范儿；再比如它就是个假发套，套在谁头上都迷人出彩儿。我新星就是一颗冉冉升起的新星，媒体说我自带光芒，事实啊，我不需要哪部戏来托我，因为我已经升起来了，我从没想过和你抢，我是特邀来的，是身不由己……

阿布受不了。他把杯子里的酒一饮而尽，直接去了卫生间，他要让自己平静一下，卫生间里异味不小，按说一般人待不住，阿布却把自己关在里头好久，甚至待到有了一丝安全感。

有些事是注定的，是你的跑不掉，不是你的强求不了，我不信我现在退出了，你阿布能上。新星说这话时显得高高在上。他阿布就该被他踩着吗？是啊，新星早升起来了，根本不需要《夸父》，可阿布不同，没了这部戏他就什么都不是了。

阿布将马桶水箱里的溢流管和冲水阀上的杆状部件拆下来，拿粗糙的手纸擦干后，藏在袖子里，露出来的一头攥在手上。这个过程中他心跳加快，脑袋里应该凝结了一大疙瘩血液。从卫生间出来的时候新星提前离开了，否则，阿布一定会动手的。

7

哭不出来，挤都挤不出一滴泪，坐在副驾上的许娜满是无力感。

狱警姓戴，四十多岁了。真看不出来。更看不出来的是，他半辈子就谈过一次恋爱，谈了不到半年就结婚了，没两年又离了，后来就一直一个人过，除了爱读点儿书，没别的爱好。接触女的少，同事们开玩笑管他叫"处女戴"，可能是太直白了，便改口叫他"小戴"，比他小的年轻同事也这么叫。小戴不太会跟女人打交道，更别说劝了，何况现在面对许娜这样处境的女人。

　　许娜不说话，点着烟也不抽，一根接一根，烟灰落身上也没注意，也可能是不在意。车上没音响也没广播，要不然还能出点儿声。小戴想不出该说点儿什么。

　　本打算赶到狼牙山瞧一眼，小戴觉得狼牙山好，这种红色旅游景点主打正能量和阳刚之气，许娜去了可以接受熏陶，再给她自己打打气。可许娜说她饿了，时候也不早了。

　　斜阳眼看着消失了。桑塔纳一路驶到保定东站，在对面找了一个小饭馆停下。小戴看不出许娜在想什么，带她吃点儿河北小吃总是没错的。

　　石锅鱼端上来的时候，许娜还纳闷这是河北小吃吗。管它呢，热气冒上去，人放松下来，抓起筷子就吃。昨晚到现在肚子里一直是空的，猛吃下去还有些不适应，尤其是后上的肉糕，小戴说那也叫河北焖子，能滋补身子。许娜直接上手，一连吃了三块，吃完嘬着大拇指让小戴猜她有多大年纪，小戴猜了三次，许娜一个劲儿摇头，嘴角翘了起来，她可没小戴猜得那么嫩，不过再次证实了她看上去比实际年龄要小。小戴不太理解。许娜若有所思道，你觉得我像二十五六岁的，再过十年我顶多像三十五六岁的，六哥很讲究，我得保养好了，万一过十年他出来了，我可不能让他嫌我老。

　　小戴停下手里的筷子看着许娜，欲言又止。

我知道我知道，别忘了我可以想办法，现在什么事儿不能运作，你说是吧？

这个，我没法儿说。小戴挠挠头。

许娜又埋头往嘴里扒拉，小戴担心起她这个状态，该不会是创伤反应的第二阶段吧？

对了，你没事儿吗？开公车出门得有公务吧？

你就算公务。小戴回答挺快。

得了吧你，少跟我来这套。说着许娜低下头找烟。

小戴想说是六哥让他陪她一下的，话到嘴边却咽了下去，再提六哥估计她的情绪又该波动了，而且还会引来她新一轮的追问，迟早逼得他成了她跟六哥之间的传声筒。其实小戴同情许娜，想帮她，却又怕把自己牵涉进去，毕竟跟她还不熟，她又是如此捉摸不透，六哥不过是一个比普通犯人相对独特一点儿的普通犯人，小戴没义务帮他和她做太多，总之，私心让他试着抗拒再跟许娜多讲了。

看着许娜的手在包里翻找半天，摸出来的骆驼空了，捏在手里揉成团，撂在驴肉火烧的篮子里，小戴收起自己的红双喜，犹豫了一下，起身说，我去买。

许娜望着他的背影，视线穿过小馆的玻璃推拉门一直延伸到外面的街道，小戴几乎跟保定东站融为一体，像千万个进站等车的人一样，估计会庸碌一辈子，许娜跟六哥所经历的一切，他永远都无法体会到。不过许娜觉得这人还挺有意思，这次混熟了，以后来监狱也算有个熟人，六哥的事待会儿就不多聊了，来日方长。对了，一会儿应该加他个微信。

手机又开始震了，这次是导演。接吧，许娜心情好一点儿了，或许是吃饱了之后心灵得到了短暂的满足。

台湾人一着急语速就快,听不太清那头出了什么状况,像是跟谁吵过架,一肚子火要撒给她。跟新星有关。许娜没反应过来,让他慢点儿说。邻桌俩孩子在闹,还有一桌办贷款的不停重复着几个数字,嘈杂之下,导演的声音显得支离破碎。她只勉强听了个大概,又不爽起来,扯着嗓子道,老娘聘用你不是让你来跟我抱怨的!不管别的,媒体场演不好,剩下的钱别想拿到手!

骆驼烟不好买。小戴连跑了三家店都没有,实在不行就想买包万宝路给她,不是要劲儿大的嘛。万宝路竟然也没有。即将放弃的时候,他遇上了不起眼的第四家,有万宝路还有骆驼。不知不觉,走出去了二里地。

抓着两盒骆驼兴高采烈往回跑,好像为许娜办了一件大事。他的手机通常塞在裤子口袋里,有电话打来容易漏接,这次却顺手揣在了外套的上衣兜里。电话响起来的时候他怔了一下,不接也就不接了,除非是监狱打来的。

太突然了。小戴以为是玩笑,在监狱工作这几年,大伙儿喜欢拿他开涮,可这次显然不是。

这个电话要是再早两分钟打进来,骆驼烟就买不到了;再晚两分钟,许娜已经抽上了。此刻他站在马路对面望着小馆,犹豫着要不要像没事儿人一样进去先把烟搁下。小馆的玻璃门擦得不很干净,却也隐约看得见里面,透过半开的窗户他看到了许娜的脸,这女人有姿色也有气场,可眼下不得不面对又一个事实。

半个小时之前,六哥死在了监狱里。

8

从没见过哪个舞团的负责人敢在演出当天这么玩儿失踪。导演冲演职人员大吼大叫的时候，距离大幕拉开还有不到一个小时。没人知道许娜正在易县城南一个偏僻的火葬场。新星还没到化妆间。阿布藏在后台靠近侧幕的角落里，让黑暗将自己包裹，感觉跟影子融为一体。阿布不愿让人看到自己。

演出开始前钟声响了三遍，第一遍提醒观众入座，第二遍提醒将手机关机或调至静音状态，第三遍响过，大幕就拉开了。每响一遍，阿布就觉得全身的血液都在兴奋地跳动，他眯着眼睛透过侧幕的缝隙去观察台下的观众，看他们的表情、他们的反应，以往登台前可没这个机会，现在不一样，他演不了了。一切由不得他。就像小橙消失，许娜不接电话一样，他什么也做不了，只能跟着节奏轻轻拍手。

一小时三十八分钟的《夸父》，所有人都捏了把汗。

演出不算太成功，但起码顺下来了，谢幕的时候导演笑得很勉强。送上来了两束鲜花，全让新星一个人接去了，原本一束是给导演的。新星随手将两束花抛给台下的观众，动作有些大，其中一束没有抛物线，直接砸中了第四排靠边一个女孩儿，掌声没中断，却也盖不住女孩儿旁边一个男生的嚷嚷声。

这一嗓子像砸场子，新星做了个手势表达歉意，犹豫着要不要下去看看，却被工作人员拽住了，这么多媒体记者在呢，万一起了冲突，这算什么，借题炒作？

回到后台，导演也冲他嚷嚷起来，新星眼皮不抬一下，觉得他不过是因为献花的事儿计较。导演骂他自私，骂他不专业，这可激怒了他，说谁不专业都不应该说到他新星头上。

新星在舞台上擅自发挥了好几次，几乎打乱了原本的节奏设计，导致灯光和音乐先后出错。他和导演两人吵得很凶，所有人都听见了。假如今天许娜在场的话，一定觉得演砸了，她会冲新星嚷嚷，甚至冲导演嚷嚷。不过，导演自己可能不会想到，几天后《夸父》真正意义上的首演却获得了巨大的成功。

到北京的时候，倒看不出许娜有太大不同，除了脸色差一点儿，还跟之前一样。六哥的前妻人在国外，没回来，跟许娜在电话里说，骨灰就交给你帮忙处理了吧。夫妻一场，最后一面也不见了。想象六哥曾经呼风唤雨的日子，她不得不为眼下的结局唏嘘。

只说"处理"，没说保管，那就是当垃圾扔了都行。许娜舍不得，人的骨灰也得有个好的归宿，还要想一个够酷的法子，撒海里都显得过时了。

小戴送许娜到车站，临分别时举着手机告诉她，下次再来易县，就不用绕道保定了。许娜揣着骨灰瞥了一眼手机地图，去易县明明可以直达的，她却偏偏坐高铁到了更南边的保定，然后再往北折返，真不记得当时是怎么想的，走了不少冤枉路。就像她的人生，但那又怎么样，她告诉小戴，我不会再来了。

许娜没跟任何人讲自己这三天的经历，连阿布问她也不说。阿布决定接受演男二B或者男三A了，许娜没问他是怎么想通的，阿布却自己说了。他想过废掉新星，硬干也行，伪造一起车祸也行，他以为做得到，后来没那么干，一是因为他没能耐，二是怕影响了许娜。新星要是真能把戏托起来，成了，许娜的心血也就不白费。即便牺牲自己，也不能牺牲这部戏。

为什么你们都这样？真不像你。说这话时许娜又想到了六哥，六哥怎么会自杀呢，他根本不是那样的人，现在连阿布也不同了。

舞团开总结会的时候许娜又恢复了往日的斗志，起码她自己这么觉得，她不能消沉，常说"最后一哆嗦了，必须得顶住啊"，总结会成了动员会。扫兴的是，新星又跟导演吵了起来，这让她有些自责，之前怎么没觉察到这些苗头，也没听旁人提起过他们之间可能存在的矛盾，艺术创作嘛，观念不同，有冲突很正常，但不至于到了不可调和或你死我活的地步。

许娜很为难，如果早知道新星会提那样的要求，她绝不会私下再找他谈了。换导演？新星这是在逼她。导演当然很自我，所有环节都得严丝合缝地按照预先设计好的策略执行，即便即兴发挥和临场表达可能产生锦上添花、灵光乍现的效果，可在导演这里，也没法儿给新星那么大的个人空间去肆意施展，这也是这部影子舞的调性和风格所决定的。

新星听不进去，说也是白说，要么换演员，要么换导演，没别的选择。当然，换新星也可以，但之前特邀协议签得死，高额违约金等着呢。

不知怎么的，许娜一下子想到了六哥，要是六哥在，她许娜不会被人这么威胁的。其实六哥在啊，距她不过四五米远，就在工作室最靠里的西门子小冰箱里。她爱吃的鸭脖、零食全被清了出去，只留六哥在里头凉快着，当然，这只是六哥暂时的归宿。

不只换导演，还有阿布呢。新星得寸进尺了。他不愿跟阿布同台，即便是配角，阿布在会让他觉得别扭，既然争不过他，就不应该留下……

许娜不只为难，简直有些崩溃，该怎么解决这个大麻烦呢？发了会儿呆之后她竟然先想到那些骨灰的归宿了。

9

成功的定义是什么，谁也说不准。阿布无数次想过自己作为绝对男一号在舞台上接受来自四面八方的掌声，终于实现了的一刻，他觉得自己是错的，掌声不是来自四面八方，而是正对着他耳朵眼儿，哗啦哗啦分不清，像两条躁动的小蛇，使劲往里头钻，钻得他耳朵疼，钻到脑子里，钻到心里，然后就没感觉了。

心跳快起来的时候，阿布看了一眼旁边的导演，这个台湾人平时不太表露情绪，此刻也为首演的成功激动不已，他一定不知道跟他吵过架的那位冉冉升起的新星死在了哪里。

演出前一晚阿布还睡不着觉，借着窗外的光盯着光秃秃的白墙看，一切成了黑白色，即便墙上的蚊子血，看上去也就是一个黑点，哪怕溅上去一摊血，也像涂抹上去的黑漆。

闭上眼睛，感觉有什么东西晃来晃去，他爬起来拧开台灯，伸手比画了一下，墙上的手影还在，那影子也就在，心里踏实多了。

关上灯重新钻进睡袋里，扎紧袋口却怎么也睡不着了，总觉得有人站在窗前或床头，甚至在房间里走来走去，现在还没有，过不了多久可能踩得木地板吱吱响了，阿布提醒自己那都是幻觉，不必在意，果然不知不觉就睡着了。

没做噩梦，就是一些很普通的画面，年轻好多岁的阿布在练功房里，每做一个动作都能甩出汗珠，头发贴在脑袋上，脸上还有挤过的痘痕，上衣的领口很紧，他习惯了，袜子粘在脚上，随时会浸透舞鞋。

怎么没开灯，奇怪，阿布找不到开关了。开关就在进门左侧一抬手的位置，往常不抬手用胳膊肘碰一下也行。总共有两套开关，开这一套只会亮一半的灯，就他一个人练，完全够了。阿布喜欢只亮一半灯的练功房，只有在夜深人静的时候，舞鞋和地板接触时所发出的声响，才让他感受到属于一个人的舞台。

有时他也会为自己一个人打亮所有灯，就当无数双眼睛盯着自己，想象他跳到了绝对男主角的位子，在光芒笼罩中尽情舞蹈，每一秒钟的施展，他都不能忘了现在刻苦的样子，不能忘了这个练功房里无数个独自加练的日子。

还没摸到开关。虽然这黑暗让他安全，但找不到还是不行。黑暗里找亮，从没让他觉得这么艰难，除了找亮，还找过影子，找过小橙，找过许娜口中强调过无数遍的感受力和状态，艺术就不找了，他跳舞似乎没想过为艺术，他要找到阿布自己。

太累了，真怕某天想起来觉得不值。其实说放弃也就放弃了，自己被别人放弃过，他知道这有多么容易。望着练功镜里的自己，轮廓模糊的虚像比黑暗略浅一点。不怪那些放弃过他的人，也不怪自己。

浑身卸了劲儿，弯下腰一手按压酸疼的膝盖，一手去扶墙，无意中碰了什么东西一下，眼前瞬间转亮。

白花花一片耀眼。音乐一起，身体跟着动起来，阿布怀疑这不是自己的身体，不是自己的影子，又或者是灵魂附体，像他又不像他，比精灵还神奇。光芒笼罩下，他和影子去了另外一个地方，在那里短暂又或者无限延长了自己的生命，原来所有的七上八下跟挥汗如雨，都是为了抵达这里。

摘下头套，阿布望着台下，目光所及之处全是陌生的脸，又好像挺熟悉，应该还有更熟悉的。不是小橙，可惜她不在，即便在，这一刻对她的意义也没有对另一个人意义重大。视线停留在许娜脸上的时候，阿布接过了鲜花，够新鲜，激出他一个喷嚏，接着又打一个，完了还有一个，眼泪都打出来了，回过神再看，许娜的眼睛也在闪烁，距离七八排还是太远，她应该哭了。

许娜像普通观众一样坐在台下，等来的这一刻不算陌生，因为在脑海里早预演过无数次了。

向观众挥手致谢的阿布眉头紧了一下，要不是发现剧场的四个出口处多了几名穿公安制服的人，他本可以更自然地谢幕。

不管怎么样，谢幕的时候阿布还是觉得，这真是一生中最美好的一天。

7

第七章

扳手

I

正部级究竟是多大级别的领导，阿布不太清楚，反正在他眼里来看演出的还有部委官员，说出去可不得了。阿布以前可不在意这些。

《夸父》最初不被看好，但现在已经一口气演了五场，几乎成了这个月国家大剧院上座率以及受关注度最高的演出。就剩最后一场了，不出意外的话，阿布跟这部影子舞剧要火了。

之前不断听说某某知名人士前来捧场，就坐在第几排第几个位子上，还有某国驻华大使带夫人一起来的，要不是秩序不太好维持，老两口儿本来还想上台跟演职人员握手合影，这都像是给大伙儿的一种褒奖。

首演结束时看到的那些警察不是冲谁来的，估计就是为了维持秩序，保护领导。早知道是这样，阿布就不用胡思乱想了，不过他也没办法，即便没警察在他也一样会紧张。

熬到了最后一场。上台前阿布已经在琢磨要感谢的人了，许娜不必说，最重要的还是影子，还有帮他找回影子的蔡梓。之前他给蔡梓快递了几张票过去，人来没来他不知道，也没顾上问，如果她坐在台下看到幕布上变幻舞动的影子，心里应该也很有感触。其实阿布到现在还不清楚蔡梓当时是怎么说服影子回到他身边的，就像变魔术，眼睁睁地看着地上的一道黑影慢慢靠近自己，等它完全贴在脚上，便恢复了以往的轮廓，一看它就只属于自己。

阿布从头到尾都绷着一根弦，一直为影子捏了把汗，祈祷别再出岔子。好在演到这个份儿上，心放下了，自己也放开了，终于该说一句，影子成就了他，也成就了这部戏。

结尾的高潮段落，阿布舒展着身体，尽情享受这最后一点儿属于他跟影子的时间。差不多两个旋转之后他才意识到不对劲，透光幕布上什么也没有了，跟梦里似曾相识。阿布没停，不能停，继续着之前的动作。因为足够专注，整个人还处在忘我的状态里，按说没法儿注意到别的细节，可他的确注意到幕布上什么也没有了。阿布不由得心头一阵抽紧，一只脚原地画着圈儿，支撑脚差点儿没踩稳，接下一个转体再扫了一眼，影子又在幕布上面了……

一会儿有，一会儿没，闪烁般时隐时现，它开始不受控制地在幕布上滑步跳跃，跟阿布不再同步，仿佛成了另一位舞者。没等阿布反应过来，台下就涌来掌声，像成堆的秋叶在翻卷，听得出来那不是喝倒彩。高潮里又迎来一个小高潮。

幕布升空的时候，阿布浑身被汗水浸透，才发现台下好多穿公安制服的人，不只站在出入口，还有坐着的，再仔细一看，几乎每排都坐了不少警察，他们来看演出吗，没听说是公安专场啊。

阿布的眼神模糊了，像一台摄影机横着扫来扫去，镜头扫到的画面渐渐看不清楚了。眼前黑下去时就像黑场，最后一瞥就是看到脚下的影子又消失了。

2

打开门花了很长时间，智能电子锁太安全，整个过程中一直"嘀嘀嘀嘀"叫个不停，公安人员本来还打算联系厂家，无奈客服电话里全是自动播报的等待语音，不等了，干脆上家伙直接撬吧。

最先进屋的是一个叫小宋的年轻民警，今年刚分过来，曾在特警队待过四年，老家是山东威海的，要不是父母强烈要求，他本来想回老家，在当地派出所找个工作不难，绝不会像现在这么辛苦，节假日都歇不了。他不喜欢北京，除了交通，还有空气，过敏性鼻炎加支气管炎这两样痼疾就没让他好受过。时间久了，用自己的话说，不光呼吸受影响，连嗅觉都下降了，总觉得鼻子里堵了什么东西。

担心的事迟早会发生，老刑警们往往有这个意识，小字辈们也慢慢养成这么考虑问题的习惯。一股臭味混杂着燥烘烘的干热几乎将他推出门外，小宋的嗅觉被击透了。

没一扇窗是开的，密封严实得像个闷罐，一直听说这栋高档公寓的中央空调不错，果不其然，屋里犹如夏天。

地上怎么就一只鞋，Yeezy Boost，小宋认识这个牌子，正品得五千多块一双，抵他一个月工资。他犹豫了一下，站在玄关处回头瞧一眼身后的老柴。老柴比他年长起码三十岁，一辈子遇过不少事，但侦办的案件顶头了不过是打架斗殴、入室抢劫，年纪大了倒迷上了韩国犯罪片，每周末都托女婿给他下载到 Pad 里，就着生普洱和廉价烟，美滋滋地找刺激，从没想过真能碰上什么事儿。老伴儿常庆幸他也就一年时间了，公安干了一辈子，平平安安回家，过上清闲的退休生活比什么都强。老柴黑着脸往里走,肩膀擦过小宋时停了一下,甩一个眼神过来小宋立马明白了:要留神脚下。小宋接着拿起对讲机赶紧跟所里联系。

对讲机平时用都好好的,今天不知道怎么了,"嗞啦嗞啦"响个不停,正要摸自己手机,就听老柴在里头嚷了一声,赶紧的!

进玄关以前老柴的直觉其实就不对了,可他不信那个邪,说他运气好也行,气场正也罢,他相信年轻时没遇上过,到老了也遇不上。可味道太大了,大到蜇眼睛,当他伸食指捅开卫生间半掩着的门时,脑袋立刻就炸了。

有人死在了这里。

事情不简单,起码好几天了,发现得太晚,血都流干了,后脑勺上三个大洞赫然可见,像三个漩涡,并不稀疏的头发也掩盖不住那被凿开的深色痕迹。

老柴屏住呼吸后退了一步。假的,都是假的,看过的那些韩国惊悚片在这一刻变得不再刺激,以后也刺激不到他了。

是 Yeezy Boost,另一只穿在脚上,小宋吓得喊了一下,却喊不出声,像是有痰噎在嗓子眼儿里,不全是因为见到惨不忍睹的尸体,也不是因为清晰地闻见了四处弥漫的血腥味,而是意外地发现开锁用的其中一件工具竟然还攥在自己手里,仿佛那三个大洞就是被自己手上的撬杠给凿开的。

在更多公安人员抵达这里之前,小宋和老柴半步都没挪动过,窗户也不敢开,眼看着凝结而成的水珠一道一道贴着玻璃滑下来。玻璃外面就是灰蒙蒙的雾霾,不知什么时候才能散尽。

消息传得挺快,先是在这栋高档公寓,然后传到了纳兰现代舞团，阿布是最后知道的几个人之一。

纸包不住火，阿布不由得想起这句话。小时候爸妈吵架，他妈总那么说。这么多年过去了，这句话都没再出现过，今天不由得想起来，令他手脚冰凉，脖子和胸口一阵奇痒。

新星死在了自己家里，一颗冉冉升起的新星陨落在了自己家的马桶前。

3

十四日下午五点半，许娜从外面回来，堵车堵了一路令她心烦意乱，刚把钥匙插进锁孔，就知道有人来过了。钥匙还插在门上她就转身往电梯那儿跑，两个警察从电梯里出来拦住她，许娜反倒不慌了，比自己想象得要淡定。

现场照片摆在她面前的时候，许娜依旧没有表情。惨吗？惨吧。警察盯着她低垂的眼神，边说边琢磨：从首演到现在得有一个星期了，这女的是怎么熬过来的，她能睡着觉吗？

认识许娜这么些年，她做任何事阿布都不意外，杀人也不意外，就是太狠了。他不愿相信，有指纹也不愿相信，但又不敢怀疑，可能是怕跟自己有关，在他看来就是跟自己有关，他像揣了个秘密没法儿跟任何人讲。

许娜承认了，并非有指纹才承认的，是一开始就招了。

律师告诉阿布说，她认罪态度良好，就是提供的细节太少，希望到时候辩护她在第一时间有自首情节，看能否争取个死缓。

阿布问起许娜杀人的理由，律师摘下眼镜拿一张抽纸擦拭，憋出五个字：冲动杀人吧。怎么最后带个"吧"字，含糊什么？阿布问。律师没顾上回答，两块镜片让他越擦越花，这么点儿事也办不好，能打好官司吗？阿布不由得担心起来。

她自己是这么说的，反正我不太信。律师摇着头。

阿布跟着摇头，不甘心听到这么潦草的答案，你是律师你都不信，是你工作没做到位吧，往下怎么帮她？

我再想帮到位，也得她配合不是？律师终于把眼镜架上鼻梁，努力睁了睁眼睛，像是在瞪着阿布。

阿布去见许娜时做好了当这是最后一面的准备，原本没想过要为许娜做什么，也做不了什么，反正许娜的所有决定他都没法儿改变，隔着玻璃都不想看她的脸。许娜让阿布"回去吧"，蓦地意识到自己竟然在学六哥的口气。

阿布坐着不走，也不说话，一旁的看守连看他好几眼，挂钟上的分针又走了好几格。直到许娜又敲了一次玻璃，他才把视线挪到她脸上。

我想过，来了之后先问你一句为什么，又俗套又没意义，人都死了。我最怕什么你知道吗，我问一句为什么，你轻描淡写地回答说为我。千万别这么说，我受不起，为了我杀人，你疯了吧！跳不了男一号我还不活了？我他妈就是出去卖，也不会活不下去的。又不是非要当舞男，狗屁舞蹈艺术家，舞男在哪儿不能干？！人家新星再抢我饭碗再操蛋，死也轮不到你成全。我说了我想过弄死他，不爽的时候真想过，断胳膊断腿我做得到，可轮不到你来帮我。

许娜扑哧一下，把笑憋住了，真成全你一次，有什么不乐意？

恶俗电视剧桥段啊，我用不着！

许娜不憋了，仰头苦笑。

阿布几乎把鼻尖贴在玻璃上，律师说你不配合，抗拒一切帮助，我觉得你是麻木了，可再麻木也不至于把话听反吧，你这是摆明了作死！别忘了《夸父》是你的命，舞台是你的命，不是我的！我成不成其实没那么重要，重要的是你！

阿布说到最后居然声嘶力竭，自己都没意识到。

真矫情！许娜的语气里透出不屑，赶紧滚吧。说完她起身，简直在扮演六哥，这感觉真过瘾，只是内心的满足感紧接着又被戳了个窟窿。跟六哥不同，这次回头的是她。玻璃的另一边空了，阿布一刻也没多停留。

出了看守所阿布突然明白，一切像是安排好的，影子没了，小橙没了，许娜也要没了，好在他还有《夸父》，还有一片耀眼的舞台和秋叶翻卷般的掌声，可它们很快也要没了。

4

阿布把睡袋扎得很紧，躲在里面，最好能直接昏睡过去。睡前明明记得关了手机，却还是被铃声吵醒。最近接到不少陌生电话，《夸父》成功以后尤其如此，每次得聊上一两句才能分辨出对方是媒体或是别的什么人。

又是黄警官。上次辨认尸体两人不欢而散，便没再联系了，让阿布意外的是，黄警官说他看过阿布的演出，还是自己买票去看的，就是最后一场。阿布觉得那是自己发挥最差的一场。

那天实在是开眼啊,最后……很棒!黄警官或许隔着手机竖起了大拇指,言语贫乏到想夸都不会,想必没什么艺术修养,不过这也正常。

只有阿布清楚最后是怎么回事,影子的隐现、闪烁和消失,竟然成为这部作品的神来之笔。歪打正着有时候比精心设计管用。

黄警官显然不是来谈创作的,口气很快一转,让阿布过去一趟。

一见面,黄警官就掏出一根烟横在鼻孔下闻了闻,不经意道,看你也不着急。

一吵架就不联系,家常便饭。阿布说这话的时候双目愈发无神。

你觉得她会在哪儿?黄警官边问边摆弄打火机。

阿布摇了摇头,穿过他的肩膀往远处看,墙上挂着一幅城区地图,密密麻麻的道路和建筑标识纠结杂乱,跟他此刻的心情一样。

见阿布没话,黄警官又问,你们俩因为什么事儿吵?

隐私你们也管?

管不了,就是了解情况。黄警官把烟放下,端起被冷落许久的茶缸,吹开浮在水面上的碎茶叶,狠狠地喝了一大口,下咽的声响如同车轮碾过减速带一样,"咯噔"一下。

她回国前吧,就是普通吵架。你没谈过异地恋你不懂,隔得太远了难免的。阿布又把目光投向窗外。

难免的。黄警官点着头重复着他的话,重新拿起烟叼嘴里。

对了,你之前说谁报的案?阿布主动开了口,并提醒黄警官烟叼反了。

再次放下烟,黄警官有些烦躁,见烟头被嘴唇边缘的唾沫浸湿了，索性把它扔进一旁的垃圾桶里，说，就是她发小，人家婚礼没几天还惦记着朋友，这人她没白交。

阿布冷笑一声。

直说吧，查到了，李小橙的确是在二十日下午到的T3航站楼，有入境记录。不过你应该记错航班了，起码搞错了落地的时间。

阿布一怔，有监控吗？

有，黄警官顿了一下，不过只有一部分。

什么叫一部分？

从下飞机到入境口这一段拍到了，之后就没了。

阿布更糊涂了，怎么就没了？

黄警官叹了口气，向他叙述了一遍。

阿布总算听明白了，小橙过了入境口，一路走到领取行李处，进了附近的一个洗手间，之后就没再出来过。

你也可以理解成，监控最后拍到她进了洗手间，到此为止。黄警官补充道。

阿布脑中一阵轰鸣，是灵异事件？

黄警官没接茬，接着说，洗手间我们派人去看了，也问了当天值班的保洁，没有线索。

洗手间有后门吗？问完阿布觉得多余，总不能从下水道走吧！

黄警官沉默了一下，或许是觉得阿布这个近似玩笑的表达有些可笑，然后说，对了，也没她的行李。

监控呢，谁拿走的行李看不到吗？

监控再多也多不过人和行李啊，何况我们也不清楚她的行李箱长什么样，如果你知道的话，可能会对接下来的调查有帮助。

迟疑了十来秒，阿布突然反问道，就是说她一直没离开机场？

没法儿下这个结论，但的确很蹊跷。黄警官竟然用了"蹊跷"这个文绉绉的词，估计在他心里斟酌了好多遍。

阿布有太多疑问不知怎么说下去，憋了半天，问，然后呢？

没然后。

你们继续查呀！

调查当然会继续，毕竟立了案嘛。你这边有什么新情况？黄警官又点上一根烟。

没有，完全没有。阿布的口气像在赌气，紧接着又说，别再问我急不急了，我着急也没用。你也别逼我往不好的方面想，我受不了。咱都别绕，你们要查就继续查！

黄警官没有回应，阿布以为到此为止了，黄警官又问，你们舞团那个跳舞的男演员……

你说新星？说完阿布就有些后悔，不该主动提的，可第一反应就是他。

对，他，你肯定听说了吧？黄警官把语气放轻，不用多讲，阿布知道他在说什么。

他不是我们团的。阿布犹豫了一下，怎么，这个案子你也管？

我一警院师弟在专案组，死者又正好是你们舞团的人，想起来就顺便问问。黄警官似乎不是在解释，而是在为接下来的话做铺垫。

我说了他不是我们团的人，就是临时请过来的。阿布还在强调这一点。

黄警官哦了一声，那你跟他熟吗？

不熟。阿布准备走了。

许娜呢？黄警官终于说出重点。

许娜？不清楚。阿布重复许娜的名字是在思索更合适的回答。黄警官或许觉察到了，又追问道，许娜跟你熟？

这算隐私吧？阿布说着伸手挠了挠头，忽然想到了什么，你这算调查？开录音了吧？

黄警官笑了两声，听起来更像是干咳，然后轻描淡写道，随便聊聊罢了。

阿布抬高声调，别，这没什么，熟，她带团带了那么久，怎么不熟。

本以为问答还会继续，黄警官却在短暂的沉默后准备结束谈话了。阿布忙问道，还有，她怎么杀的人？

这你不知道？黄警官顿了一下，他估计阿布知道的有限，可还是觉得不该什么都跟他讲。阿布猜到了，为打消他的顾虑，说，又不是你在调查，我也没想窥探你们公安的机密，就是闲聊，我可以发誓。

黄警官打断他的话，你不用发誓了。接着他灭掉烟，又点上一根新的，估计他意识到这通谈话没法儿马上结束了。

黄警官吸了一口烟，像是闭上眼在回味，据说，她跟着新星上人家里谈事，可能是心里憋着火，起了冲突，具体也说不清，反正进门之后用一把扳手敲在了对方的后脑勺上，对方倒地后她还补了三下。

阿布脑海里瞬间"哐哐哐"响了三下，随之而来的震荡持续了三四秒钟，扳手？

说是她顺手在楼道里捡的。

捡的？！阿布觉得不可思议，那这算随机的，还是预谋呢？会不会是防卫过当？

你可以尽情发挥想象，当天正赶上公寓楼监控系统升级，电梯和单元入口的探头都处在关闭状态，除非有可靠的目击证人，目前很难还原当时的真相。

指纹呢，不是说有指纹吗？

有，在新星的墨镜镜片上，像是抓痕。

这可要命了吧。阿布口气像是在自言自语，黄警官便没往下讲，只是在最后补充道，扳手没了，她说扔在后海里了，虽说不是真海，但打捞难度很大。

凶器没了会怎么样？

黄警官操不了这个心，他有更烦的事情，所以淡淡回答，再看吧，我说了也不算。

匆匆离去。阿布回了家，忧心忡忡地钻回睡袋，因为睡意又来了，闭上眼感觉满是白色的霜花，不出意外的话，就是最坏的结果了。

5

新星追悼会那天是北京入冬以来天气最好的一天。

暂时不用再想演出的事，没有影子的阿布在阳光底下显出了难得的平静，好像光着两只脚踩在白晃晃的沙滩上，不远处微弱的浪头一句赶一句说着什么，等嗡鸣声从耳朵里钻进脑袋，他才意识到那是一阵阵呜咽。

来参加追悼会的有不少年轻人，据说是新星过去的同学，他们的感情应该很好，要不然不会有女生甚至男生哭成那样。他们有的看上去是同行，有的不是，其实阿布也是凭感觉猜的，其中那些人不知有多少看过阿布演的《夸父》，有多少人为他鼓过掌喝过彩，他们或许知道或许不知道，那些本是属于新星的。

排队从遗体前走过。新星睡得安稳，不知是谁清洗的尸体，又是谁在殡仪馆里为他化的妆，身体上竟看不出一丁点儿遭受过暴力击打的痕迹，想必脑袋后头的三个大洞里塞满了填充物，好让那轮廓保持以往的样子。

见到死去的人都这么平静，阿布为自己感到诧异，想不起还在哪里见过，总之一定见过的。是谁来着？阿布低头摆弄着手里的塑料花，甚至忘了要把它放在棺床下面。

按说绕半圈儿过来就是站着的一排家属，实际那个位置上总共就三个人，两男一女，年纪都不大。新星的爸妈呢？没有别的亲戚吗？他们脸上怎么看不出悲恸？带着这些疑问排队出来的时候，阿布听到了后面人的议论。

新星出生那天他妈就死了，他爸很爱他妈，本来毫不犹豫地要说出"保大人"三个字，结果呢？长大以后新星常怀疑他爸是情急之下给说反了。他爸每次骂新星不争气或者喝醉了大吼大叫的时候也会这么说，就不该你来，压根儿不该是你。

我是不该活在这世上。新星默默跟着重复，想想自己这名字，他爸当初起得真好。他爸后来老得也真快。

他爸在养鸡场工作，动动手给儿子做顶鸡毛毽子不是难事，可他从来没有做过,他爸甚至觉得踢毽子不是男孩儿该干的,跟跳皮筋一样都是小姑娘的专利。是比不上,他爸多爷们儿,作为场里的业务能手,整天舞刀见血,杀鸡如麻,整个县城家家户户吃进嘴里的鸡都是他爸杀的。

旁人劝他干差不多就收手,鸡杀多了也会有报应,他爸不信,真有报应也落不到自己身上,结果没过一个礼拜他就在一起车祸里死掉了。谁也不会想到满载一车的活鸡在公路上以不到七十迈的速度行驶,竟出了事。救护车赶到现场时,驾驶室里的人几乎被压扁了,一车鸡早跑得不见影子,只留下满地鸡毛。不需要多复杂的调查,是司机低头捡座椅下的打火机所引起的,车头撞在了树上严重变形。

一车鸡都活着,就他爸一人死了,新星不觉得是意外。从那以后只剩下他一个人,他再没吃过荤。

没人了解新星的童年有过什么样的阴影,演《夸父》本就是在拿影子照见自己的灵魂和过往,这是他跟台湾导演争吵时说过的话。阿布怎么突然想起来了,还是本来就记得,只不过刚刚猛然回过味儿来?新星在台上较真,不妥协,跟导演对着干,这些都像是没有征兆似的发生了。虽然艺术上的合作者们往往会从蜜月期进入倦怠期,最后分崩离析,可新星的这一次意外太快了,快到令所有人猝不及防。

那些哭了的人,是真对新星有感情,在惋惜一位英年早逝的舞蹈家,还是对他们曾经所做的一切感到歉疚?新星不受人待见,在舞蹈学校没朋友,习惯了一个人,他恨那些在背后言语中伤他、暗中使绊子给他的人。

没人认可，就自己认可自己；没人鼓励，就自己鼓励自己。或许正是因为被中途退了学，才激发了他证明自己的斗志。

当然，新星本身就乖戾苛刻到旁人无法容忍，跟他一起跳舞的女搭档只不过踩错了两回步点，就被他赶出了排练厅，事后他还四处说人家姑娘身上有狐臭，影响了他的状态。打人不打脸，骂人不揭短，难怪新星遭人反感。

了解一切，往往就会原谅一切，现在看来这话不全对，但人死了也许就被原谅了。来的人想必都原谅了他，他也该原谅这个世界。

离开时有个人从后面叫住阿布，似曾相识，帽檐儿压得很低，皮肤白净得像个女生，是新星的助理，估计正处在失业状态。强烈的阳光让他睁不开眼睛，他用直白极了的口吻问阿布，新星真是被许娜杀的吗？

阿布犹豫了一下，不知道。

我觉得不是。

阿布一怔，嘴唇抖着问，不是什么？

新星不是那种随便带别人去自己家的人，谈事的话就更不可能了。

阿布没听懂，起码是没听懂的样子，他收了收下巴瞄了眼脚下地面，地面同他的内心一样，全是虚空。

6

白天在后海边走了两圈儿，步履沉重，有只深色的蝴蝶在身边反复飞旋，扰得阿布更加心神不宁。

跟晚上不同，白天的后海像是卸了妆的老女人，令人不忍直视。阿布轻易发现了地上的呕吐物，一定是哪个人喝多了在暗夜里吐的，被晒干以后还是留下了顽固的痕迹，不知会被哪位清洁工用什么方式清理掉。阿布忽然意识到有太多他不知道的事了。

要是那把扳手真被许娜扔进了后海里，总会被人打捞上来的。两艘小船在湖面上连续作业了好几天，自行车脚蹬子都捞上来过，就是没捞到过扳手。

阿布关心这凶器的下落。虽然他不太懂，但如果永远找不到，是不是就没法儿给许娜定罪，没法儿结案了？

不一定，有时可能影响案情和量刑，有时也可以结案，主要看其他证据的情况。阿布忍不住打电话给了黄警官，黄警官的回答显得心不在焉，他还以为阿布有小橙的消息了。没有小橙的消息，也没有扳手的下落，阿布甚至不愿回家。演出挣了些辛苦费，他就在老城区找了间不错的酒店住下，只住一两天也成。酒店附近就是那座孤单的小教堂，没两步就能溜达过去，实在漫无目的，阿布不知道自己这是在干吗。

夜里睡不着，早知道应该把睡袋搬过来，钻在里头才能休息得好一些。要是影子在，阿布还能借着外头的光线在墙上比画轮廓来打发时间。光秃秃的墙面这会儿像抹了一层淡奶油，应该就是壁纸本身的效果。

手机一震，阿布的头皮就开始发麻，这时候打来不会是小事。是许娜的律师，说许娜有事要阿布帮忙，没说什么事，阿布不明就里，但听得出没法儿拒绝：第二天一大早去天津塘沽见一个陌生人。律师发来对方手机号，就再没说话了。

开车走错了路，阿布后知后觉，原本一个半小时的路程，足足用了多出一倍的时间。

一个密封严实的大纸箱，一个包装精巧的小首饰盒。原来就为拉货啊，律师又不是没车。阿布费了半天劲儿才把大纸箱塞进后备厢，还被迫腾挪调整了里面的格局，跟阿布交接的人除了搭把手外一句话也没讲。阿布本不想说话，但坐进车里还是摇下车窗问了一句，那人摆弄着歪了的领带，只告诉阿布一定要保管好了交给本人，本人就是指许娜了。阿布一路都觉得车身沉甸甸的，估计是心理作用。打电话给律师，声音低沉地告诉他货取到了，感觉像在演电影，一旦把货送到指定的地点，这个角色也该挂了。

在看守所里没法儿戴首饰，盒子里的钻戒也不例外。见许娜前阿布忍不住偷偷打开瞧过，他笃信自己能把首饰盒的包装带原模原样地系回去。谁知许娜一眼就看了出来，可她没责怪阿布，能让她看到就不错了。她眼里泛着泪花，隔着玻璃端详了许久，阿布举得胳膊都酸了，许娜还没看够。要不是有看守在，阿布真想找个洞给她塞过去。

许娜让阿布收好了，无论如何帮她收好了。阿布问她这有几克拉，许娜回答十克拉，不，一百克拉，一百克拉都买不来。

阿布觉得许娜在说胡话，你不怕我把它卖了？

你卖不了。

你肯定？

许娜沉默，阿布忽然觉得这样对话有些无趣，隐隐觉得这一定不是两人的最后一面，万一证据不足呢。

箱子，对，箱子我一个人搬不了，也送不进来。

许娜想到了什么，告诉阿布，在看守所外往北差不多几百米外有一片空地，原来是个小砂石场，现在搬走了，光秃秃的连草都不长，没别的，也没有人。

阿布没懂，许娜用下结论的口吻说，那个方向正合适。

临走时，许娜一反常态地叮嘱阿布要善待自己。"善待"这个词让阿布觉得不是滋味，有种说不出来的奇怪感受。

照许娜说的，阿布把车停在了空地边上，无意中发现附近还有一条小水沟，不臭，水是活水。许娜之前怎么没告诉他？阿布觉得这一片空地并不让人感到害怕，虽然没别的，也没有人。抬头看这里的夜空，没受到城市灯光的干扰，深蓝色饱和度较浓，凸显出稀疏的星星。

阿布吃力地将大箱子摆在空场中央，拿工具刀划开密封条，一层一层往里拆。

是一大箱炮仗，一起点燃是不可能的，只能一个一个来。在那之前，阿布闭上眼，仿佛在迷失的丛林里找出路。没等左手的一根烟燃尽，一柱柱烟花直冲上天，散开后抖落出十几个小降落伞飘浮在夜色里，紧接着又绽放出新的造型来，尤其是那耀眼的五色花朵，连月亮都黯然失色。

漫天的鸣响让整个世界变得安静。

借着光亮，阿布注意到脚下并非什么都没有，大小不一的碎石到处都是。

不远处似乎传来了欢呼声，那些花色火光让人们激动了吧？一定有孩子，或许他们是第一次看到这样的烟花。

寒风吹过来，连最后一点飘浮在夜色里的烟花痕迹也消匿不见了，耳根空得像瞬间落进了最深的山谷，那些大小不一的碎石仿佛月光下的盐块，风再大一点儿，估计都能闻到咸味。

全没了，那么美的东西一下子就全没了。阿布低声自语，结尾带着疑问。本以为不会有人告诉许娜了，电话就进来了。

律师告诉他，她看到了。

谁？

她那扇小窗就朝北边开的，许娜看到了！

听完阿布就懂了，这的确很重要，许娜一直琢磨该如何安放六哥的骨灰，中间又发生了这么多的事，现在她总算踏实了。那枚戒指一百克拉都比不上，第一次听说骨灰钻石，新技术吧，人的骨灰能制成钻戒！另一部分骨灰被融进了刚才那些烟花中，现在全在风里了。

又一声炸响，阿布一怔，看来是一个没燃尽的炮仗。虽然被吓了一跳，可他想笑。天幕上开出一朵绚烂的花，四散开来像庆典一般壮观。

律师最后告诉阿布，扳手被捞上来了，就在后海里。

第八章
马尾辫与麻花辫

I

阿布想装作没听见，咂嘴和叹气声却主动往他耳朵里钻，充满不屑。不就多试了几件衣服嘛，不买是因为不合适，导购这什么态度，还翻上白眼了，瞧她那一脸青春痘，年纪不大脾气倒不小。阿布还想试一件夹克，她无动于衷，竟然敢回了句，那个你买不起……

但凡面对的是个男的，年轻的阿布准动手了。

瞧你那一脸包，比月球表面还糙，难怪衣服卖不出去呢。阿布撂下话就走，出口气舒服多了，晃晃脑袋耸耸肩，打算继续在商场里溜达一会儿，不买什么了，就为看看美女，冲淡一下那位导购小姐留给他的恶劣印象。

商场刚建成，档次不低，美女多着呢。一般美女入不了眼，还得是看足够女人味的成熟女性。太嫩的，阿布不感冒。

突然一个喷嚏，室内冷气太足了，阿布揉了揉鼻子再揉了揉眼睛，手放下来的时候眼球立刻被吸住了。

脸就看了个大概，没下精确判断，可他还是跟了上去，在她身后隔着三五步的距离，跟着她溜达。裙子在膝盖往上还往上，显得两条腿又白又长，没穿高跟鞋也显高，走起路来轻盈又有活力，就是瘦了一些，马尾辫一甩一甩的像是在挑逗他。

阿布后来不记得当时为什么就跟上她看个不停，这不算他最喜欢的那一款，不够丰满，没长发披肩，看着还比自己小。阿布没别的想法，就是好奇，单纯欣赏，觉得好玩儿，哪个发育正常的男人不喜欢看美女啊。这习惯从什么时候开始养成的，他自己也说不清楚。

等对方进了女式内衣店，阿布总不能再跟着了，换一个吧，换一个更符合自己胃口的。靠在商场围栏上左顾右盼，扫了一圈儿也没遇到谁值得他把目光投过去，要不是她又从内衣店出来，阿布原本是不会继续跟着她的。

一边走一边猜她是什么职业，有没有男友，结没结婚，瞧这身打扮和胳膊上的包，以及右手拎着的战利品，应该蛮有经济实力，起码敢花钱。

下扶梯的时候，阿布觉察到不对劲儿，好像有几个人也跟在他后头，而且跟了有一段时间了。他回头数了一下，三女两男，不停往这边看，还不时交流着，表情都不善。奇怪了，是自己太敏感了吗？反正不是冲自己来的，就是冲着前面的马尾辫。

这一片都是卖首饰的，包括镯子、玉坠一类小而贵重的宝贝，如果早想到这一点，估计没人愿意在这儿摆开架势动手了。

马尾辫贴着柜台，一边低头瞄着玻璃下的戒指，一边讲着电话，手机还是最新款的夏普折叠式，机身上拴着一条闪着银光的挂绳，跟她的马尾辫一样晃来晃去。

原本脸上还泛着笑意，一定是因为电话那头的人。这姑娘笑起来还挺酷，嘴角轻轻一扬，显得轻描淡写，没有什么可以左右她一样。

笑意消失得太突然，她的马尾辫和手机挂绳都被狠狠拽住，几乎像有人粗暴地闯入，告诉阿布，属于你跟她的惬意结束了，接下来的画面将被列为限制级。

等阿布反应过来，姑娘就已经倒在了地上。

没人预料到商场开业才不到一周时间，就迎来了最热闹的一个下午。阿布当时迟疑了不到十秒钟就冲了上去，这对他来讲太难了，不会有人听他的，也不会有人帮他，因为有人比他更需要帮助。

派出所民警接到电话之后，第一时间赶到了。最先进来的那位下意识去摸腰带，当然通常不会带枪，要不是提前确认了案件性质，恍惚以为进入抢劫现场。

销售小姐没想到有机玻璃和玻璃内的宝贝那么不堪一击，当工艺品置展在柜台一侧的玉石摆件连同精巧的透明罩全碎在地上，散落得到处都是，应该是一尊弥勒佛，圆乎乎的脑壳跟脸分离开来，耳朵被一旁看热闹的小孩儿踩在脚下，估计还有不少器官被更多看热闹的顾客偷摸捡走了。商场经理模样的男子快急哭了，面对这乱作一团的局面，只差没下令关闭大门然后嚷嚷着谁也别走了。

阿布自始至终没倒下，当时他那么以为。实际上他是倒下又爬起来，扭打间翻滚了多少次，从脸和身上的伤就猜得出来。

姑娘的马尾辫早散开了，全扑在脸上，或许她希望这么遮住双眼，不看别人，也不让别人看她。一个女人的姿色一部分靠先天，一部分靠装扮，最后一部分靠气质，她本来耐看的脸此时早就狼狈不堪了。手机和挂绳都不知去向，之前还始终紧紧抓在手中，像是在抓什么根本不存在的救命稻草，却还是在剧烈的肢体接触与拉扯中被迫放弃了。由不得她，这一切都由不得她，选择跟什么男人在

我消失的影子

第八章　　　　　　　　马尾辫与麻花辫

一起由不得她，在一段感情中扮演什么角色也由不得她。

这一天迟早会来，她料到过，本以为不害怕，现在才发觉自己并没那么坚强。脸颊像火一样烫手，之前在地下一层修过的指甲也劈了，妆花了难免的，裙子也给扯破了，两手死揪住下摆使劲往膝盖那里拽，多遮一点是一点，早知道就不穿这么短的裙装了。妈的，怎么内衣肩带也断了。她低头蜷缩在立柱下，正上方就是张曼玉代言的玉兰油大幅广告海报，多有气质的女人啊。一回头怎么被连撕带扯地追打到化妆品柜台了，得多狼狈啊。想到这儿她不哭了，连抽泣也不能，多少双眼睛盯着呢，活该她认了。

阿布在派出所嚷嚷的时候没留神那姑娘把马尾辫重新扎好了，还套上了阿布在商场四层耐克专柜买来的黑色T恤，之前给她还不要，这下踏实多了，显得她骨架更小了。胸前的对钩儿下有一行红字：Just do it，说的是阿布吧，践行完这句话之后，他觉得这句话应该翻译成：该出手时就出手。

什么小三不小三，我不管别的，五个人揍她一个，我看不下去了。阿布嗓子有点哑，还在理直气壮手舞足蹈，对，不认识，我是谁重要吗，我是路人总可以吧……

一旁的她竟然想笑，吓死了，闹了半天原来是一位路人，一位素不相识的路人帮她拉架，莫名其妙又跟人打了一架。想到这儿，就知道笔录该怎么往下写了，她握圆珠笔的手还在抖，按说该先去医院的。

民警凑上来扫一眼，问她，最上头一栏写的是什么，太潦草了！你平时都这么写自己的名字？

她说不出话，装作没听见。

阿布被叫过来，瞧了一眼民警手指的地方说，这两个字不难辨认啊。

那你告诉我她叫什么？

阿布把两手摁在桌上，撑住快没力气的身子：许娜。

念对了。

2

买了一张去曼谷的机票，要不是为了避风头，他才懒得折腾。选去泰国无非是因为便宜。第一次出国，便宜没捞着，阿布险些搭上了性命。

太热了，活像一个蒸笼，任何人随时可能在太阳下被蒸发掉。曼谷街头的氛围也是如此，整个曼谷仿佛随时可能在太阳下被蒸发掉。

随处可见的旗帜标语，还有示威欢呼的游行群众，恍惚走入革命年代，红色像血水一般刺激着每一个人的神经。在几个比较成规模的集会广场附近，军警和支持他信的红衫军所形成的对峙已经持续了一段时间，小规模摩擦和冲突愈演愈烈，看样子迟早会打起来。

来之前怎么不知道呢？坐在一家泰国菜馆里，透过洁净的玻璃俯瞰街道，阿布有点后悔，万一出事怎么办？小时候母亲紧紧抱着他时就跟他讲过，人多的地方尽量少去，他始终有印象。曼谷有什么好玩的，看看寺庙，逛逛市场，到处是国王画像又见不到真身，想去海边还有两到三个小时车程。算了，吃完这盘泰式炒蟹就动身去机场吧，来回机票钱就当打水漂了。

准备去搭轻轨的时候就听到了枪声，周围人群并没有想象中那么慌乱。看热闹不怕事大，还有人循着声响往前凑，阿布反倒不害怕了，点一根烟跟着去瞧个究竟，直到炮声震碎了玻璃，才随着四散而开的人群掉头跑了起来，中途经过的店铺纷纷关了门，一切像是事先安排好的演习。阿布进了轻轨站，发现轻轨竟然停运了。

没处躲，只好继续后退，一直撤到了一个三岔路口。阿布才意识到自己撤得太快了，不知不觉竟成了冲在最前面的人，屁股后头跟着好几个国家的男男女女，不分年龄、不分种族、不分国籍，大伙儿六神无主、慌不择路，事实上谁也不知该往哪边撤。

枪声和惊叫还在蔓延，提醒着人们危险正不断靠近。阿布作为站在最前沿的人，想都没想，向最左边那条路跑吧……不知道为什么选左边，大概是因为男左女右的直觉。

往往是直觉在关键时刻救了人，不过，也有例外。曼谷那些七拐八绕的街巷，莫名其妙就殊途同归了。几个国家的男女跟着阿布一阵小跑，发现不知不觉又跑回到了集会广场附近，满眼穿红色T恤衫的人们彻底乱了套，潮水一般涌来，跟阿布他们正好打一个照面，再身后则是荷枪实弹的军警，此时可以清楚地看见双方的冲突还在升级，砖块、酒瓶、棍棒、黑烟、火桶、汽油弹，还有……一阵更猛烈的枪声！

阿布傻了，身后跟来的一众人操着各自的语言嚷嚷着，像是在抱怨阿布这个领头的太不靠谱，将大伙儿往火坑里带，于是瞬间掉过头作鸟兽散。

各种声音夹杂在一起，只觉得耳旁隆隆作响，恐惧感在这一刻才真正袭来：他在逃命！没跑几步却发现前方马路边上趴着一个人，一身花布格连衣裙还挺文艺，在东南亚的阳光映照下是那么醒目，虽然只是以后背示人，但从她披散在后背如瀑布般的黑色长发能猜测到，该是一位相貌不俗的姑娘。

来不及有别的想法，就是觉得好看。阿布在五秒钟内决定无论如何也要过去拉她一把，无论如何！

阿布不顾一切地朝她跑去。就是这一下变向加速，正好跟另一个跑过来的人撞了个正着，余光里那人穿红色T恤衫，脑袋上还扎着红色发带。

脑袋"哐"的一下，不知身体什么部位先着地。没挨枪子就这么疼了，真要被打中那得多痛苦啊，阿布躺在地上疼得叫不出声，眼前闪烁的全是星星。

顾不上擦破的胳膊和双腿，阿布迫使自己爬起身，却发现地面上不知从何处涌来了暗红色的液体。他慌慌张张上下摸了一通，还好自己身上并没有口子，再看一眼旁边穿红色T恤的那位，年轻的眼睛里写满了空洞，嘴角微微咧着，绽出了不可觉察的笑容，他身下的路面已经被彻底染红。

阿布一屁股坐在地上，吓得叫出声来，但叫声再大也还是被枪声盖了过去。

枪声提醒着他，穿红色T恤的人就是那么死的，死在他眼前。阿布瘫坐着动弹不得，脑中瞬间被抽空似的，一时忘了该做何反应。

阿布！阿布！

谁在叫他？阿布回过神，这里怎么会有人叫他的名字？难道自己中了弹，升上了天堂，正在接受点名？

循声移动视线，声音好像并不来自某个方位；或许消失了，没人叫他，都是幻觉。他太需要有人给他动力，帮他离开这里了。当阿布的视线越过死者，跟另一双目光相接时，他开始确信刚才那就是幻觉，幻觉又触发了另一个幻觉，冥冥中注定让他跟眼前这姑娘相遇。她那双清澈的大眼睛里除了茫然什么也没有。

跟我走。阿布只说了三个字，没想别的，抓起姑娘的手就跑。姑娘跑不动，却听懂了，即使她不是中国人，也不会拒绝这个人的帮助。这么热的天，她的手怎么是凉的？阿布抓得更紧，兴许能给她焐热。两人在地面温度高达四十度的曼谷街头狂奔，隆隆炮火声下，弹片横飞、硝烟四窜，逃散的人群之中，不断有人倒下，不断有人爬起，但阿布从始至终紧抓着她的手。两人用尽全身气力不顾一切地跑啊跑，不知道要跑到什么时候，意识里只觉得会跑出市区、跑出曼谷。

阿布清楚地记得怦怦的心跳，是一个人的，也是两个人的，伴有强烈的喘息声。你是谁，从哪儿来，要去哪儿，一切抛在脑后，虽然这只是暂时的。

开始下雨是几点钟？太阳没全落下呢，阿布的手表和手机都跑丢了，只顾上她了，这姑娘的确相貌不俗。阿布松开手的时候她的手心全是汗，真让他给焐热了。两人来到了一条河边，河道上的游船停驶了，水面却被雨点打得起伏跳动。

附近像是个自由市场，依旧人声鼎沸熙熙攘攘，红衫军的影响到这儿就荡然无存，不过才隔了几条街，就成了另外的世界。

阿布提着两个椰子回到姑娘身旁，插着的两个管子像是被晒化了似的耷拉着脑袋,她试着叼了两次才含进嘴里,吸吮的样子让阿布觉得满足。姑娘细嫩的皮肤泛着红,额头跟脸蛋渗出的汗像是被风干的细盐,在阳光斜射下不时透着微小的光点。阿布学着她的样子仰起头看向毡棚外,才意识到是太阳雨。

不旅游,来干吗?姑娘咬着吸管跟阿布聊道。

避风头。阿布回了三个字。

姑娘甩来质疑的目光,你得罪了什么人?

其实也不算,出来散心。听起来像是在打马虎眼,阿布没想什么都跟她说。

直到椰子里再也吸不出汁来,姑娘才腾出两只手,褪下手腕上的皮筋将长发扎了起来,似乎没了跟阿布聊下去的意思。

好吧,说实话,是我得罪了老板的老板,我老板让我改跳别的舞,老板的老板说我现在跳的是街头混混的把戏,上不了台面。

原来你是跳街舞的。姑娘举着双手还在脑袋两侧忙碌,一次没扎好,还得放下来捋完了再来一次。她猜对了,问阿布自己怎么想。

我当然不那么觉得,所以拿钥匙划了老板她老板的车,还扎了他的车胎。阿布说完,雨就停了,更多游客模样的人涌了过来,瞧他们气喘吁吁的样子估计也是从市区跑出来的。

上不了台面又能怎么样,幼稚。姑娘说"幼稚"两个字时的口吻轻描淡写,阿布回过头看,辫子扎好了,她才幼稚,竟然是一对麻花辫,这么大人了何必呢,看着跟阿布同龄,可发型却是小女生的。阿布如鲠在喉,盯着她的脸足足有十几秒钟,耳旁幻听式地响了无数遍"幼稚",直到他"腾"地一下站起来,屁股底下的塑料凳被带倒。不远处卖椰子的女摊主投来关注的目光,女摊主听不懂,只凭猜，这小伙子要干吗，跟姑娘吵架吗？

想起来了，你，你是……阿布没说下去，姑娘就摇头了，眼神有些飘忽。

快，把你护照拿出来！

你谁啊就看我护照，国际刑警吗？姑娘觉得好笑。

等一下，我知道了，是你吗？一定是。阿布语无伦次起来。

是你妹！姑娘抬头盯着他看，想笑却没笑出来，如果不是怎么办？

不是的话，我就把我的护照撕掉，以后留这儿当乞丐。阿布说完咬着嘴唇，丝毫不怕会输。

干吗撕护照啊，不撕也可以当乞丐。听这话不像玩笑，这让阿布觉得尴尬。

好，我现在去当，你答应把护照拿给我看！

姑娘侧过脑袋眯着眼，打量这个把她从死亡边缘上拉回来的陌生男孩儿。

女摊主吓坏了，压根儿没想到阿布会来抢她案头的刀，这把刀曾切过无数西瓜和椰子，还有三位外国游客正排队等候她把开了口的新鲜椰子递给他们解渴。雨其实没完全停下，不过是小了，小到几乎可以忽略不计。

当阿布戴上墨镜蹲在路边，把切成碗状的半个椰子置于面前，眼巴巴地瞅着一个个路人，双手抱于胸前如作揖一般时，周围的人都愣住了。

姑娘不打算回来了。那男的是神经病吗？莫名其妙演给谁看呢，反正她不看了。阿布瞥见姑娘离开的背影，两条麻花辫甩在脑后，并不比马尾辫和披肩长发更富有美感，比阿布此时记忆中的她还要麻木和冷淡，看样子即使地球毁灭也不会引起她的一丝触动。

沉默不语，阿布虔诚地向路人作揖。一名流落曼谷街头的乞丐，对硬币的渴望不会比对故人的渴望多。不知过了多久，淅淅沥沥的雨水积满了半个椰子，快要溢出来的时候，阿布在椰子前开始跳街舞，上不了台面又能怎么样，街面上足够他施展了。

夕阳毫不动摇地来了，雨水默契地停下，这次是真停了。半个椰子里满满当当的雨水终于溢了出来，真有人往里扔硬币了，竟然还有揉成团的纸币。

阿布摘下墨镜睁大眼睛，想看看还有什么会到碗里来。当他双肘撑起整个身体，轻而易举地将两条腿蹬向空中，刚好保持倒立的最后一刻，一张护照映入眼帘，脸还是姑娘的脸，姓名那一栏却让他翻倒下来。

3

印象太深，即便再过个十年八年的，阿布应该还会记得，她当时的表情仿佛一个游离于世界之外的人。

没有梳子，单凭一双手就将长发梳理成在商场见她第一面时的样子，阿布发现她重新扎好的马尾比之前稀疏了一些，或许是错觉，或许是真被揪掉了一些头发。

许娜这名字太普通，普通到反而能让阿布一下就记住，即便再过个十年八年的，他应该也还会记得。她此时的眼神里没有了惶恐，可能是惶恐过了，已经都这样了，不在乎了。

外面下起雨来，凉风就从窗口往里灌，雨要是早来哪怕两个小时，估计就能浇灭夏天的燥热带来的心火，那样的话也许商场里发生的还有往后的一切就能避免了。都是命，许娜第一次这么说，往后也这么说。这个夏天太难熬了，难熬到胡同里的老人会搬着小马扎去商场里避暑。

　　阿布从派出所出来时看到了他那件黑色耐克T恤，二十分钟前还穿在许娜身上——她原本的贴身裙装被那三个女的撕破了，内衣后来也被揪下来，要不是她两只手死拽住内裤不放，大庭广众下就要完全曝光了。宽松的T恤衫用作遮体再合适不过，但转眼却被遗弃在路旁，在雨水的浇淋下缩成一团，红色对钩儿竟活像一张笑着的嘴，许娜心里会对这一切报以淡淡的冷笑吧。

　　犹豫了几秒钟，阿布把T恤捡起来，猜测许娜扔掉它的时候，应该是打算赶紧消失在捉摸不定的风雨里。这么丢人的事，不论如何都不愿被记住，不管这男的为什么帮她，都没必要再追问，也没必要留下什么痕迹。

　　事情没完。不光一尊弥勒佛，还有一座青玉双兽耳活环三足炉，合起来多少钱阿布故意不听了。商场那边不管冲突因谁而起，谁碰倒的谁赔。打架跟武术的区别就在这里，武术乃分寸纤毫之争，打架就不管不顾了。阿布没法儿认，凭什么说是他碰倒的，要赔也得跟那几个最先动手的人一块儿赔。

　　雨下了一整夜，他第一次觉得雨下到人心烦意乱。第二天一早看新闻说北部山区下了冰雹的时候，阿布突然后悔了。他太容易后悔，虽不算见义勇为，起码算拔刀相助，但受害者说走就走了，自己这下也成了受害者，还得破财。阿布没财，财就是命。

　　看了商场的监控，再混乱的场面也分得清是谁碰倒的，阿布不认也得认。既然那么贵重，干吗不放在更安全保险的地方？现在这样让人触手可及，在阿布看来相当于碰瓷，好像守株待兔一样的逻辑。两件宝贝值多少钱？阿布算了一笔账，这个数对他来说，不吃不喝走穴十年，才差不多可能赔完。在那个冷雨驱走炎夏的午后，一丝凉意袭过全身，二十多岁的阿布第一次感到了自己生命的度量单位。

　　得把那五个人全找着，早知道打架的事就不该私了。阿布去派出所要到了电话，但无论如何也联系不上他们中任何一个。交给民警去处理吧，赔偿这事儿又不归他们管；回过头再跟商场解释，没用的，那就磨吧，拖一天是一天，不然就打官司。阿布满脑子都是自己被逼入绝境的画面。或许不至于，他还年轻，可换个角度去想还是感到灰心，天光跟着就暗淡，夏天也很快就要结束了。

4

　　怎么不是你？

　　是谁？

　　李小橙。你怎么不叫李小橙啊？

　　你有病吧，我怎么不叫林志玲！

　　姑娘收起护照就走，曼谷的夕阳为她勾勒出一圈金边，阿布当然不甘心，端起那半个椰子追上去，硬币跟着在椰子里跳动，清脆的声音让他心慌。

阿布说了一路,眼前那两束细长的麻花辫一甩一甩始终没停下,直到又过了一个临时封闭的小码头,在阿布词穷的时候,她反倒停了下来。

再跟着我,我就报警了。

报吧,曼谷早乱套了,秩序都管不过来,还有警察管你?

姑娘给了他一拳,打在他胳肢窝往下的地方,我不是你要找的人,也不认识什么小橙,你到底想干吗?

阿布被一口气呛住,弯腰咳了半天,你怎么不懂感恩呢?枪林弹雨里我救你出来,到饭点了好歹让我请你吃顿饭吧,吃口东西能死吗?

姑娘扯了扯长裙的肩带,目光掠过河面再回到阿布脸上,两人的目光顶到一起,眨都不眨一下,仿佛睫毛一颤就示了弱。

顺着她指尖看过去,河边最高一栋建筑的楼体是白色的,像姑娘的身材一样修长。

直到坐在雪白的桌布前,阿布才知道这家酒店的餐食是全曼谷最贵的,多数食材是从国外空运过来的。文质彬彬的服务生端上来一小块牛排,据说它是一大早乘坐泰航的专机从神户"飞"过来的。

餐厅太旷大了,到取餐台感觉得走二里地,热菜搁盘子里端回到桌前,温度就下来了。阿布担心这姑娘吃不了几口就开溜,毕竟这里的每一扇窗都像门,每一扇门都像没完工的缺口,连一面完整的墙都没有。在开放的环境里吃东西阿布还有些不习惯,何况周围都是一人多高的植被,簇拥之下让人觉得压抑,好像担心随时会有蛇啊狮子之类的冲出来。

姑娘一直在吃，看来是饿了，阿布也是，吃得比她还快，生怕赶不上她的节奏。与在曼谷街头被流弹击中相比，眼下付不起账真不算什么。每嚼完一口，阿布都觉得赚了，这姑娘是他眼下唯一的牵念。

有话快说，别酝酿了。姑娘先开口。阿布瞪大眼睛盯着她的脸，虽然挺瘦，微圆的脸盘还是当年的样子。

你改名了吧，不，连姓也一块儿改了？

你这人生活得多无趣，都说了不是，不能换个话题。

阿布攥着刀叉想了想，你是哪儿人啊？

南非。说着姑娘埋头咬断一根蟹腿，然后反问道，满意了吧？

你有那么黑吗？还没晒够吧。

谁说南非都是黑人，荷裔和英裔白种人加起来有四百多万呢，孤陋寡闻。

阿布低头笑了，我是没什么文化，上不了台面嘛，没处混了还得去夜场，当然比不上你，你从小就是好学生……

姑娘扔下刚抓起的螃蟹打断他，没人听你的苦难告白，没本事就受着，说再多也只说明你幼稚。

对对对，幼稚！当年我往同学水杯里倒泻药的时候，你也这么说我。

啊，这么损的事都干得出来？姑娘的表情有些夸张，端起酒杯喝一口又放下了，说，不但损还没创意。

阿布的脸色很难看，扭头看一眼外头的夜色。一座古塔隐约立在绵绵湿雾中，雨似乎又开始下了，河对岸变得更缥缈，一艘船闪着微弱的光点缓缓航行，孤立无援的像他此时的心情。翻遍所有记忆角落，难道找不出一个有说服力的证明？人生一下子变得如此艰难。对阿布来说记忆是不可靠的，却也是唯一的牵绊。

回想李小橙为他出头的画面，眼前这个梳着类似麻花辫的姑娘，陌生里透着熟悉——或许是幻觉，是阿布一厢情愿为自己营造出来的熟悉感，跟东南亚的天气一样捉摸不定。

我的日记本，有印象吗？阿布像是弯腰从沙滩里拣出一枚不一样的贝壳，眼神里透着一丝惊喜。

姑娘装没听见，抬手叫服务生再拿菜单来，她没吃饱。阿布意识到她手里摊开的菜单正好像一本日记，四四方方，大小合适，只不过每一页差不多顶得上普通书的二十页，足够厚实也足够独特。阿布不理解这么设计的意义何在，总之，记忆里的日记本只跟眼前的李小橙有关。

楼道里刚刷过的清漆使劲往鼻孔里钻的时候，阿布拼命想堵住耳朵，一个字都听不下去。那是他每天睡前写给李小橙的话，此刻被三个脸上脏兮兮的男生阴阳怪气地读了出来。人生里刚学会保守自己脸红心跳的秘密，就被人揭穿了，并遭到奚落。阿布其实不懂什么是奚落，只觉得完了，丢死人了，没谁比这三个抢他日记本的男生更可恨了。

个子最高的那一个男生要比阿布高半头，胳膊伸直了好比一杆扫把，不论阿布怎么扑也抢不到，眼睁睁地看着浅黄色日记本的封皮上沾满了他们三个人的脏手印。

日记是最不能被外人碰的，李小橙原话是这么说的，在说之前，她把杯子里的开水泼在了大个子的脚上，当时她正从楼道经过，水盛得很满，热气不断飘出来，像缕缕青烟，那么闲散又不经意，没人看出她是成心的。

日记本被李小橙抢了回来，她脸上一点儿表情也没有，倒也不怕把大个子男生烫坏了，毕竟是冬天，腿脚裹得严实，顶多受点小罪。阿布没想过会有人帮他，而且唯一愿帮他的就是这个李小橙。

对面这姑娘在拿他的段子开胃吧，还吧唧起嘴来。服务生什么时候又端上了几道菜，还有形状奇怪的甜品。阿布一口都不想碰，我说的可不是段子，你一点儿也不记得了吗？天哪，不会失忆了吧？阿布双手捧着脑袋，想挤出点儿眼泪来证明给她看，自己说的都是掏心窝的话。之所以这样，就是因为他万分确定眼前的人就是当年的李小橙。

幼稚！人家那不是帮你。换了我，连你在内一块儿泼。

阿布感觉遇上对手了，接下来怎么办，冲她发火吗，狠狠地骂她，逼她摘下伪装的面具？阿布早把桌上的餐巾纸撕成一片一片的，又顺手挨着个儿揉成团，小小的，不经意间弹中指将它们放飞，唉，干脆放弃吧，世上或许真有两片一模一样的叶子。

你就这么点儿能耐？接着说啊，放个大招。姑娘的话像是在挑衅，又似乎是在同情他。

阿布轻吁一口气，瞬间陷入沉默。姑娘的视线原本不在他身上，穿过阿布的肩膀，后头那桌正有一位胡须精致的男人落座，可她还是伸脚踢了他一下，说啊，接着说。

你左腿，大腿后侧靠近屁股的地方有一块胎记。别介意，那时班里女生起哄，说像海棠叶子，我就是从那天起知道海棠叶子的。我问过我妈，她找出好些海棠叶子给我看，每一片都不一样。我一直在想那到底是什么样儿的。后来，等我长大一些时曾有过比较龌龊的想法，想着若有天能亲眼看到，就知道了。

消失的影子

第八章　　　　　　马尾辫与麻花辫

5

　　这不一样，你是受害人，加起来十好几万，凭什么让你出？阿布不觉得庆幸，反倒同情她。这都什么世道，女性地位真的提高了吗，挨了打还赔钱，快赶上甲午年间的清政府了。

　　那也不能让你背，跟你无关。许娜说话时眼睛没看他，这让阿布有机会仔细盯着她看，左眼角的淤青还没完全褪掉，按说上些粉底遮得住，她不是懒，应该是不在乎。素颜就好，阿布喜欢这样的姑娘，由里到外透着慵懒，正好契合了闷热的天气。回想起那天的经过，阿布猜这姑娘不简单，宠辱不惊啊。

　　自己下巴跟额头上的口子正结痂呢，在洗手间照镜子的时候就觉得影响形象，实在没想到跟许娜这么快又碰面了，本以为扔在雨里的耐克 T 恤是两人最后的一点儿联系。

　　许娜说了"谢谢"两个字，让阿布半天没反应过来。他前一晚没睡好，睡袋拉链坏了，想找针线把口子缝上，找着线了却没找着针，那习惯他戒不掉，比想象中的戒毒还要难。

　　你谢我？反了吧，你替我赔钱，我都不知该怎么谢你。很快他意识到许娜是在为那天后补一个谢谢。

　　许娜抓起啤酒跟阿布碰了一下，阿布发现她其中一个指甲是黑的，估计是那天被踩到了手指，也可能是有人故意踩在上面的。这么一想阿布受不了了，万一哪天自己有了女儿，也遇到这种事，作为父亲该怎么面对……阿布不由得咬起手指，然后指着脚下的挎包告诉许娜，要不是因为她，一大早他就上西站了，此刻正坐在去西安的高铁上。那边有个发小，搞西部旅游的，常开着巴士和越野车穿梭在沙漠和戈壁中，别说躲债了，逃亡都不是不可能。

你还有钱坐高铁？我们以前去西安演出可都是枕着铁轨睡一宿，硬卧要比动车二等座便宜一半的钱。

你赔的钱，抵得上成百趟飞机头等舱了。阿布语气一顿，像是才捕捉到了关键词，什么演出？

许娜没说话，掏出烟点上，阿布看见了骆驼烟盒，小姑娘抽这么冲的烟，令人琢磨不透。

钱是我出的，但钱不是我的。

听着有点拗口，阿布明白了，钱是那男的掏的，许娜的情人，有妇之夫，要不然人家老婆也不会叫人在商场堵她。

阿布犹豫了一下，你男人有钱，你这么慷慨他答应吗？

不然呢。许娜答得干脆。

阿布点头，那就好。

好什么，都结束了。许娜猛吸一口烟。

阿布"哦"了一声，不知该表现出惋惜还是庆幸。

可能要有麻烦了。许娜掐灭烟头突然叹息道。

什么麻烦？阿布话接得有点快。

跟你有关系吗？

别到时候换他来跟我要钱，我可还不起。阿布不信天下有平白无故一笔勾销的好事。

别废话了，你不是说不知道该怎么谢我吗，听说你学过舞蹈？

业余的。

那你做什么是不业余的？

其实跳舞是半专业，在天津的一所艺校，教民族舞的老师好像还有点名气。我不过是业余时间跳街舞，挣个饭钱。

Hip hop？哈韩？许娜说着又燃起一根烟，闭着眼回味，十年前韩流刚进来，我们差点给 H.O.T 演唱会伴舞，不过他们后来还是用了自己的团队。

你也跳舞？

芭蕾。

芭蕾怎么能跟 H.O.T 扯上关系？

那我怎么跟你扯上关系了？

阿布接不下去了，许娜是出于什么目的约他来的，眼下还猜不透。为表示感谢？显然不那么简单。两人陷入沉默，看着许娜重新扎了一遍马尾，阿布实在想说点儿什么，却被许娜抢了先，她双肘撑在桌上看着阿布，跳一段给我看。

阿布没听清，或许是不确定，跳一段？在这儿？

难道还得去国家大剧院？

别逗了。阿布跷起二郎腿。

跳一段我看看，街舞，随便什么舞，东北大秧歌也行。许娜的口吻像是在下命令。

这不会就是你的真实目的吧？

许娜盯着他，不说话了，让阿布觉得心慌，这么僵下去也不合适，不管怎么着，她出钱替他消灾，拿人家的手短，跳就跳吧，又不是什么特别变态的要求。

想想这有多可笑，原本在这闷热的天气里阿布就要离开北京了，逃债这两个字太不真实，其实不至于的，可他又不想面对，现在要面对的却是整个咖啡馆里陌生人异样的目光。

阿布不知道，在他跳的时候许娜已经不见了，等他跳完，周围的客人比他还尴尬。太丢人了。埋头坐回桌前，想着许娜可能去了卫生间或是外头接打电话，再没别的理由了，对面座椅上她的包还在。

推开门出去就看到许娜在打手机，正好讲完转过来，阿布把话咽下去，总不能埋怨说，我跳得好好的，你干吗不认真看呢。

要不你跟我吧。许娜的话很突兀。

阿布一怔，要他去跟一个小三，这算什么？话还是咽了下去，阳光一照，才发现许娜脸上都是裂口，不仔细看还真没注意。

意思是你替我赔钱，出于对你的报答，我阿布就卖给你了，是吗？

许娜爽快地承认了，是不是有一种吃了酒菜没钱付账，就留下来当店小二的意思？

阿布不由得原地转了个圈儿，昨晚实在没睡好，现在反应不过来了似的，话到嘴边就是蹦不出来。许娜没等他，淡淡地说，仨泼妇在商场里对我连拉带扯，我从里到外没一处是完整的了，还他妈用指甲抠我脸，揪我头发，就是再过个十年八年，这也依然算得上是我人生最黑暗的时刻。我没想过有那么可怕，眼前是黑的，全完了。你是怎么出现的我不记得，像是吸引走了所有火力，在那之前我感觉耳朵在滴血，一秒钟滴一次，差不多滴了半分钟，我决定一结束就坐电梯上楼，一根烟也不抽了，摔死算了。你让我不知道说什么好，咱俩就算扯上关系了，还有，你是除六哥之外，第一个为我打架的人。

6

在素万那普机场再次遇到她的时候，阿布觉得这比电视剧还假，他几乎不看电视剧，所以没法儿想象为什么会有那么多人痴迷于这些编织的巧合和堆砌的情感。

阿布想过，假如那天晚上她不突然起身离开，再稍微多坐一会儿，他就有办法搞清楚她屁股下面是否有传说中的那块胎记。

比如，可能有点龌龊，先把水杯打翻在她身上，长裙湿了一大片，她不得不去洗手间换衣服，这时候阿布正好有机会验证，当然，不能自己硬闯进去，比较巧妙的办法是请一名女服务员进去帮忙看一眼，就一眼，又不费事，给三倍小费足矣。

想得是好，可对方根本没给他那个机会，就是给机会了他身上也没钱，即便有钱了服务员也听不懂，别说泰语，连英语他也只会数字跟问好，总不能缠着服务员在女卫生间门口拿手比画吧。

阿布还想过假如有机会跟她一起游泳，不用说高开衩或比基尼，普通泳装就行，那个位置遮不住，很容易被看见。当然这不太可能，只怪当初相遇的地点不是在芭堤雅粗糙的沙滩上。

她离开的背影就如同一个长镜头，从餐厅的这头到那头，铺上红毯踩着就成走秀了，连头顶上看似零散无序的光线都集中落在她光滑的肩膀上，远看上去像是两块反着光的肩章。

在她即将消失于视线尽头的时候冷不防喊一声"李小橙"，看她有没有反应。阿布喊了两遍，第二遍还破了音，紧接着咳嗽起来，咳得挺厉害，咳出了泪。他努力睁大眼睛，好让眼眶里的泪水尽快消融掉，视线里一瞬间的模糊反倒让他心里更清楚了。通常情况下一有点儿什么响动，是个人都会回头看一眼，这属于自然反应，可她没有，克制的背影似乎在刻意屏蔽周围的一切。

在那之后回荡在餐厅上空的音乐也停了。停就停吧，不知道是不是跟游行冲突有关，担心这些也没用。账单来了，拿在手里沉甸甸的，跟菜单的设计如出一辙，就是规格稍小些，犹如一本精致的连环画，只不过价格比连环画贵了不知多少倍。阿布懒得看第二眼，不论几位数他都没钱。怪那姑娘狠心，也怪他办法太少。

逃单分好多种，电影里经常演的不外乎是冲出去一阵疯跑，或者从洗手间窗户翻出去，再有就是抽搐倒地不省人事，被救护车拉走再说……花招多了，跟编段子似的，阿布都琢磨了一遍，不是不行，是自己提不起兴致，好像所有套路都失去了新意，所有挑战都不再能被称为挑战，只有姑娘一甩一甩的发辫还有她倔强的嘴，是此刻唯一让阿布感兴趣的事。

似乎曼谷的夜晚没法儿全黑下来，变幻莫测的光线投射在天上，好像下面就是一台超大型演唱会现场。没听说过这里是不夜城。夜其实很短，用不了多久就会听到奇特的鸟叫，然后天就亮了。

其实夜晚跟时间和记忆一样，都是人某种程度上的错觉。

直到最后一位客人离开时，阿布还坐在桌前，面前早被收拾干净，孤零零的一杯水又喝光了，服务员不能再给他添了。可一旦杯子也被收走，桌面上真就什么都没了，那会让他产生一种什么都没点结果还要付钱的虚空和挫败感。

阿布没想等什么免单大赦，他不甘心，只是在想这个姑娘，在想她这么多年经历了什么，让她拒绝承认自己就是李小橙。

第八章　　　　马尾辫与麻花辫

领班再一次走过来的时候已经过了十二点，头顶上的聚光灯暗了下来，周遭高大修长的绿植被夜风吹得摇摇曳曳，想在这里坐到天亮看来是不太可能，阿布原本做好了被警察带走的准备，却意外得知账早结过了，领班是通过手机里的翻译软件告诉他的。阿布不会猜到，有一个穿长裙的姑娘在夜里十点左右从外面走过热带雨林般的甬道来到服务台拿现金结完了账。

7

过后再回想起来，阿布跟许娜当时多少都有些率性而为。

许娜没说让阿布回去考虑，阿布也觉得没必要，光脚的不怕穿鞋的，他来者不拒，就是好奇为什么要叫纳兰现代舞团。

人生若只如初见，何事秋风悲画扇。等闲变却故人心，却道故人心易变。是不是有点俗？

俗？压根儿没听过，你在对牛弹琴。

你是牛啊，还挺会自嘲。许娜没不耐烦，语气平和地给他讲起这首词。许娜喜欢纳兰性德的词，更喜欢纳兰性德这个人名，她自己的网名就叫娜兰，QQ签名都是"人生若只如初见"，因此才任性地给舞团起了"纳兰"这个名字。除此之外再没别的含义了。

阿布说他虽然没文化，却也似乎体会到了这几句话的妙处。许娜说她也没文化，这不叫文化，叫文艺。

阿布以为自己是第一位进纳兰现代舞团的人，事实上他不过是第一位男舞者。阿布没想过这么快就有了正经工作，刚毕业的他一直过着吃了上顿没下顿的日子，这让他觉得像天上掉下了馅饼。

没想过的事还有很多，进团之后的第一份任务，就是开车送一位"舞蹈老师"去云南。目的地在祖国西南部，靠近边境，这个四十岁模样的男人估计不是去支边就是去慰问演出，阿布没多问，只知道要把他送到，那里有地方文化单位的人负责接待。

车开了一天半，途经西安的时候因为大雨阿布提议休息半天，一连问了两遍，听到的回答都是"继续走吧"。进了四川，经广安、宜宾一路南下，一路上一言不发的"舞蹈老师"终于开了口，说阿布走了一小段冤枉路。阿布不明白了，车不是他的，车里的导航更不是了，"舞蹈老师"告诉他要是走京港澳高速经湖南进贵州这条线，至少少走四十公里。

这人到底是谁，阿布确实不知道。车开进昆明市区的时候，对方才告诉阿布，他是六哥。六哥，听许娜提过，一位能量很大的老板。不对呀，按说六哥应该人脉深广、随从无数，何必让他一个没几次驾驶经验的新手开这么远的车来送呢？阿布说了这是自己第一次开长途。许娜真敢用他。

六哥说，人都有第一次，第一次办事牢靠了，往后许娜还不得什么事都指着你。

阿布觉得这时候该说两句客套话，起码显得谦虚一点，又觉得不对，严重不对。为什么不坐飞机？他开口时六哥打开车窗，问话正好被风声盖过去了，外头的湿气灌了进来。不问了，估计六哥也懒得扯起嗓子说话。直到排队过收费站时，车慢了下来，阿布才问起六哥的目的地具体是哪儿，按说他不该问，可实在太闷了，车窗全打开也觉得闷，不由得想说点什么，没话找话。

马尾辫与麻花辫

六哥迟疑了一下，还是告诉了他。

泰国阿布没去过。真不对了，为什么不坐飞机去？中学地理是阿布的相对优势科目，北京到曼谷有直飞，何必绕大半个中国，还不得不经过越南或缅甸取道南下呢？

这么走好啊，一路风景看过来。六哥的回答没法儿让阿布信服。六哥或许也意识到了，于是有意无意地补充道，有些路就走这一次，可能一辈子都不会再走了。

六哥说的话让阿布不由得从后视镜里多看了他几眼，没有一丝大老板的派头。

终于到了中越边境，又过去一天，总算在三天之内赶到了目的地。屏边苗族自治县，由于气候湿润多雨，一路全是泥泞，芭蕉叶比神话想象里的芭蕉扇还大。阿布抱怨这儿的人一个个看起来凶神恶煞的，六哥淡淡补充道，其实他们都很纯良。有人在等六哥，许娜告诉过阿布，要看着六哥上一辆大吉普，剩下就没他什么事了。

一路过来的种种迹象，加上周边的气氛，让阿布开始忐忑，一些电影里的情节陆续蹦出来。再瞧一眼六哥慈眉善目的样子，阿布克制自己不去胡乱猜想，现实生活没那么夸张离奇。

拉开车门之前六哥跟阿布说，许娜是个特别不一样的人，还把她叫丫头，就像父亲叫女儿一样。听出六哥有些后悔，他说，如果当初早一些告诉她就好了，其实没想过骗她。

她其实知道吧，只是不想说，或者你不说，她也就不说了，其实她心里应该有准备。阿布接这话没任何根据，全凭感觉。听他说完，六哥只不过轻轻叹了口气，那天要不是你，她估计活不过第二天。

为什么？

　　六哥没回答。阿布觉得尴尬，担心这么问不妥，想到那天许娜被扒光了蜷在地上，任高跟鞋一下下踩在脑袋上，一声不吭。她内心或许不会埋怨六哥，但六哥一定会觉得对不起她。六哥下车前没任何语重心长的口气，只不过让阿布多帮帮许娜，说这丫头不小气，能成事。

　　回到北京阿布倒头睡了一整天，醒来去找许娜的时候见她一脸阴郁。他没来得及问，她就扑上来抱住阿布，下巴抵在他肩上，一个劲儿地抖。她削下巴骨了吗？锥子般硌疼了他，许娜让他别哼哼，听她讲完。阿布没出声，但还是把许娜从胸前推开了。

　　许娜没眼泪，低声说，白送了。

　　什么白送了，送礼吗？阿布好像不明白好像也明白，回答的就是那件事，他眼看着六哥上了滇字号的大吉普。

　　没上就好了。许娜仰头恢复了一下情绪，接着告诉他，六哥没走成，过边境的时候还是被公安扣下了。

　　阿布似乎明白了，他早该明白！什么舞蹈老师，什么文化单位，全是扯淡的！

　　六哥因为经济问题被警方押回北京的时候，阿布还在耿耿于怀，原来许娜你找我就是这个目的？

　　许娜不觉得在骗他，她感激他，看好他，往后也需要他。

　　对阿布来说，没被牵连已是万幸，他一下子接受不了生活里发生这么多的猝不及防，让他处在被动中，像是要永远处在被动中。他想骂人。

　　许娜点上烟，吸第一口就呛到了自己，可能是笑了一下，无奈地笑,完全由不得她。她连续拍打着脑门时想到,阿布这小子是老天临时派来替六哥的吗?不可能吧?

8

　　机场大喇叭突然开始喊话,阿布虽然听不懂泰语,但从语音语调中却感觉到了不对劲儿。环顾一圈儿,发现一部分人屏住了呼吸,还有一部分人像他一样茫然。播报一结束,安检入口就封闭了。

　　我靠……她终于开了口,话音却被现场的嘈杂声盖了过去。素万那普机场不小,中央立着一排肤色迥异的巨型鬼王夜叉,清一色的黄金铠甲,花面獠牙,持半身长的棍剑,凶神恶煞地俯瞰所有人。即便如此,众夜叉也不得不面对逐渐混乱的局面。

　　阿布跟姑娘成了两座孤岛,任人流划过,仍不为所动,竟显出了难得的默契。姑娘不清楚阿布怎么想,阿布好奇她为何一点儿也不慌。外头一定出什么事了,航站楼的大门紧接着也关闭了。

　　到底什么情况?姑娘自言自语,望向忙作一团的工作人员,他们分别穿着起码三种以上颜色的制服,跟夜叉雕像的脸色一样丰富。

　　你什么情况呀?阿布借她的话反问,但姑娘的注意力显然不在他身上。于是阿布追问道,说好我请客,你结什么账?

　　值机柜台也停了,原本队伍就排得歪歪扭扭,这时候人们像池塘里争抢吃食的鱼,一齐围了上去,三个印度模样的人还跟柜台后的小姐吵了起来。

　　估计她没听见,阿布又大声问了一遍。

　　别逗了,你是我谁呀,一顿饭的人情我欠不起。说完她拉着行李要走。

那我也不能欠你的!

姑娘回过头,你记性真差,都说枪林弹雨里救了我命了,大恩不言谢,我请一顿饭算个毛呀。

这么说扯平了?

要不然呢?

一顿饭能跟一条命比吗?

你还想要几顿?

阿布觉得好笑,快跟不上她节奏了。姑娘向咨询处挤去,在阿布看来她这么做毫无意义,所有人都在质问工作人员到底发生了什么,他们的航班能否照原计划起飞……

阿布不关心别的,跟在她身后继续说,餐厅的人说你是十点以后回去结的账。

她没理他,或许是没听清,可阿布还在追问,他就是想知道她走了后的那两个小时发生了什么。

人太多了,咨询处那三张嘴根本应付不过来。就在姑娘准备从人堆里出来的时候,大屏幕上插入一段 breaking news(突发新闻),画面上的素万那普机场被一群什么人围了起来,还在路口设置了路障,所有车辆都停下了……

阿布把目光瞥向姑娘,没等她言语,就听见身后一声台湾腔,哎呀,反政府武装耶,他们在游行,他们围了机场!

不远处这位举着小旗的男导游嗲嗒嗒的嗓音,瞬间让身旁那些说着普通话的游客炸了锅。

进出港航班全部取消之后，素万那普机场封闭了超过二十四小时。

别跟着我了行吗！坐也别挨着我坐！姑娘想甩开阿布，无奈机场就这么大，除非危机解除他那班飞机先走，结果却发现两人回程买了同一趟航班。领快餐和饮用水都是阿布主动帮她的，还始终是一副事事都替她做决定的大男子主义的姿态，这让姑娘更反感了，说了好几次你自然一点儿，不用管我，我又不是没手。阿布却一点儿不收敛，见她困了竟然让她靠着他肩膀眯一会儿，真是没脸没皮。

后来她也习惯了。前后吃了三顿快餐，咖喱饭、泰式炒河粉，泰航还发了一次芒果糯米饭，也好意思发，芒果几乎是芒果干，糯米像瓜子一样硬脆，每咀嚼一口，阿布都乐滋滋地说等顺利回了国，一定回请她一顿好的，北京应该有不错的泰式餐厅，到时候得把这三样都吃回来，味道肯定比机场的好。

机场内的秩序暂时稳住了，机场外就不好说了，大屏幕上的实时画面令人们愈发焦虑，穆斯林祷告室里挤满了大胡子的男人和包裹严实的女子，直到最后停了电，通风和冷气陆续中断，人们才开始意识到这一次危机可能没想象的那么简单。

姑娘的手机一直打到没了电，阿布拿着充电线帮她四处找插头，一遍遍插试，明知道水电都被切断了，还怀着一丝侥幸，怕失去了联系会让她家里人担心。其实都怪她之前接打手机太频繁，不过据阿布观察，她更多的是接听来电，像是同一个人打来的。从他们的对话判断，对方似乎要飞过来接她。阿布忍不住问她那头是美国队长还是孙悟空呀，最好连我也一块儿接走得了。阿布尤其喜欢她打手机骂人的样子，手机没电之前见她最后一次对着电话吼道，别说这些没用的了,一个劲儿地心疼我、担心我,言情剧看多了吧你!叹什么气啊一个大老爷们儿,别 drama queen(大惊小怪)了!催我也没辙,有本事你真飞过来,你飞过来我就答应你!你们家不有钱嘛,包私人飞机啊,战斗机行吗?谁挤对你了,你以前不是说一旦我需要,你会在十分钟以内出现在我身边吗,哈哈来呀!……

  阿布想笑,不过心里还是"咯噔"一下,笑不出来。

  短短二十四小时,阿布的情绪越来越亢奋,在姑娘面前也越来越放肆,时不时说一些贱兮兮的话,连自己都觉得惊讶,以前他可不这样。老话说,人之将死其言也善,阿布觉得他这是大难将至,其言也贱,还有不知从哪儿来的幸灾乐祸。除了对她的保护欲,一点儿不想让这场危机结束。

  第二天清晨来临时,阳光透过机械装置一般的天花板玻璃洒了下来。估计是出于安全考虑,机场警卫开始组织大伙儿分批往候机大厅里转移,从而远离航站楼靠外侧的区域,据说是担心反政府武装会有针对机场的下一步行动。

  阿布拉着姑娘和她的拉杆箱随人群往里挪动。队伍的最前面似乎因为拥挤传来一阵争吵,维持秩序的叫喊声跟孩子的哭声混杂在一起,人们的耐性终于消耗殆尽。在推搡跟扭打发生之前,阿布想告诉姑娘,这可能就是宿命。宿命,当年他刚进艺校的时候从电影里看到过这么一个词,觉得特别适合此时此刻的他和李小橙,虽然她不承认自己是李小橙,可阿布还是坚信他的直觉,记忆不可靠,可有些直觉从最开始就镌刻在了人的意识里。

  来,告诉我你最后的愿望。阿布突然这么问她的时候,人流迟滞了下来。半天没见她反应,阿布接着强调,不如我先告诉你我的,

第八章   马尾辫与麻花辫

然后你再说，万一咱俩谁遇到了不测，起码另一个人能把对方的遗愿带回去。

我可不想听你废话！语气里的不耐烦似乎是由于闷热的环境造成的。

那你说我听啊，阿布继续厚着脸皮。姑娘不再理他，不论他说什么都不理他了。阿布想了一下，换了个话题，说说给你不停打电话的人吧，男朋友？非要你答应他什么，求婚吗？不会，你这么年轻，那就是你们之前分过手，现在他提出跟你复合？

姑娘上牙咬住下嘴唇，咬了那么两三秒，伸手指着阿布的鼻子道，你信不信我立马拨回去跟我老公说，有个神经病非死缠着我！

阿布一怔，你老公？那不如我来跟他说吧，问一下他媳妇儿为什么不承认自己是李小橙。

你别他妈废话了，李小橙早死了！

说完她不管不顾使劲朝前挤去，硬是从人堆里拱出一条道来。

要不是有人猛地回推了她一把，阿布是不会冲过去帮她还手的，就像小学时李小橙帮阿布还手一样。

推她的那人看起来像中亚人，体格跟块头都在阿布之上。阿布这副跳舞的小身板很快就被人放倒在地。警卫穿过层层人群好不容易将阿布架走的时候，他竟然大声冲姑娘喊道，告诉你，李小橙有不死之身！她从小就是我女神，是除了我妈之外我唯一爱的人，在我还不知道爱是什么的时候就爱上她了……

话音穿透了候机大厅，即便他人离远了也还在继续着，就好像声音坐上了一辆下坡的过山车，冲下去永远停不下来，再强大的制动力也没法儿阻止它！

被隔离开以后，阿布一边用手抹着鼻血，一边想，这或许是他跟她的最后一面。

又过了好几个小时，候机大厅的落地玻璃上蒙了一层薄薄的水汽，朦胧中的停机坪显得更加缥缈，就在一切都变得没了指望的时候，机场大喇叭再次响起，关键词——让准备登机？没人相信这是真的。

第二遍播报让所有能听懂中文的人都亢奋起来，有救了，他们有救了！没等看清两架客机上的五星红旗的标识，人群里就发出一阵阵欢呼。每一个中国人此刻都深感庆幸，国家紧急调动的飞机来接他们回家了。

姑娘坐在摆渡车靠窗的位置上呆呆地望着候机楼的落地玻璃，透过那片朦胧望着玻璃背后那些或羡慕或沮丧的外国面孔，整座建筑在慢慢倒退，慢慢远去，她本该长出一口气的，却突然间心头一颤，犹豫了不到两三秒钟就起身冲司机一遍一遍喊"停车"。

当摆渡车沿着停机坪上规划精确的机动车路线在向国航747靠近时，所有人都惊讶地发现一个人疯了一般从远处追来，听不清他喊什么，只有姑娘听见了，他在喊"李小橙"三个字。

阿布可能是最后一个赶上摆渡车的中国人，一路狂奔时他满脑子、满眼都是李小橙年少时的脸。

不过阿布还是在踏上舷梯前的最后一刻被拦了下来，说什么也没用了，跟他一样不太走运的还有十几位同胞。飞机满载，不得不等下一班了。下一班什么时候来，没人知道。一切又成了未知数。

姑娘愣在舷梯半截望着阿布，因为一连三十个小时的折磨，远看她活像一根蔫了的豆芽菜。

我消失的影子

第八章　　　　　马尾辫与麻花辫

十几位同胞试图跟地勤和操着流利普通话的男乘务员争辩，只有阿布远远站着，抬手示意她快点儿进去。

姑娘点了点头，抬步继续往舱门走，终于要进去的时候听见阿布在下面喊道，你还没告诉我，你到底是不是李小橙呢？

她放下拉杆箱，迟疑了不到五六秒钟，竟然沿舷梯往下走去，任身后的乘务员拼命召唤也没有回头。

你如果记得住，就记下我手机号，等回去我……

阿布打断她的话，别等回去了，万一我回不去呢！

她轻轻摇了摇头，看着他说，你说对了，我前男友之前劈腿跟别人好了，后来又反悔要跟我复合，求我重新接受他，我本来还在犹豫，可现在决定了，我是不会接受他的。

这跟我有什么关系？！

姑娘摆出一副无奈的表情说，转学之后我再没见过任何一个同学，即便见了我也不会承认我是谁，接着她转过身指了指大腿后侧，你竟然还记得，不过，形状的确像秋海棠的叶子。

第九章 时间正好

I

等许娜上法庭估计得到下个月底，甚至年底也不是没可能，在这期间阿布还可以去看她。阿布想过给她送一些跟舞蹈有关的画册或是视频过去解闷，他真那么做了。看守所里估计很无聊，毕竟还没正式审判，等进了监狱才可能上工有事做，现在不过是枯坐着面壁数数，或者睡一些永远也睡不踏实的觉。

不过，等她进了监狱说不定就该等死刑了。阿布止住念头不敢往下想，其实没什么，早该有所准备的，许娜说了，不过一死，反正生无所恋，活着也累。

阿布犹豫要不要再多跟律师聊一聊，或者掏钱请一位更厉害的律师，说不定可以争取个死缓，留一条命。

算了。算了这两个字像口头禅一样念了出来，语气轻到阿布自己都听不到，他担心什么？好像生怕有人听到他内心的声音，自己这是怎么了，那可是许娜呀，人生里无法抹去的一个人，他怎么可以见死不救呢？这算见死不救吗，不过是无能为力罢了，或是说遵从了许娜的意愿。她的话他从来不敢违背，这么多年来他习惯了由她做决定，一定是这个念头由来已久根深蒂固，他才投降一般不再抱有任何希望。

阿布嗓子干得厉害，打开家里的窗户把头探出去深吸两口气，更干了,接着就咳了起来。他忽然有点动情,但也仅此而已。他连自己的悲伤都感觉不到,记忆里的东西一点点被抽空了似的,想象自己是一副轮胎,哪怕是小到连肉眼都看不见的气口,也会让它慢慢瘪下去,直至倒塌不起。

一个季节过去了,阿布尽可能让身体放松下来,好像天一冷他就可以安下心,好迎接真正的冬天,冬天一过,迎来又一个春天就好了。小时候他妈跟他讲,日子一天天过得慢,尤其是上半年,等温度彻底转凉,盼着冬天,日子就飞一般过去了。

光线比空气还稀薄,阿布面朝南站着,脚底下空空的,最后一场演出结束以后,影子就消失了。不过此时此刻阿布还是有些恍惚,眼下是因为光照不够,不足以形成阴影,还是影子它真的远去了,它会去哪儿呢?

阿布左手揪着裤缝,指甲在面料上反复摩擦,想象着他能驾驭自己的影子,倘若真是那样,一定得让影子去看看那些自己不知道的事,他有太多想要追问的了。

出门走下楼梯,阿布好像看到了一个人,一个不在那里的人,是阿布自己还是别人?阿布不敢告诉自己实际上他每天走上或者走下楼梯,都会在转角处看到那个人,一个不在那里的人,一个有可能是任何人的人,凡是他认识的,小橙、许娜、蔡梓,甚至是新星……今天那个人又不在那里,但阿布看见了,他希望那个人永远消失。

律师来电话告诉阿布,看守所里不允许看视频,许娜也不再见他了。时间正好,一直到这个时候,阿布跟所有人都没想过,许娜的命运会跟一个生在福建、长在安徽，并且在京津打工八余年的包工头联系在一起。他叫郝亮，他没想过自己无望的生活有一天会受到那么大的关注。

2

郝亮干这事还是第一次，住这么好的酒店也是第一次。

可能没人告诉他，住再好的酒店也是有讲究的，比如，不要睡走廊尽头的最后一间，夜里关灯前一定要先把座椅推进桌子下面，脱掉的鞋子摆放随意一些。郝亮是个老实人，如果真知道了可能还不敢住了。

就这一晚，床太软了，像躺在天上的云朵里。这么好的条件他都舍不得睡。虽然从决定离开北京到现在他始终没合过眼，但出了关外就踏实多了，东三省这地界上他郝亮还有几个徒弟，就沈阳这个徒弟曾跟着他干过五年，石膏线和木龙骨都是派给这个人去做的。

要不是睡不着，还有免费 Wi-Fi，郝亮是不会开微信搜附近的人的。只看女生，隔五分钟刷新一次，页面拉到最底，从下往上划拉，遇上顺眼的头像就点开打个招呼什么的，万一有人加他了，就隔着屏幕聊上一会儿。郝亮习惯了这么打发时间，尤其是在陌生的地方。

之前也不是没碰到过主动加他的，上来喊哥哥，问他约吗，有时还直接发照片过来，他知道那是什么意思，但心里头再痒痒，钱他舍不得花，聊上两句过过嘴瘾得了，有时候郝亮都佩服自己的克制力。

时间正好，这次他没忍住，就像没忍住站上桌子用手去捅墙角跟天花板上的一小块蜘蛛网——沈阳数一数二的五星级酒店按说不应该,虽然郝亮并不是很在意,就像他不在意进来姑娘的长相。发来的照片是假的他知道,等见到本人时他有了一种瞬间开牌的刺激感。第一面凭眼缘,姑娘其实长得一般,好在披肩长发,身高腿长,连衣短裙勾勒出相当的曲线,脚上竟然穿着一双淡粉色运动鞋,够独特,干她们这行的多半都踩着高跟鞋,不过她的确不需要。

郝亮叫她真真,她微信就是这个名字,其实不需要称呼,彼此甚至不需要寒暄,她上来把手机二维码摊在郝亮面前:先付钱再办事。郝亮一怔,挠着头犹豫了一下,对方又靠近他一点,郝亮闻到了她的体香,自打跟之前那个湖北妹子分手,他就没再有过这种心怦怦跳的感受了。

扫就扫吧,看电影不也都是先买票吗,他们干装修的也一样,收了业主的钱才开始拿料攒人干活儿。

六百块一到账,真真冲他眨巴了一下眼睛,将他推倒在床。郝亮注意到她将披肩长发扎了起来,高高束在了头顶,细细的脖颈和肩带显得她肩膀好宽,无所谓了,他开始兴奋,所以真真一说让他先去冲澡,他就乖乖起身去了浴室。

郝亮干这事是第一次,在这么好的酒店里洗澡也是第一次,热烈的水花冲走了身上的汗垢,仿佛连之前所有的复杂情绪一并带走了。快洗完的时候听见真真在外头问,这儿有东西吗?什么东西?话一出口郝亮明白了,她指的是套子之类的,当然没有了,你们不随身带吗?

披着浴巾出来,见她低头正在自己包里翻找,抬头的时候一脸歉疚。郝亮不想为难她,让她去取好了,他没那么急,话还没说完,真真拉开门就出去了。

重重的关门声过后屋里瞬间安静，郝亮坐在床沿，上身后倾，靠两手支撑着，他倒带式地回想了整个过程，似乎有点担心，可他不愿承认，继续安坐，又过了不到一分钟他反应过来：上当了。

3

郝亮原本只是路过沈阳在徒弟的热情接待下小住一晚，没想到一连住了一个多星期。不过他徒弟还以为他第二天一早就退房走了，实际上郝亮自己掏钱悄悄又开了一间。

被骗的滋味当然不好受，郝亮体会过不止一次，如果不多这一次，他或许是不会走极端的。

郝亮想好了，就算花光手里的积蓄也要住下去，住到他再次碰到真真为止，她应该不叫真真，名字也是假的。

沈阳不小也不大，有多少干这行的姑娘没法儿统计，出没场所跟活动范围也不好把握，但有一点，只要是通过微信找到的，就一定能从中找到第二次。用之前的微信跟手机号显然不行了，郝亮又注册了一个新的微信号，等着那个叫真真的头像重新出现在搜索栏中。

其实郝亮可以跟徒弟讲，让徒弟想想办法，他这个徒弟有点儿能耐，帮师父出手并不是难事，可郝亮没那么干，他要脸，怕说出去丢人。

这下好了，他恨不能一天二十四小时盯着手机，饿了就下楼去马路斜对面的小超市里买一桶泡面回来，如果能快一点找着那个真真，就不用耗在这个昂贵的地方了。一天下来只吃两顿，两顿都是泡面，纯粹是为了省钱。想起上次吃泡面，还是跟那个湖北姑娘，分手不到半个月的前女友，或者说未婚妻。郝亮很喜欢她，刚认识的时候她就是一天只吃两顿，两顿都是泡面，蜷缩在马连道的一间窄小的茶叶店里。跟她好了以后，郝亮发誓不再让她吃泡面，他也确实做到了。大半年过去，就在郝亮决定跟她求婚、顺便提出搬过来一起住的时候，晴天霹雳般得知了一件事——姑娘一直在干着兼职。之所以不搬来跟郝亮一起住，是因为她跟妹妹合租的寓所里几乎每晚都有各色男士光顾，不少是回头客。每次当他们完事离开前，都会一边点着烟一边摸着她头发夸赞她，真是物美价廉。

都是为人服务。郝亮从一名木工一路干到了工头，挣钱对他来说就是唯一目的。服务有理，挣钱无罪，可他接受不了自己女人的服务方式，即便眼下能勉强接受，日后一旦想到她当过楼凤，心里也过不去。

大吵一架当成分手仪式，姑娘第二天就回了湖北老家，郝亮怀一线希望赶到火车站，试图穿过杂乱的人群将她紧紧抱住，还差一步时感到视线骤然模糊，眼球如火燎一般刺痛，眼泪像是烧化了的蜡烛，滴在任何地方都会凝固成痛苦。郝亮冲她嚷起来，想知道她带给他的是什么，姑娘淡淡回答，防狼喷雾，她们这行都备着的，万一遇着坏人……她没再说下去。明白了。郝亮蹲下来努力睁开眼看她，只看到一片迷离恍惚的背影。二十五分钟后车开了，蜷缩在最上铺的她删掉了跟郝亮的所有联系方式。

明知是为了生活，郝亮竟然有了一种被骗的感觉，两人在一起当天她就该如实告诉他的，可她没有，直到凛冽的秋天为郝亮带来更深的沮丧,她也没给他一个合理的解释。郝亮原本把希望寄托在这个姑娘身上,自己就是再难也有信心带她离开这里,反过来也是她为他带来无穷的动力,好像彼此在解救对方于水火之中。

数天之后的沈阳,当郝亮再次感到被骗,而且是真正意义的上当受骗时,他的内心没有了退路。这么大一座城市,他被逼困在了五星级酒店的房间里,1201号,跟第一晚的1228号恰好相反。时间正好,走廊尽头的第一间里,他终于等来了那个真真。

4

1201号房门被打开时已经是下午四点半。前台从中午十一点开始就不断给房间里去电话,始终没人接。客人一个星期前就住了进去,每天中午十一点都会准时接到前台服务人员的电话,在确认延住一天后下楼多刷一天的房费。直到这个星期三下午四点半,确切地说是四点三十二分,打开房门后一股奇怪的腐臭味几乎将保洁员推了出去。待酒店经理接到紧急打进的电话时,两辆警车已经停在了酒店楼下。

这种事在沈阳不是第一次,在这家酒店却是头一回。办案人员封锁了整个十二层,从下午四点半一直忙碌到凌晨。死者是一名不到二十六岁的姑娘,脖子被人抹了一刀,刀痕不深,真正致命的伤在胸口,前后数下来正好被捅了九刀,要不是身下的地毯足够厚,血早从门缝下流出去了。

办案经验丰富的老刑警判断多半是冲动杀人,不排除仇杀的可能,凶手也不像是杀人不眨眼的惯犯,没什么手法,尤其脖子上那一下，手抖得不是一星半点，可以想见是在慌乱中动的手。酒店经理是蒙的，透过镜面一般泛光的血浆，想象这间1201曾经住过的人，他呆滞的目光在斑驳的地毯上停留许久，要不是办案人员轻轻拍他肩膀，他会继续这么直愣愣地站下去。其实经理觉得疑惑的地方跟老刑警一致，死者手里为什么攥着一张自己的身份证，那个姿势没法儿伪造……不对，她已经二十六岁了，前天刚过的生日，老刑警透过塑料证物袋注意到了这一点，连忙纠正道。

死在生日这天，当然是郝亮成全的她，时间正好。郝亮回想起来连自己都头皮发麻，这发麻感似曾相识，人生里有一次就够受的了。

真真在微信上答应来1201的时候还没过十一点二十分，要不是郝亮承诺多给她四百块，她原本就打算在KTV包房里待着了。盯着真真熟悉的头像，郝亮胸中的邪火烧了起来，有种守株待兔将要得逞的快意。

郝亮开始时没想杀她，房门打开的一刹那也没想杀她，拽她进屋的时候她认出了他，到那时郝亮还没想过杀她。他锁了门，还将一把椅子抵靠在门上，眯起来的眼睛和鼓起的腮帮让真真害怕起来，不同的是她今晚没穿粉色运动鞋，跟别的姑娘一样踩了高跟鞋，还是那套贴身连衣短裙，勾勒出的曲线让郝亮还是动了心。

没等郝亮夹着烟靠近她，真真就一脸无辜地哀求起来，连着叫了好几声大哥，一面认错，一面要把钱退还给他。见郝亮半天不吭声，又说要不就别退了，不如给她个机会今晚好好伺候他，保证活儿杠杠的。

没法儿再相信这个女骗子了，至少郝亮心里不愿原谅她，对了，真真跟湖北那个楼凤她们还是同行，自己怎么现在才意识到这点？真觉得可笑，都是婊子，这年头他遇上的女人都是婊子！

不想了，郝亮将真真摁倒在床，撩起她的裙子。她表现得很配合，献殷勤一般发出挑逗他的声音，郝亮闭上眼咬住嘴唇，折腾了没一会儿就停下来了，不行就换个姿势。真真也干脆脱个精光，就听他喘着粗气没几下，还是不行，真真忍不住笑了，边笑边说，看，上次就是给你，你也来不了啊。

郝亮握起拳头砸床，一股邪火又来了，比之前更猛烈。真真抚摸他试着给他安慰，刚说了没两句就被打断了。他吼了起来。

真真见他这么喋喋不休反倒不害怕了，这种男的她见识过，下头硬不起来，生活里也多半是个厌包。

手机响了，真真起身去接，赤身裸体在只亮着一盏夜灯的屋子里踱步，讲电话的语气很轻快，像没事儿人一样。郝亮的视线在她浑身上下游走，见她一件件把散落在床上的内衣裤穿上，手机依旧稳稳地夹在脖子一侧。低头看看自己，郝亮长吁一口气，像是又被羞辱了一遍。

打完电话真真无论如何要走了，郝亮反过来用她之前的口气哀求道，还没完事呢，你不许走！

可我完事儿了，全套，是你自己不行的。从她的语气里听不到一丝安慰。

郝亮跳下床抱住真真，却被她挣脱开了。她必须走了，几个姐妹还在包房里等她，今天是她的生日。郝亮不会再相信她的话，甚至不信她的名字是真真。他光脚追到门口，如果今天是你生日，我他妈再多给你五百！

真真立马背过身在手包里掏着什么，不过几秒钟时间，郝亮却像是看到了那个曾经熟悉的背影，她又要干吗？

不对，郝亮觉得不对，他才是受害者，是那个被辜负的人！

真真被郝亮从身后抱住了，抱得很紧，紧到她喘不过气，这次挣脱不开了，只觉得身体什么地方发出一声细细的回响，像是什么东西被瞬间撕裂，紧接着她就感觉不到自己的气息了，应该是哪里漏了。真真扔下手包的时候才意识到是喉咙。

郝亮撂下锉子原地站着，在面对半死不活的身体手淫时，发现真真的眼珠还在动，他恨那样的眼神，害他依旧没法儿硬起来。满屋子找了一圈儿，好不容易从咖啡柜的抽屉里翻出一把西餐刀，反握在手里朝她胸口扎去。

扔下西餐刀，郝亮才发现她手里的身份证，上头沾了血。他跪下来在衣服上抹了好几遍才看清楚。脑袋里一阵轰鸣，郝亮宁可相信这是一张假证件，也不愿相信她的名字就是黄真真，生日正好是今天。

骗子，野鸡，婊子！他嘴里咒骂道。

酒店有登记，还有监控，老刑警说过要抓住他不难，除非他长了翅膀。专案组于三天后在佳木斯附近一个偏僻的长途车站找到了郝亮。被捉拿归案的时候沈阳下了一场大雪，郝亮一点儿没抗拒，承认了自己干过的事，并和老刑警开口称自己是老实人，一块儿从老家出来打工的几个人里，他算干得好的，没有过什么偷鸡摸狗偷工减料的行为，只不过，只不过之前还杀过一个人。

5

　　人生短吗？不短。郝亮在这一个多星期里慢慢坚定了一个念头，他觉得自己活够了。这一点跟许娜倒颇为相似。

　　六哥死了以后，许娜开始觉得不会再有什么事让她觉得意外了，紧接着是新星的死，她觉得脆弱才是生命的本质，哪天不开心了拧开一瓶消毒液灌下去，也能要了命。

　　意外还是来了，要不是郝亮被捕，处在羁押待审阶段的许娜不会再因为什么事哭了。

　　原本郝亮运气不错，用他的话讲，前些年几乎没遇上什么特别操蛋的事。屁股后头一票弟兄都挺靠谱，没谁掉链子把活儿搞砸的，唯独今年从年初开始就不顺，尾款不给结的都算小事，其中两户卫生间防水没做好，漏水漏到了楼下，如此低级失误让他赔了不少钱。光解雇手下没用，问题出在了防水涂层上，为这事儿郝亮跟供货商闹得不可开交。另外几个活儿的工期还给耽搁了，业主逼着他退钱，加上材料费上涨，撑到年中的时候郝亮发现自己竟然背上了债……

　　流年不利这种词儿从郝亮嘴里讲不出来，但他清楚自己赖以生存的饭碗跟情感都遇上坎儿了。当然这不是杀人的借口，也不值得同情，只是郝亮看着自己一步步失去了耐心，却无能为力。

　　要不是新星在公寓楼下的地库里说了郝亮两句，郝亮也不会一路跟着他进了电梯。在那之前新星的情绪已经很差了，开车回来的路上跟助理说过大不了他不演了，又不是什么大舞团，傻×导演有什么了不起的。助理不停在劝，新星听不进去，那股劲儿上来了谁说也不行，说赶明儿个他就关机，飞到三亚找个酒店住进去，谁也别想烦他。

郝亮在地库等的人迟迟没出现，电话打不通。再往前数六个小时，郝亮还守在十九层门牌号为1903的房门前，这回被业主拖欠的可不只是尾款，将近一半的工钱包括材料费都是由他垫付的，也不知道开始是出于什么原因那么信任对方，或许是他太想接下这单大活儿了。

烟一根接一根地抽，抽到喉咙都疼了，到最后只感觉眼前全是晃动的白气，挥手赶都赶不走。好不容易打听到了业主的车位，蹲在旁边守株待兔，两眼透出的戾气说明他下定决心了，今天无论如何也要拿到钱，否则，没有否则。

新星不让他在地库里抽烟其实也合理，瞧见郝亮那一副吞云吐雾的样子他就来气，但说一句就行了，新星却没完没了，指着郝亮让他马上把手里最后半截烟灭掉，有点借机撒气的意思。其实也就一口烟的事，都快燃到过滤嘴了，顶多再来一口就得扔，就这新星都忍不了，瞪着郝亮难听话就来了：公共场所禁烟不知道啊，这儿是北京，但凡有顶儿的地方都不许抽，这不是你们老家！真没救了，北京就是让你们这帮外地人给祸害了。看什么看？……

没有回应，只有冷冷的目光。

松开捏着过滤嘴的指头，烟屁股掉在了地上，没等新星走远，郝亮又摸出烟盒，原本他不想再抽了，还剩下最后一根，一盒十四块的利群顶他一顿饭钱，可他还是掏了出来。

电梯门就要关上的时候被一只脚挡住了，特别普通的黑皮鞋，一看就知道有一阵子没擦过了。郝亮像没事儿人一样进来，新星才意识到这家伙比自己还要矮半头，令人感到可气的是他手里竟然还夹着一根新点上的烟。

即便是在面对审讯的时候，郝亮都不愿重复新星在电梯里到底骂了他什么，多难听他不想再回想。时隔这么些天郝亮反倒比警察还理智了，说当时他们俩的气儿都不顺，赶上了，算他们俩倒霉。

"叮咚"一声，十八层到了。电梯门再打开的时候，郝亮捂着右脸，烟头孤零零地躺在地上。新星举着手机出来准备打给物业，不信还治不了这家伙，竟敢嚣张到在电梯里抽烟。

手机信号恢复太慢，新星回了一下头，电梯门关上了，还好他没跟出来。其实之前那十来秒他还真有点紧张，估计这种人也属于光脚不怕穿鞋的，那一巴掌给他打蒙了吧？

时间正好，新星拧动钥匙的一瞬间，郝亮悄悄几步出现在他身后，抡起挎包里的一把伸缩锤，狠狠敲在了新星脑后。警察后来让郝亮模拟了当时的场景：坐电梯到了十九层，他沿消防通道的楼梯下到十八层，时间正好。

6

绝了！许娜这谎撒的，说凶器是她随手捡的，恰好那天还真有物业的一把扳手落在电箱附近找不到了，还有从后海捞上来的扳手。巧合太过巧合，显得无懈可击。

结果呢？许娜努力睁大眼睛，试图让泪水消融在眼眶里，她哭并不是因为羁押结束，而是庆幸，庆幸阿布没做出不理智的事来。

阿布说过，这么些年你许娜是对我好，可你为我付出过什么？

"养不熟的白眼狼",许娜这么骂过阿布无数遍,可关键时刻还是为他顶了罪,想着一旦她自首阿布就没事了,反正除此之外许娜什么都没了。

阿布也想哭,也哭出来了,这是连续一个礼拜的雾霾天里阿布听到的唯一的好事。

接许娜出来当天,阿布陪她去染了头发,做了美容,还买了衣服,两人在三里屯的一家日本料理店里喝了好几瓶清酒。阿布问许娜往后有什么打算,舞团没她在,又停了这么久,感觉大伙儿都四散奔逃了。许娜一副意料之中的表情,红着脸告诉他,生活算是给了她第二次机会,按说她得抓住,可她反倒觉得心彻底空了,可能习惯了那间散发着霉味的小号子吧。

从店里出来的时候,许娜发现原来路灯能把整条街照亮,树上的叶子转眼就掉光了,跟她变老似的,几乎是在一夜之间。两人沿着繁华的酒吧街走着,打不上车,叫车软件始终没有回应,算了,走吧。两人在寒风里走了不知道多久,不知不觉走到了旧楼——舞团的排练厅。

谁也没带钥匙。阿布找来保安开门,保安吓得不敢认许娜,以为她早被枪毙在河北某个刑场里了。

灯全亮起来的时候许娜感到一片耀眼,不得不眯起眼来。四周的玻璃墙出奇地干净,一切井井有条,像是在等主人回来。

去跳一段舞吧,好久没试了。望着墙头挂着的玛莎·葛兰姆画像,许娜在心里默念着画像下方那段标志性的话:近六十年的舞蹈生涯,玛莎·葛兰姆以决心、努力与才华,为自己树立了一尊神像。

三十几岁的许娜站在中央,透过镜子看着伸开双臂的自己,一个原地旋转之后再望过去，满眼都是自己二十几岁时的样子。

舞台上那个轻盈灵动的马尾辫又回来了，台下无数双温暖的眼睛正盯着她，其中一双是充满爱意的。每一次腾空起跳，她都仿佛看到了六哥，看到了阿布，看到所有人还是当年的模样，在为她鼓掌。

欲望是美好的，所有的舞蹈因它而生。阿布劝许娜重新开始，那年断腿以后的她不也是重新开始，一手把纳兰舞团做大的吗？

可以了，现在结束一切时间正好。阿布没想过许娜这话会一语成谶。既然如此，结束就结束吧，太牵扯精力了，什么也不想了，他得去找真正属于他的女人了，小橙不只是闹别扭，说不准，可能是回老家了。黄警官那边摸到了一些情况，他得先于那些警察找到她，他不想等，好消息往往是等不来的。

许娜独自躺在冰凉的地板上听自己喘着粗气，不知哪扇窗户像以前一样关不紧，伴有刮风的声音。有句话是这么说的：动情感，就意味着自取灭亡。

10

第十章
北方的海

I

直到阿布的车开出了北京，蔡梓还不太敢相信这是真的。阿布也不太相信。就在两个小时前他们才刚刚见面，还在为影子的事吵个没完。

估计日后回想起来，他们依旧猜不透这趟旅程中彼此之间到底藏着什么样的秘密。

蔡梓几乎没什么行李，除了一个背包和一个行李箱。"光学现形"里的家当都交给女助理卖掉，再没什么要带走的了，包括那么多书，即便每本只卖一块钱，加起来也会有个万把块钱吧，也不要了。就这么轻装而走，是真的了无牵挂，还是假装潇洒？

阿布好久没来找她，难得他到了最后想到自己。

正收拾屋子的蔡梓似乎猜到了阿布来的目的，问他，你不是已经不需要影子了吗，怎么现在才想起来？

谁说不需要？再说了，不需要就不要了吗？

哦。对，忘了祝贺你，听说演出挺成功。

听说？原来蔡梓没去现场，白给她送票了。算了，阿布一下子很不耐烦，我想知道这一切到底是怎么回事！

蔡梓正要踮起脚关最后一扇窗，她明白阿布说的是影子，转过身指着阿布脚下,你自己看看啊。

阿布立刻低下头,看什么?

在吗?蔡梓问他。

什么在吗?!阿布抬高声调。

蔡梓补充道,影子啊。

阿布恨不能蹲在地上,哪儿呢?没有啊!

蔡梓没顺着他的话往下接,旁若无人地进了另一间屋子,看她拖出行李箱的那一刻阿布意识到她不是在收拾屋子,这是要去哪儿?

她没回答,淡淡地告诉阿布,是因为你的心理作用。

不可能!我眼又没花,我脚下什么都没有。

那你看看我。蔡梓指指自己脚下。

阿布没看,他开始抗拒,甚至把目光投向这屋里的其他角落,实在是一尘不染,连玻璃窗里透进的光线都显不出在空气中挣扎的微小的尘埃,一切仿佛静止了似的。阿布脑子里什么都没想。

这短暂的空白让阿布扭回脸把目光瞥向蔡梓脚下,他愣住了。

阿布猜到蔡梓马上会语气轻松地说,你看,不也跟你一样吗。

于是他开口去堵蔡梓的嘴,这算什么,你还想要我?

蔡梓要离开这里了,再也不回来。

阿布追上去一把拽住她胳膊,你不能走,把影子还给我,要不然你去哪儿我就去哪儿!

好啊,开车去吧,那我搭你车,说好了我去哪儿你就去哪儿。

从阿布这里看过去,蔡梓脚底下也没有影子,的的确确什么都没有。并不是没有形成影子的条件,意识到这一点之后阿布开始怀疑起了自己。

2

　　黄警官之前又联系了阿布,问他有没有什么新情况。当然没有了,阿布想这么说,脑子里闪过一个念头,还是把"当然"两个字拿掉了,没什么是理所应当的。黄警官接着又问他难道不着急吗,急,阿布真的急,急也没用。黄警官每次这么问的时候都像在有意试探他,结果没什么不一样。

　　按说电话挂了也就挂了,黄警官叫住阿布,告诉他一个重要的消息。

　　听起来不太合理,如果警方真花大力气介入,或者运气好些,小橙早该被找到了,现在他们才说了解到了小橙母亲在老家的住址,对了,小橙好像说过她出生的地方一推开窗户就能看到港口,那里有北方的海,濒临渤海湾。

　　难怪这一阵儿阿布常做关于海的梦,梦见他在一个鸟语花香的清晨背着书包去上学,同行没有别人,只有小橙。两人沿着熟悉的路径走啊走,就要到学校的时候却发现学校并不在之前那个地方,取而代之的是一片茂密的树林,具体什么树他不懂,只觉得低垂的枝叶像人的头发,不是柳树,他知道柳树该有的样子。小橙拉着他穿过树林,之后便豁然开朗,两人就这么轻易地来到了海边。海雾蒸腾,扑朔迷离,阿布甚至怀疑眼前的海不是真的,独自走去踩上一脚,鞋瞬间就湿了。小橙在身后笑他,笑声清脆悦耳,比她以往的笑更持久,像童年乐园里的孩子们在嬉闹,又像是沉静的夜晚中从花园深处传来的女人诡笑。一睁眼全都忘记了,后脊梁骨一阵发冷,阿布却依然觉得美好。他没从睡袋里钻出来，天应该还没亮，应该快点睡着把梦续上，又一个念头闪过时他才意识到或许是天快黑了。时钟混乱，黑白颠倒，这下子阿布彻底醒了，使劲揉着眼睛，放下手的时候感觉这个梦就在眼前。阿布时不时会怀疑那些瞬间是错觉还是梦境，抑或是本就属于他的几乎被遗忘的记忆。

如果小橙在眼前就好了。快了，阿布充满期待地暗示着自己。

有些人说抛下就抛下了。之前见许娜最后一面的时候她已经在计划乘坐国际列车穿越西伯利亚了，目的地是莫斯科，那里有最好的演出，那里是芭蕾之都。许娜学过古典芭蕾，虽然后来搞的现代舞跟芭蕾并没有严格意义上的流派关系，但她知道那些伟大的现代舞大师，比如邓肯等多是古典芭蕾出身。许娜是在放逐自己，还是试图找到心灵暂时停留的栖息地，阿布关心不起了。

汽车开进河北，阿布才发现注定要多走一段冤枉路了。走京哈高速往东会更快一些，他却一不留神沿大广高速开往了承德方向。从手机地图上看，绕回承秦高速再到目的地要多走将近一百公里，多出来的时间就当多看了一段沿途的风景吧。想到许娜当时去易县绕到了保定，他就想笑，怎么自己跟许娜一样了，此刻不知她的赴俄签证办下来没有。

蔡梓坐在副驾座上百无聊赖地盯着车窗外，天仿佛一张巨大的滤网，灰蒙蒙的，将大地罩得严严实实。

还以为出北京雾霾就少了呢。蔡梓失望地说。阿布心里想说离这么近，北京有的周边地区也该有……话到嘴边觉得还是算了，没兴致说那些自作聪明的俏皮话，何况本身也不好笑。蔡梓一定觉得

194

这一路上的沉默很要命，谁叫她非要搭他的车呢，不知算她赖上他，还是他赖上了她，总之是一个方向。蔡梓要去渤海湾附近的某个岛屿闭关一阵子，听起来像准备修仙成佛的意思，假如那样有助于她帮阿布找到属于他的影子，这一趟白送她也值了。

阿布摁下车窗，冷风吹进来。这是要干吗？蔡梓还没来得及抱怨，就意识到外头稀薄的空气冲破了车里烦闷的气氛，似乎瞬间带来了一丝活气。

手机响了一下，阿布一怔。听错了吧，一个月来总会有类似的幻听发生，总觉得手机微信响了一下，哪怕就一下。即便阿布预料到因为这一条微信不早不晚地到来可能在高速驾驶中引起事故，他还是不由得第一时间去翻看手机。

3

车在蹭到高速路隔离带后发出一声巨响，左前胎被挤爆了。车体连转三圈儿，横跨三条车道，最后撞开右侧护栏冲出了路面。

路面下是一个土坡，要不是坡上有那两棵老树挡着，阿布不可能像现在这样单靠自己从车里出来。

瘫坐路边等人来收拾残局的时候，他一句话都说不出，劫后余生总值得庆幸，再大的怨气和烦恼也会烟消云散。可怕的巨响一直在耳旁盘旋，远远超过了他想象里的所有爆炸声。在极为短暂的刹那间，阿布以为自己会死在这起事故中，拜那声巨响所赐，他领悟并想象到死亡一定要伴随着某种强烈的视觉或者听觉冲击力，仿佛要跟一个世界说拜拜的仪式感，不能太悄无声息。人活着或死去总是自带仪式感的，生的时候自己意识不到，死的时候能意识到却太过短暂，幸运的就是他跟蔡梓这种死里逃生的人，体会到了常人没法儿体会的感受。不由得想起新星，无比坚硬的东西砸上脑袋，那时他一定听到或看到了他阿布没法儿想象的东西。

来的是交警还是急救的医生，阿布都懒得去管，后来人家问任何问题他也只是沉默，不知不觉又开始想象自己死了却没能见到小橙最后一面，想象小橙在他的追悼会上涕泪涟涟。不，应该不会有追悼会，谁也指望不上，谁会在乎他呢。想到这里，阿布顿时悲哀起来，换老话讲就是死都没人替他收尸。活得太失败了。

车是彻底报废了。阿布勉强起身，也该走了，虽然头还晕着，不知道会不会留下什么后遗症。对了，蔡梓呢，刚才还有人在他身旁晃来晃去，这会儿人呢？阿布将手指插进头发里仔细回想，下车的时候她好像就不在身边，该不会没下车吧？想着，转身一瘸一拐地跑回去，车就要被拖车拖走了，他凑上去特意看了眼满是裂纹的挡风玻璃，连个巴掌大的缺口都没有，看来蔡梓没有被从车里甩出去。

阿布反问起现场工作人员来，他甚至有些不确定车上到底坐了几个人。当然是一个了，对方斩钉截铁，理由是阿布刚才就这么回答交警的。阿布想不起什么时候跟交警对过话了，他不是一直在沉默吗？不对，来的时候蔡梓肯定在车上，这点他不会记错，不过，蔡梓那么能说，一路上一言不发是怎么回事……

揣着这些疑问，阿布不知不觉就走到两公里外的一个服务站，独自搭上了一辆继续往东去的大巴车。

车里的屏幕上正在放一部电影，阿布没看过，旁边有人在笑，不止一个人,应该是喜剧片,阿布却有些想哭。最后那个场景实在让人捏了把汗,一个光头男站在高空中吊着的一面大玻璃上,两头分别趴着两个漂亮女人,大玻璃摇摇欲坠,稍不留神连光头男也会掉下去,但他想救她们,却没法儿向她们中的任何一个人靠近。重心一旦偏移,就得有人掉下去,苦了这个光头男。对,那个演员叫徐峥,阿布庆幸自己想起来了,即便他没有过类似的经历,却也和他一样感同身受。

想象着自己正站在大玻璃中央,就算周围没人,却仍旧摇摇欲坠,宛若一块逐渐融化的冰面,碎裂的纹路一点点蔓延开来。只是时间问题,阿布注定要跟它一起坠落。

影片结束的时候大巴车开进一座小县城,有乘客下车。阿布才意识到大巴车没走高速,一直在国道上慢慢悠悠地开。车上很快没人了,原来这里是终点站。

距离目的地还有差不多两百公里,好在他没那么着急,但也不能耽搁太久,他相信小橙就在那个地方。结果却先找到了蔡梓。

天色暗了下来,蔡梓一个人拎着行李箱在汽车站前徘徊,脸冻得通红,一见到阿布感觉寒意都消失了。她有些意外,上下打量他,像是不相信他还能站起来。没那么夸张,阿布想说拜德国车以及安全带所赐,却觉得这也无关紧要了。

阿布不清楚蔡梓是什么时候从事故现场离开的,竟然还有工夫拿行李。蔡梓哈着气没解释,反问阿布为什么这么快就找到了她。阿布根本没想找她,手机都找不到了,电话也没法儿打,能遇上纯属运气,要是他跟小橙之间能有这样的运气就好了。

蔡梓搓着手建议一块儿再租辆车吧,阿布诧异在这样鸟不拉屎的地方还有租车的门店。斜对面锈迹斑斑的铁丝网里就是停车场，路灯刚亮，看得见被灰尘覆盖的银色斯柯达，像是被遗弃在这里很久了，在即将到来的夜色下仿佛一条条抱团取暖的海豚。

阿布上车前又去路灯下站了一会儿，脚底下还是什么都没有。蔡梓说，要是你下午死了，说不定影子就回来了。阿布冲蔡梓吼了起来，要不是你抢我手机，根本不会出事！

谁抢你手机了，是你要看微信的好吗？蔡梓回吼他，我当时想帮着念给你听，哎，算了。

蔡梓不想说下去，阿布也陷入沉默。

开夜车是需要勇气的，尤其是刚经历过事故。两人谁也没迟疑，只是换了蔡梓开车。她终于忍不住问阿布，不就一条微信，干吗疯了一样非要抢过去看？

阿布沉默了一会儿，还是告诉了她，自从小橙失联后，他就把除了小橙之外所有人都设置成了"免打扰"模式，一旦微信提示音响起，那一定就是小橙。

那不一定，微信功能里的提示音多了，订阅号蹦出来还有响动呢。

阿布没接她的话。手机下落不明，或许永远没法儿求证了。

4

天一亮阿布就醒了。想不起自己是什么时候睡着的，蔡梓也不知道。蔡梓还在开车，在黑暗里开了一夜。如果换阿布，一定受不了那种虚无和沮丧。

阿布提出由他来开，换她去休息，蔡梓拒绝了，说用不了多久就到了。阿布想说句辛苦了，犹豫一下想还是算了，说了也没用，蔡梓不是听那种话的人。

太阳升起来的时候终于到了。实在是个小地方，街道很小路牌也很小。雾霾到了这里变成近似青灰色的水汽，夹杂着一丁点干爽的鱼腥味。虽然是北方的海，空气里同样飘着一股南方的味道。

车随便一停才发现正好在坡上，地势偏高，下车直起身子就能望见不远的小港口。距离大海实在太近，海风一吹就轻松吹遍整个县城。

不，这里更像是一个小镇，一个能给人带来绵软错觉的地方。

照着门牌号找过去，站在门前的阿布特地捋了捋头发，整了整衣领，难掩紧张的表情，犹如在等待考试录取放榜。谜底即将揭晓，说不定开门的就是他朝思暮想苦苦寻觅的人。

开门的真是小橙。阿布吓坏了，因为她一下子变得好老，俨然一个四十五岁以上迎来更年期的女性。

实在太诡异了，话噎在嗓子眼儿里，好半天说不出来，蔡梓也跟着吓了一跳。

对方诧异地问他是谁，阿布低着头叫了声小橙的名字，对方先是愣了一下，然后略显尴尬地笑了起来。

她不是小橙，而是小橙她堂姐，竟然大出去十几岁，阿布少见多怪了。

堂姐告诉阿布，现在是她们一家住在这里，小橙她爸妈早搬走了,搬到了距离这儿不远的一处海景房。

阿布跟堂姐打听小橙的消息,堂姐诧异道,她不是在美国吗?

看来她并不知情,阿布便没有再问。

堂姐却追问道,你和她没联系吗?

阿布下意识地摇了摇头,回过神来又补充道,有,就是没联系上。

堂姐想了想,我也好久没联系她了,我儿子明年高考,成绩上不去,急死了……

去往海景房的路上,阿布多少有些伤感,堂姐的样貌让他印象太深,好像预先见到了十几二十年后的小橙,不由得想起一首老歌的歌词:"多少人曾爱慕你年轻时的容颜,可知谁愿承受岁月无情的变迁。"

海景房不假,就位于海边的一座三层小楼的顶层,是比较新的建筑,只不过设计陈旧,毫无风格可言,而且十分单薄,感觉弄不好会被海风刮倒。

阿布反倒不紧张了,从堂姐刚才的反应来看,小橙八成不在这儿,可他还是不甘心。

开门的是个男的,戴一副眼镜,看着挺斯文,张嘴就扯着嗓子问他找谁。阿布一提小橙,男的没吭声,直接关上了门。

阿布事先想到可能会吃闭门羹,没想到才用了不到二十秒钟。

蔡梓在一旁突然问阿布,刚那是她爸?

我没见过她父母。阿布摇头。

处了那么久都没见过家长啊。

阿布僵硬地摇头,没有吭声。

大概又过了十多秒钟，换了一个女的开门，也戴眼镜，应该是小橙她妈，听说是来找她女儿，一脸急切地问，小橙在哪儿？！

在哪儿？阿布一时不知该从何说起。看来小橙真的不在这儿。

女主人将阿布和蔡梓让进屋。屋里简单的陈设让阿布感到一阵莫名心酸，寒暄的话说不出口。

坐在窄小的沙发上，阿布两只手都不知该往哪儿搁，蔡梓的注意力却被茶几下趴着的一条狗吸引，俯下身去逗弄。

两杯热茶摆在面前，阿布下意识伸手，被烫着了。热气不住地冒着，像是刚烧开的水，阿布没想过这番谈话会在茶水凉下来之前结束。

小橙几乎没朋友，说说吧。女主人这么说，似乎在等阿布自我介绍。当听说他是小橙的男朋友时，夫妇俩表情双双凝固了一下，不由得身体前倾，恨不能凑上来再一遍打量阿布。

没听说过她有男朋友啊，不过她可有一个多月没跟我们联系了。你不清楚她在哪儿吗？话音刚落，她就意识到这么问是徒劳的了。

身旁的男人有点不耐烦，到底怎么回事？

阿布一时语塞，干脆尽快结束谈话吧，忙敷衍道，我就是来看看她，不，听说她父母住在这里，所以，就是路过，来看看您二老。

路过？男人打断他的话。

阿布连点头都没了底气。

女主人拉下脸来，在你之前就有警察来过了，说是联系不上她，北京那边都立案了。

阿布看来瞒不住了，跟您直说吧阿姨，小橙从美国回来就没消息了。我们之前是吵过架，可也没多严重，她一生气就不联系人。

第十章　　　　　　　　　北方的海

以前我们吵架也有过类似的情况，可这次时间确实是有点长了。

女主人低下头，眼泪瞬间就下来了，忙伸手摘下眼镜，那条狗默默地在她脚下缓慢地绕着圈儿，男人叹了口气，厉声厉色道，服了你们现在这帮年轻人，屁大点事儿，真不省心！

叔叔阿姨你们别急，我也在找，她可能情绪不好，所以躲着我。

找，你找得着吗？男人嚷了起来，扯这些都没用，出什么事你负得起责吗？！

女主人抬胳膊顶了他一下，男人把脸扭向一旁，从口袋里摸出烟来点上。

小橙她从小独立惯了，过去没觉得有什么不好，可她这不听劝呀，不沟通。以前也跟我们吵，出了国也不主动跟家里联系，你说她会上哪儿去呢？

蔡梓在一旁插嘴道，该不会一气之下又飞回美国了吧，天高皇帝远的……没说完，就被阿布瞪来的眼神给噎了回去。

除了要钱就是赌气，实在是不懂事，从小欠管教，她眼里根本就没把你当妈！男人吐出的烟喷在了女主人脸上。

你懂什么？！她又不是你生的，你有什么资格那么说！把烟掐了！

门紧紧关上了，在外头还听得见里面的抽泣跟抱怨。阿布幻想门还会第三次打开，开门的正是小橙，于是站在楼道里迟迟不愿离去。

5

阿布和蔡梓颓丧地坐在沙滩上，脚边是一罐罐啤酒，两人开始不知道说什么了。

沙砾非常粗糙,凝结在一起像石头一样,阿布试着捏碎它们,发现里面是真的石头,硌得他手指生疼。

几乎没有天光,远处也没有灯火,夜幕下北方的海,分不清层次。不知道是不是因为灰霾和海雾混杂在了一起,每呼吸一下,嗓子眼儿都仿佛咽下一小口尘灰。

这哪儿是海啊,什么都看不见,还不如未名湖边的夜晚敞亮呢。蔡梓打破了沉默。

未名湖附近是五道口、中关村,这儿对岸是朝鲜。阿布接茬道。

那偷渡过去岂不是很容易?蔡梓来了兴致。

最好坐船,游泳估计够呛,一般人怕体力跟不上。阿布回答得心不在焉,却把蔡梓逗笑了。

蔡梓望着黑暗中的阿布,也可能是望着黑暗本身,想夸他两句,这样轻松点儿多好,可一想到自己,心情又变得沉重起来。

海浪有节奏地拍打着岸边的碎沙石,枯燥又单调,让人的心情跟着七零八落的。

又一阵长久的沉默,天上连一颗星星也没有,让人恍惚觉得天变得很低很低,伸手就能够到似的。

蔡梓后来说她饿了,要去找个大排档吃海鲜,阿布无动于衷,似乎打算这么枯坐到天明,看看有没有海上日出。

走到海滩之外的柏油路差不多有小一公里的距离,坑坑洼洼的沙石让蔡梓崴了好几次脚,她竟然放声笑了起来,不过笑声被浪头拍打沙滩的声音盖了过去,阿布应该听不到。

黑暗中,阿布反倒更像一道影子,融化在漫无边际的海岸线里,无声无息。

要不是风大了，阿布本不打算起身。北方的海，刮起风都那么生猛，将之前仅有的一丝惬意全赶跑了。

追上蔡梓之后，两人找了个大排档坐下，只剩这一家还没打烊。点了几种海鲜，听说还有海鲜饺子，又要了一份，阿布总算有了点儿胃口。排档主是一对上了年纪的夫妻，两人各自忙碌，连眼神交流都没有。菜一出锅，妻子就上前接过来端到两人桌前，不经意间透出了十足的默契。邻桌的客人显然是喝多了，扯着嗓子在比谁更牛，怎么比呢，仔细一听，原来正挨着个儿讲他们干过的狠事呢……其实阿布和蔡梓也快喝多了，只是相比较而言，那几个光着膀子的男子看起来更加肆意。

就在两人准备结账的时候，邻桌一个剃着寸头的男的端着酒杯眼神暧昧地坐到了蔡梓身旁，蔡梓要起身，却被拽住了，对方非要跟她喝一杯。

阿布觉得这情境似曾相识，是男人就该站出来帮她解围，哪怕自己先跟对方喝一杯呢，给点儿面子说不定就过去了，可他没那个心情，拉起蔡梓就要走，根本不管对方怎么想。

倒没动手，四五个光膀子迅速将两人围在了中间，阿布觉得这场面在往更加狗血的方向去了。寸头男示意他们俩坐下，满上一杯酒推到蔡梓面前，撇着嘴称自己不欺负人，更不欺负女人，就是想跟她喝一杯，如果她能讲一个自己干过的狠事，让他们哥儿几个觉得牛，服了，那她不喝也行。

讲段子可难不倒她，蔡梓能说，张口就来，这阿布知道。但事实正好相反，除了沉默只有沉默，蔡梓睁着眼睛好像灵魂出窍一般，让阿布以为她又要展露什么玄乎的本领，正好吓唬一下这帮人。直到光膀子们开始不耐烦了，蔡梓眼神里终于闪过一点光，端起酒杯一饮而尽。她想到了什么？阿布好奇，是要编故事还是在回忆？

一连三杯喝下去，光膀子们乐了，觉得这姑娘认输了，于是围坐下来继续给她倒酒，变本加厉了还。阿布上前劝阻，硬被推到了好几米以外，连事不关己的摊主夫妇都把目光投了过来。

借着酒劲儿蔡梓大讲一通，没什么表情，侃侃而谈。讲到最后所有光膀子都傻了，也可能是服了，带头的那个甚至鼓起了掌。他们把各自杯里的酒饮尽，一窝蜂似的散去，临走还没忘把蔡梓这桌账一块儿结了。

阿布过来扶住蔡梓，反被蔡梓一把推开了。刚才那帮人碰她她都没这么抗拒过。你跟他们说什么了？阿布问。

蔡梓扬了扬左臂，手腕到小臂上的疤痕连成一片，模糊不清。阿布没看懂，大概猜出跟文身有关。蔡梓说，差不多了，彻底洗去是要花时间的，到那时她就安心了。

这背后是一出跟文身师的感情纠葛吗？阿布不只是好奇，更像是出于怜悯，猜她多半是主动揭了自己的伤疤然后凭三寸不烂之舌将那帮浑不吝击退的。她大可不必如此，阿布觉得自己有点窝囊，早知道就应该抡起酒瓶或者从地上抠出一块砖头冲过去，好久没遇上发泄的机会了，哪怕之后会迎来雨点般的拳脚，那也是他理应受到的待遇。经历过那么多事，他不可以再无动于衷了，可能只有疼才能让他感受到自己真实地存在。

蔡梓顽皮地笑着，告诉他其实她没说什么，就是讲了一遍自己杀人的过程。该死的渣男，口口声声当我面说自己爱上了别人，本来跟我一块领证的日子都定了,竟说那个女的是他这一生遇过的最美好的礼物,所以不得不跟她在一起,否则他多一秒都活不下去。后来才知道他认识我不久就跟那女的在一起了。太矫情了,这个傻×!她本可以咬牙成全,可咽不下这口气。她并不是一时冲动,更像一个老谋深算的杀手,处心积虑了好一阵子,准备齐了棒球棒、硫酸,以及刀具跟尼龙绳。极致情绪下杀掉负心汉的事并不鲜见,可如果那样就太便宜他了。光喝醉酒就打过她多少次?那些伤怎么算?倒霉的是那女的,不,活该又可恨,蔡梓懒得去管这其中的对与错,那女的不是说感情不分先来后到吗,既然如此,都得死,在死上分个先来后到总可以吧?

拿走你一生遇过的最美好的礼物,看你能活多久。

算了,你当我喝多了吧,这是我亲口讲给你听的故事。

阿布扑哧一下笑出声来,蔡梓望着他,将杯里最后一口酒咽了下去。

6

阿布担心蔡梓这么一走再也不回来了。两人认识没多久,阿布不该伤感。若不是影子的缘故,阿布一辈子也不会认识她。

蔡梓一脸轻松,到港口还装出一副随时就能开怀大笑的样子,问去多久她也说不准,说归隐修行没法儿说。

万一还找不到影子,阿布想是否可以再向她求助,蔡梓说那边没信号,八成联系不上了,她连手机直播和抖音都得停掉,实在要找她的话就去未名湖畔烧纸,她应该感应得到。

阿布反感这种玩笑,看来一切到头来还是没结果。

影子是像孤魂野鬼一直在外头漂着吗?还是它另有目的,像小橙一样躲着他?跟家人和他切断联系,是在逃避家人和他,还是在逃避这个世界?

出发之前阿布还担心自己会在寻找小橙的途中爱上蔡梓,可蔡梓像是不经意在两人之间竖起了一道厚厚的屏障,他没法儿走近,更加没有耐心,对一切都没了耐心。

阿布开始后悔载她过来了,北方的海没有美感,和许娜、小橙、影子之间都没有了美感,和蔡梓也一样。

渡轮到达之前,蔡梓还把包里最后一小沓现金交给阿布。阿布说,这是干吗,现在谁还用现金啊。拿着吧,没帮上你什么忙。蔡梓执意给他,反正岛上也用不上,总比丢了强。

瞧一眼她腕上的伤疤,这是蔡梓第三次激光祛文身手术留下的痕迹,起码还得一个月才能完全恢复,不知往后是否还需要第四次手术。蔡梓决定洗掉它们,无论如何也得洗干净,包括身上其他几处。以前的事了,虽然很疼,但她不想带着那些记忆,她要用疼让自己忘掉疼。

阿布望着她的背影逐渐被海雾笼罩,直到和渡轮一起消失在茫茫大海中。北方的海没有美感,却成就了另一种迷人,粗粝且没有耐性,反倒留足了瞎想的空间。

这时他才意识到他连蔡梓去的是哪个岛都不清楚,或许岛本就没有名字。渤海湾里的一叶孤舟,最终驶向哪儿恐怕连她自己都不清楚。

我消失的影子

第十章　　　　　北方的海

回程在三个小时以后。阿布靠在客运巴士的最后一排，头枕着车窗，随颠簸撞在玻璃上不停作响。前排一个抱小孩儿的乘客转过来又瞥了他一眼，这是第二次回头了，是嫌阿布制造噪音了吗，还是闻到了他几天没洗澡后身上散出的味儿？应该不至于，车上还有不少人，瞧穿着打扮就猜出他们是去北京打工的，要说有味儿也不会出在阿布身上，可他还是有了一种被遗弃的感觉，毕竟只剩自己一个人了。

告别北方的海。不知不觉睡去了，再醒来发现车停下了，听说是京冀交界处的一个检查站，一名全副武装的警察上来从前往后挨着个儿查身份证。阿布忙去摸兜儿，不在身上，他本能地紧张起来，警察见状便摆手示意他下车，他连气也不敢喘了。一起下去的还有几个人，阿布强作镇定地跟着，看他们走到岗台前向两位戴口罩的警察报号，警察将听来的号码输进电脑里，核实一眼便示意他们离开。

阿布不紧张了，身份证号他倒背如流。但报到一半他突然磕巴起来，两眼盯住对面那堵墙。戴口罩的警察让他继续，抬眼发现阿布冲到墙跟前去了，面对警示栏把嘴巴张得老大。

想问他干吗，却没问出口，警察拉下口罩，才发现阿布表情不对，就问，上面的人你认识？

阿布愣在那儿默不作声，警察又问了一遍，他才回过神，边摇头边摆手，走回电脑前继续把身份证号报完。

坐上车的时候阿布开始喘气，抬手捂住眼，只感觉脑袋里一阵轰鸣,没一会儿又把手放下来,回头看那逐渐后退的检查站。警示栏越来越小,公安部 A 级通缉令上的照片和名字却像被成倍放大后贴在了他的眼球上。原来她的名字叫袁蕾,照片里还是长发。那张脸不是别人,就是蔡梓。

第十章　　　　　北方的海

11

第十一章 让全世界知道

I

阿布从小恐高,人生注定与攀高绝缘,幼儿园时从没主动上过滑梯,白天也不敢趴在三层阳台上往下看。

但凡高一点的地方,上去都会犯恶心。他一度以为这是自身缺陷,先天性的,没法儿后天修正。事实证明的确如此。

最开始他并不知道什么是恐高,压根儿没有概念,直到小学三年级那次春游,严格意义上算夏游,因为发生在六月初。阿布在摩天轮上吐得一塌糊涂,吐完整个人都虚脱了。跟他同在一个轿厢里的就是小橙。轿厢仿佛一个闷罐,玻璃窗打不开,摩天轮转下来的时候小橙脸蛋发紫,憋气憋得几乎晕过去了。

当然,小橙很宽容,没嫌弃阿布早上吃了太多韭菜盒子,但据说从那之后她不再喝豆腐脑儿了。

没能把自己最好的一面展现给喜欢的人,阿布长大后回想起来都会感到痛心疾首。

小橙送了一瓶药给阿布,告诉他,恐高其实没什么可怕的,以后多试着攀高或者俯瞰就好了。阿布以为那是专门治疗恐高的药,后来才知道,原来是治疗呕吐的。

忽然之间有了一种冲动,为了不辜负小橙的殷切期待,他一定要克服恐高。只不过,屡试屡败,屡败屡试,没有愈挫愈勇,只有一蹶不振，阿布失去了信心。他还年轻，没有面临过阳痿的困扰，但已经能感同身受了，因为恐高为他带来的自卑感和羞耻感，远远超过了想象中阳痿的影响。

不过，阿布也想过，随着自己长大，或许这种状况会得到改善，就像换牙一般不知哪一天就没有预兆地完成了。

可就是没想到这么快！

手机屏幕里的阿布看上去有些狼狈，他的确是想显露出一副惨相好博得更多网友的同情。发梢在头顶飞舞，他还是不由自主地体会到了一种玉树临风的感觉。

风的确不小，快把阿布的脑袋吹掉，手几乎没有了知觉。今天晴空万里，主要得看看脚下，上班族如同蚂蚁，成群结队从地铁口涌出，然后井然有序地分散进各个写字楼的入口里，流水线作业一般。

阿布揉了揉眼睛，这是他第一次上到这个高度，并且如此清楚地俯瞰这个世界，不由得回想到三年级的小橙对自己说过的话，原来这就是真正意义上的居高临下。

北京只有一个CBD，阿布站在CBD其中一座不算很高也不算很低的楼的楼顶上，视线览尽这个区域里所有高大的建筑。

环路上的汽车如同机械传送带上码放紧凑的零部件，密密麻麻，缓慢移动，像是在预先设计好的庞大程序里有条不紊地运转。

除了兴奋还是兴奋，原来登高望远的意义是让人看到和平常不一样的世界，阿布感受到了一种力量和意念的延伸，仿佛他足以驾驭眼前这一切！

到九点了。阿布打起精神,清清嗓子,开始对着手机讲话。

Hello大家好,我是阿布,一个普通人,感谢你们百忙之中来看我直播,尤其是一整晚都在刷屏等候的网友们,我说话算话,请看我所在的位置。

把手机举过头顶绕上一圈儿,让自己保持在画框里并不是一件容易的事,不过更重要的是为屏幕前的观众带去身临其境的感觉。

现在室外温度是零下五摄氏度,空气质量良好,其他数据就不报了。有人问我为什么要在这里直播,我的理由很简单,我要让一个人看到我,我一定要让她看到我。

说完他叹口气,叹得意味深长,叹得饱经沧桑,仿佛一段时间来的孤独苦闷全凝结在这一声叹息里,接着他不小心打了一个嗝,被观众注意到了,弹幕里立刻有人议论起阿布早上吃什么了。

我要找的那个人和我失联已经有一个多月了,我想了很多办法却怎么也找不到她。我不明白我到底做错了什么,或者是她做错了什么。我知道正在看直播的观众会质疑她是不是失踪或者遭遇什么不幸了,也一定会有人质问我为什么不去报警,对于这些我不会反驳也不会计较,但我会竖起中指,当然不是冲你们了,而是冲我自己,因为我压根儿不会往那方面想。

一阵突如其来的冷风呛得阿布咳嗽起来。初升的太阳丝毫阻挡不了凛冽的严寒,阿布意识到自己的脸和手被冻得失去了知觉,鼻涕在鼻孔下凝结，一时间忘了说到哪儿了。

思绪不知不觉被吹回十几年前，小学三年级的一次演讲比赛，对阿布来说仿佛一场灾难。比赛前一个月小阿布早早开始准备，不到一千字的讲稿几乎倒背如流，滚瓜烂熟到做梦都会脱口而出，可就是在这种志在必得的情况下他还是搞砸了，只因为在人群之中多看了小橙一眼，只一眼就让他方寸大乱，嘴里一个字也蹦不出来了。阿布至今还会感叹两个人的视线为何那么快就实现了精准交汇，彼时彼刻恰如此时此刻，阿布觉得自己脑袋被冻住了，脑仁被掏空了。

下了演讲台他直接跑到卫生间对着马桶哭了好一会儿，连啜泣时的语音、语调都像是潜意识里的演讲词。

一个寒战让阿布回过神，他告诫自己，这次不同了，或许一个小时后，他本人就要从这里跳下去，而且还是在千万网友的注视下。不过是纵身一跃，阿布期望留下自己最好的一面，他笃信所有的直播画面迟早会被小橙看到。无论她是否还会主动联系他，她迟早都会看到，无论这是不是最后一面，阿布都要当作最后一面。

一想到这儿，僵住的脑袋好像化开了，脑仁也被塞了回去。他重新对着手机直播。

> 我没有怪你的意思，我又不是怨妇，我是怎么想的你一定明白，我和你之间从来不用多费口舌，一个眼神你都会明白。毕竟我们认识快二十年，你知道我为了你曾经……

直播平台的观众越来越多，弹幕快到人眼根本看不过来，不过阿布还是瞥到了其中一条：渣男告白，鉴定完毕……

八个字如口号般规整，显然刺痛了阿布，凭什么说我是渣男？！阿布愣没忍住，一句脱口而出的话顿时让弹幕炸了锅，犹如给平静的鱼池里扔进一疙瘩鱼食。

原本要说的话被迫抛到一旁，情绪受到影响的阿布集中精力跟弹幕较起劲来。

你们从哪儿看出我是渣男了？言论自由我支持，但别乱扣帽子血口喷人……什么叫一股渣男味儿，你闻得着吗……我怎么就长一副渣男脸了……

阿布认了真，这是他的底线，骂他什么都可以，但他对小橙从未有过半点含糊，更无二心。不在一起的时候念念不忘却从不打扰，在一起以后悉心陪伴唯命是从，不说无微不至，起码稳妥周到。虽然偶尔也使点小性子，可转过脸立马赔礼道歉，哄起人来也很像回事，比照大伙儿常说的暖男标准，阿布一点儿不差，再怎么也不至于跟渣男扯上关系。即便是网友随口一诌，他也没法儿忍受，非掰扯清楚不行。

在直播平台上吵架跟平时可不一样，解释越多，越被断章取义揪住不放，别人不会因为阿布掏心窝发毒誓表忠心就轻易推翻之前的言论。弹幕里关于渣男的杂音变本加厉，无奈阿布就一张嘴，没法儿以一敌百，说不过就只有骂了。阿布真没忍住。

这下好了，他失态了。

2

阿布以为自己会哭,估计眼泪多半是被大风吹出来的,很快又被大风吹了回去,怎么都涌不出来了。想关掉弹幕,又不知如何操作,只好把眼球挪出画框,只拿脸对着屏幕继续直播。

你们怎么说我,我不管。反正,小橙,我猜你一定看得到我,我所有话都是在对你说,我一直在找你!为什么要这样对我?为什么?

风小了些,眼泪终于涌了出来,但泪水并没有迷糊他的眼睛,因为他怕来不及看仔细脚下的风景。人生第一次不恐高了,如此重大的自我突破当然不能被直播错过。

小橙,我做到了,你看,我第一次站在这么高的地方,比厂区的伞塔高多了,我第一次懂了什么叫登高望远,什么叫如履平地。

说不下去了。十秒钟之前他脑中闪过一个念头,不如给小橙唱首歌吧,只有唱歌才能表达他此时此刻的感受,说唱就唱,上手抹了抹鼻孔下快冻硬的鼻涕。

怎能忘记旧日朋友,
心中能不怀想。
旧日朋友岂能相忘,
友谊地久天长。

我们曾经终日游荡，

在故乡的青山上。

我们也曾历尽苦辛，

到处奔波流浪……

这首老歌是根据十八世纪苏格兰民间诗歌改编的，估计是第一次飘荡在CBD的上空。阿布相信只有先感动自己，才可能打动别人，可他忽略了一个前提，别人得听得见才行。现在除了他自己，没人听得清他在唱什么，歌声全被呼呼的风声盖过去了。

小橙或许不会记得，正因为这首歌，开启了阿布对小橙二十年的情感朝圣之路。

阿布从小五音不全，即便现在去跟幼儿园的小朋友比唱"一闪一闪亮晶晶"，也可能甘拜下风。音乐这件事此生算是跟他无缘了，唯独这首《友谊地久天长》，阿布能用美声、民族、通俗三种唱法唱出来，而且还不跑调，奇迹背后往往伴随着难以想象的情愫和艰辛。

这要从二十多年前那场歌咏比赛说起。那还是在小学三年级，按部就班又百无聊赖的日子让阿布每天都闲得慌，没事儿总想干点大事出来让别人瞧瞧，他厌倦了拔老师自行车气门芯，厌倦了拆同学板凳下的螺丝钉，厌倦了那些小打小闹式的恶作剧……少年阿布常问自己，还有什么事能让自己提得起兴趣？即便是搞破坏，也要足够大，足够引起大家对他的关注。

恰逢学校举办"迎春校园歌咏比赛"，这是阿布最痛恨的活动之一。但凡跟唱歌有关的活动，他内心都会生出一种无与伦比的破坏欲。

就在活动当天，学校一反常态地加大了安保力度，好几十名值日生跟学生干部加入到了维持秩序的行列里，好像出席活动的不光是区教委干部，还有更大的领导。校方这么做显然是为了提防阿布这类调皮捣蛋分子，整场活动阿布几乎被钉死在了礼堂座椅上，没有任何可乘之机，直到最后几个节目才因憋不住尿而终于被放行。

从座位溜到后台，阿布事先已琢磨好了，对于这种活动，最四两拨千斤的做法无疑是拔掉音响线。

舞台上，一位"黄色"女生正在献唱。叫她"黄色"是因为她穿着一身黄色连衣裙，乍一看仿佛一根矮小的香蕉，估计最差着装奖非她莫属了。"黄色"女生用她稚嫩嘹亮的童声刺激着阿布的耳膜，是因为他跟大音箱相隔太近，而且距离还在不断缩短。他终于挪到音箱跟前，面对着七拐八绕的线路和密密麻麻的插孔，顿时有了一种如愿以偿的兴奋感。

"黄色"姑娘正投入地唱到关键的副歌部分，突如其来的"呲啦"一声，尖厉刺耳足以戳破前排就座的领导们的耳膜。紧接着就没声了，是话筒没声了，但对于前排就座的领导和广大同学来说，相当于"黄色"姑娘没声了。整个礼堂随即起声了，一片聒噪，大家还以为出了什么事儿。

阿布从作案现场脱身，躲进舞台侧前方的一堆花篮间，距领导席很近，距舞台更近。他心里一阵痒痒，得手之后就是两个字：快活。只见领导席上的领导们有的神情严肃，有的频频摇头，有的慌忙比画，有的已经向后台跑去；再看看舞台上的"黄色"姑娘，似乎被全礼堂遗忘了，可她处变不惊，两只脚贴在台上一动不动，上半身保持着之前的姿态，右手握着话筒，胳膊肘和身体夹角呈标准的四十五度，可能没谁仔细听，但她还在清唱着没有唱完的歌曲。

　　阿布想笑，心说，都没声了你还唱个什么劲啊。"黄色"姑娘却唱得十分起劲，全情投入，仿佛置身于真空之中。伴随着歌曲的韵律和情绪，左手一会儿捂上心口，一会儿挥动舒展，在空气中滑动着优雅的弧度，俨然在演一出独臂舞。

　　她的眼神清澈，神情淡定，脑后的马尾辫轻巧又俏皮，好像会说话。阿布真想上去揪一下，他好久没遇到这样的女生了。没错！通常形容漂亮女生往往说眼睛会说话，可阿布盯着她的马尾辫就觉得马尾辫原来也会说话。

　　再听她的歌声，没有了刺耳的音响，原来清唱是这么地好听，还有她唱的歌词，主题思想端正又不说教：

　　　　让我们亲密挽着手，
　　　　情谊永不相忘。
　　　　让我们来举杯畅饮，
　　　　友谊地久天长。
　　　　友谊永存！朋友，友谊永存！
　　　　举杯痛饮，同声歌唱友谊地久天长。
　　　　友谊永存！朋友，友谊永存！
　　　　举杯痛饮，同声歌唱友谊地久天长！

　　阿布只恨手里没个酒杯，要不然就跳出去跟她一起干杯了。能让阿布产生歌唱的冲动，这还是第一次！

歌声不止打动了阿布，事实上也渐渐感染了现场的大家，不知不觉中，所有人安静了下来，将目光纷纷投向了"黄色"姑娘。虽然没有了电流的传递，没有了音响的放大，可她的歌声却回荡在整个大礼堂，让大礼堂宛若一座教堂，神圣又肃穆。"黄色"姑娘一个人就顶一支唱诗班。

好多年后，当阿布坐在某个教堂的最后一排发呆时，远处管风琴下的女声吟唱总能将他带回到三年级初春的那个午后。歌声穿透了时光，穿透了人心，呼唤起对过往的惦念，对未来的期望。

记忆里的掌声如潮水一般，舞台中央的"黄色"姑娘犹如一个英雄，连追光都更显神圣，仿佛因为她不为所动力挽狂澜，整台演出才没有泡汤，领导也不至于脸上无光。

阿布从花篮堆里冲了出来，双手拍得都疼了。虽然很快就被高年级的"红袖章"拖走了，可好在他的视线还能够多在她身上停留一会儿，直到她模糊不见。那黄色的轮廓深深烙在了阿布的脑海里。

对了，"黄色"姑娘，不，不能这么称呼她，以黄色连衣裙来概括一个人是片面的，是不公允的，阿布差点错过了她。那么这位同学是谁？我为什么从来没有见过你？

直到在教导处罚站时才听说，这位女同学就是新转来的小橙，那首歌叫《友谊地久天长》。

教导主任是这么训斥阿布的，你瞧瞧，同样是三年级三班的学生，人家李小橙为什么可以为班争光，你为什么偏偏一锅老鼠屎祸害一颗汤！

这口误说的，一锅老鼠屎也太恶心了吧。阿布皱着眉头。

你才恶心，不许插嘴！教导主任吼道，不好好反省就再罚你站一节课!

　　阿布拼命克制住兴奋的情绪,淡淡回应道,小橙她是为校争光,不只是为班。

　　教导主任一愣,上前揪住他耳朵,气鼓鼓地拎着他在原地转了三圈儿,阿布感觉耳朵已然不属于自己了。

　　教导主任疾风骤雨般的训斥干扰不了阿布内心如获至宝般的幸福感。原来是同班,竟然是同班!

　　从那天起,阿布就喜欢上了李小橙,喜欢上了《友谊地久天长》。

3

　　手心突然一阵发麻,仔细一想原来是手机在震动,阿布浑身跟着一热,难道是小橙?这么快?

　　耳朵贴上听筒,大气都不敢喘,过了两三秒,那头说,先生您好,发票您需要吗?

　　浑身又凉下来,其实是太冷的缘故,裹再厚的棉衣也早被冻透了,腿脚在失去知觉后产生了一阵突如其来的疼痛感,隐隐的,难以忍受,阿布想发火。

　　三十分钟前,阿布直播倒计时开始。三天前,他在网上给自己定下规则,只直播四十分钟,如果四十分钟一到,还是没有小橙的消息,他会选择用最残忍的方式来了断自己。这的确吸引来不少人关注,大家反应不一,逐渐形成了话题热度,随之而来的这场被网友命名为"四十分钟寻人求生"的大作战开始了,全是网友自发,没人组织，不一会儿就攀上了热搜榜，无论大伙儿关注点在哪儿，起码都说明还有陌生人在替他操心。

要说的话都对着手机说完了，无非是想你爱你小橙你在哪里，连自己都腻味。虽然是真情实感，可观众不愿只看一个男人不停地叨叨，他们更想看阿布接下来还会做些什么，毕竟行动大于语言。

收看直播的人数不断攀升，大家的关注点明显转移到了"阿布什么时候跳"这问题上了。其实在他唱歌的时候，观众就以为他要跳了，因而歌声似乎被视作一种告别，结果他没跳，观众的胃口却被吊了起来，一部分人为他捏了把汗，期待他要找的人在四十分钟内出现；一部分人怀着看热闹不怕事大的心态等着另一种极端；还有一部分人抱着不屑的态度质疑阿布的动机，认为这是一次植入隐蔽的炒作。

四十分钟到了，没有小橙的消息，连假消息也没有。

跳吧！纵使不甘心，为了赌这口气，在数以万计网友的注视下，阿布将脚尖踩出楼沿，只要重心稍一倾斜就下去了。一点儿不怕，恐高感莫名消失对他来说仿佛是天意，好比一个极端怕疼的人忽然间失去了所有痛感，面对最剧烈的疼痛，也能充满快意坦然接受。

阿布将手机举过头顶，让自己的脸处在画框中央，然后故作轻松地说——

温馨提示大家，以下画面或许会给您带来严重不适，请适当回避或直接关闭直播。谢谢大家。

一大堆弹幕密密麻麻飞出来，阿布看到那些阻止他、劝慰他，甚至调侃他的字句，感觉像突然多出一大堆亲人来。

　　寒风成了任性的小孩，放肆地猛刮一阵后显出疲态，一下子收敛了。阳光从楼宇间劈一道下来，正好落在他身上，如一束追光，令阿布更加显眼。阿布当这一切都是为他特地准备的仪式，不能怠慢，不由得挺了挺腰。

　　无意中将视线转向地面，阿布惊奇地发现消防人员悄无声息地在楼下集结，仔细一瞧，何止是集结，明显是准备就绪，气垫床如啤酒泡沫般膨胀起来，充气作业正在进行当中，要完全充饱并达到缓冲安全标准估计还得有一分钟时间，现在要跳还来得及，如果等气垫床充饱了再跳，那效果就大打折扣了。

　　脑袋里接着还进出以往电视新闻里武警官兵营救轻生者的画面，阿布连忙环视四周，查看是否会有高空消防梯冷不防伸到自己脚下，然后冒出一位训练有素的消防战士将他一把抱住。如今的武警消防人员真的不同了，以往是先喊话，苦心劝导，思想工作做不通，不得已才动用技术设备，可今天这场面令阿布受宠若惊，单单因为他一个人就铺开这么大架势，还一声不吭，效率简直高得惊人。

　　跳吧！阿布又一次提醒自己。不好，气垫床一转眼就成形了，从两脚之间的缝隙看下去，黄色条纹勾勒出了气垫床的形状，两条对角线交叉成一个中心点，仿佛在提醒他，要跳就朝着中心点跳，万不可偏出黄框。

　　阿布觉得好笑，这恰恰起了反作用，为如何避开这个范围提供了参照，他只需按照小学运动会三步跳远的姿势稍稍提点速度，根据初中学过的抛物线的原理，一定可以落在气垫床以外。

　　这么说，眼下的问题都不是问题了。

阿布慢慢后退，一步，两步，三步，一直退到差不多十米开外，手机塞进裤子口袋，这算遗物，死也得跟人类最亲密的手机在一起。

闭上眼深吸一口气，胸廓跟着鼓胀，夸张地保持了两三秒后慢慢泄了去，仿佛将体内对这个世界的最后一点依恋一吐为净。

睁开眼的时候阿布开始助跑，前三步跨度不大，但节奏正好，身体惯性被带了起来，步幅越迈越大，最后几步就是百米冲刺了，只等待撞线那一刻……

阿布刹住了步子。

突然停下来不过是因为阿布感到手机在震，可能是错觉，但整栋楼似乎跟着震了起来。

是一个陌生号码，阿布恍惚以为天使降临，一阵不知从何处发出的叮叮当当声在胸口萦绕，他哆哆嗦嗦滑开屏幕，世界瞬间静止了。

对方叫阿布的名字，阿布却听不出那是谁的声音。他怕了，怕自己听错，怕那声音倏一下没了。

别犯傻了，快下来吧，我在楼下等你。

你是谁？等我跳下去吧。

我没跟你开玩笑。

我他妈本身就是个玩笑！声音大到估计连楼下的武警消防都听得见。

那边沉默了片刻，说，你何必呢？

我要让全世界知道我在找她。

没用的，你找不到她了。

话音刺激着阿布的耳膜，又被风吹开绕着他转，阿布终于听出那是蔡梓。没想到是蔡梓。

没想到的事太多，此时此刻阿布也没想到这一跳一点儿也不潇洒。原本以为自己能借着冲刺惯性在空中滑行一小段距离，形成两三秒滞空后再下落，谁知根本不存在什么滞空。

整个身子如同一坨扭曲的肉，除了下坠，就是下坠，那是一种不容置疑也不可逆转的趋势，地心在这一刻向他发出了强大的召唤。

4

楼下的人们不由自主地发出一阵"哇哦"的惊叹，如同一堆人凑在一起仰望天空等待焰火，每迎来一次升空绽放，都会不由自主地发出一阵"哇哦"的惊叹。

这么说，阿布就是所有人眼中绽放的焰火，包括那些收看直播的网友，这才是他们等待的高潮。

阿布在高潮中"绽放"了！

一幅色彩饱和度极高的大网从身后弹撒了开来，在空中迅速扩张、伸展，活像一只巨型棒球手套，生生将阿布罩了起来。

包括武警消防人员在内的所有人又发出一阵更加强烈的"哇哦"。

阿布差点忘了 Plan B（第二方案），这包降落伞就是阿布他爸当年所在工厂生产的。工厂早倒闭了，伞包却留了下来，中途好几次险些被他当破烂卖掉，如今派上了用场。

跟十几年前不同了，阿布特地找人加工了一番，整个伞面就是一张巨大的小橙的脸。

小橙的脸本来不大，只不过在伞面上被放大拉伸后显得有些变形。即便如此，她依然笑进了阿布的心里。

风又刮起来了，风向难辨，或许是建筑的间距及格局所致，风竟然开始竖着刮了，像是有几十台吹风机对着自己的裤裆一阵猛吹，他想喊一声爽快，又不想别人骂自己变态。

大脸小橙的笑在空中竟如在水中浮游般变化生动，连同坠在下面的阿布一起被有限的风阻托了起来。虽然大趋势仍在下降，但姿态要比他从楼顶跳下来那一刻好看多了。

阿布歪了歪脖子，瞅了一眼头顶上方忽忽闪闪的降落伞，心想，小橙，死不死都有你始终罩着我。

12

第十二章

不死

I

醒来时一股药水味刺激着我的鼻黏膜，天堂一定不是这个味道。天堂在我过去的想象里应该是蛋糕房的样子。我以为自己死了。如果死了，就能像影子那么自由了。

看来我没死。从那么高的地方摔下来，纵使有降落伞保护，毫发无损也算奇迹了，或许是因为躺在床上暂时感觉不到伤在哪儿了。无论如何我都该庆幸。

无论如何我也该失望，到现在为止小橙还是没有回音，一时间她仿佛成了一个树洞，即使告诉她关于我和世界的全部秘密，也不会有一丝回应。

陆续有人进来，一位护士和两名警察。先莫名其妙给我打了一针，我怀疑是镇静剂，护士没回答，转身就出去了。其中一名警察站着冲我义正词严一番，大意是指责我妨碍公共秩序，要接受处罚，好像还得拘留，说完也出去了。剩下那一位搬了把椅子坐在我跟前，我定睛一看，是黄警官，之前就是他一直跟我联系。每次我跟公安打交道的时候都有他，他好像电视剧里的某个功能性人物，一旦我被牵涉，这个角色永远会出现。

黄警官骂我自私骂我傻，这样一来小橙没有隐私了，她会被"人肉"搜索致死的，没法儿再像以前那样生活了。

我早没法儿像以前那样生活了。我只回他这一句。他如果还要说，我就把嘴闭起来。

黄警官还是有办法，意味深长地说，他刚从海边回来。我懂了，他去见小橙爸妈了。

查到什么了吗？

黄警官想了想，反问道，你呢，你不是也去过吗？

我本想让他先开口，迟疑了一下说，她爸妈有些怪。

怎么怪？

感觉。对了，那男的不是小橙的亲生父亲。

黄警官难得没犯烟瘾，兴许是克制住了，若有所思地想了想，这些说明不了什么。

那就是没什么发现了？

不能这么说。黄警官望向窗外，不经意道，还是有额外的收获啊。

我不明白他指的"额外收获"是什么。

醒来以后我知道的第二件事就是护城河抛尸案告破了，犯罪嫌疑人在渤海湾的一个小岛上被捕，我叫她蔡梓。

蔡梓在被捕前最后给我打过一通电话。蔡梓一定猜到了什么，因此才决定拨给我。她要么早做好了准备，要么早猜到了结局。

我问黄警官她是怎么被抓住的，黄警官像是事先知道我会这么问，立刻回答说，和你一样。

什么意思？我一怔。

和你一样的方式，你们俩真不是提前商量好的吗？

我不明白你在说什么。

黄警官掏出手机，把蔡梓上午直播的视频给我看，我愣在那里，不知该如何表现自己的惊愕。

蔡梓比我小，不化妆的时候看起来比我老，其实长得不赖，要不是把头发剪这么短染那么花，还能更好看。蔡梓本名叫袁蕾，袁蕾的生父在她上小学没多久就进了监狱，被带走的时候求警察先别给戴手铐，笑盈盈地告诉女儿他不过是出差，过完冬天就回来。长大以后袁蕾觉得生父那句话让自己沦为笑柄。生母后来跟一个搞传销的老男人好了，所有钱都搭了进去，明知道那人是骗子，仍旧没离开他。袁蕾十七岁职高毕业就出来卖小饰品，没少受骗。二十四岁拿着继父骗来的钱盘了间咖啡馆，二十七岁开始钻研塔罗牌和占星，没想过还能靠这玩意儿挣钱，陆续开了微博做起了直播。那一年有个长相白净的男人常来光顾，不到五十天两人就在一起了。袁蕾为支持他创业，倾囊相助。又过了五百天那男的劈了腿，口口声声告诉袁蕾，如果不跟新欢在一起，他一秒钟都活不下去。在认识他五百六十天后的夜里，袁蕾把他的新欢勒死在了自己的工作室，把尸体扔进了南边的护城河里。

从那以后，袁蕾就没再做过手机直播，最后一次就是在今天上午。她不再戴她那玄妙花哨的面具，而是以素颜示人，号召网友想办法帮助那个远在北京高楼上直播寻人的男子……

要不是岛上信号太差，她也不会从唯一的渡口搭乘唯一的渡轮回到岸上。

上百万网友中哪怕只有百万分之一的人无意中看过那张 A 级通缉令，袁蕾最后的一点侥幸也就荡然无存了。

2

黄警官说要跟我商量一下接下来的事，其实那不是商量，而是用商量的语气通报他们的决定，事情升级了，得先把人找到，我必须配合调查。

我不喜欢跟警察打交道，感觉自己的一切稍不留神就让他们全给掌握了，往往还没有商量的余地，于是说，查吧，尽管查吧。

本以为黄警官会回两句不太悦耳的话，谁知他若无其事地说，你先休息，哪儿不舒服赶紧治，到时我们再找你。

那一刻我反倒想留住他，再听他聊聊别的事情，我躺在这里想象自己正处在一个风暴中心，虽然苟安一隅，但随时可能被摧毁。

可我不想同情自己，同情别人就够自欺欺人了，同情自己实在让我觉得恶心。其实我原本就是想从楼上跳下来，只不过后来觉得不值当，没必要把自己白白牺牲掉。这根本不是为爱情献身，顶多算为直播而死，听起来一点儿也不酷，属于哗众还取不了宠。如果注定失去小橙，我想确认的不是在什么时间失去了她，而是我自己从什么时候可以接受这个事实。

当我打开微信的时候，蔡梓已经在被押回北京的路上了。我想我不会再见到她了，最后一通电话太短暂，想必她还有话要对我说。

蔡梓她到底是怎么想的，她以为自己是谁，真能替我找到答案吗？临别时我眼看她上了渡轮，想象连我的影子也跟随她去了，还有连我自己都不知道的秘密。秘密依旧是秘密，只是覆盖上了新的痕迹。蔡梓再次让我惊讶，短短几天她到底往返了海岛和陆地几趟，是专程去找小橙她爸妈的吗？

小橙爸妈竟然会信她的话，真当她是女儿的同学，还编出什么老同学聚会的借口。跟我一样去关心小橙，她应该事先告诉我的。

想象蔡梓笑盈盈地敲开房门，俯下身逗狗，然后跟小橙她妈并排坐在窄小的沙发上聊起小橙，想象不出小橙她妈是在什么情况下去翻看这本相册，也许她原本就在梳理那些陈年的记忆，正好让蔡梓给撞见了。一张张老照片仿佛诉说着未曾经过的光阴，那些模糊面孔背后的故事她是否会依然记得。

蔡梓说那张老照片是从破损不堪的相册夹层里掉出来的，飘落在地上的一瞬间那条狗就凑了上去，还差点儿伸舌头去舔。男主人不在家，小橙她妈还是紧张地回头看了一下，赶紧捡起来攥在手中。蔡梓没来得及探头，就被她神鬼不觉地收了进去。这个举动引起她的好奇，短暂扫过一眼，似乎是一张合影，三个人，矮些的那个应该就是小橙，她背后站着的人是谁，无疑有小橙的妈妈，直觉告诉蔡梓，那个男的或许是另外一个人。

谈话在继续，漫无目的，蔡梓继续编织着自己跟小橙在学校的不存在的经历，如果我在场的话着实会捏一把汗，她说得漏洞百出，因为她根本不了解小橙，全世界最了解小橙的人非我莫属，只有我聊起她的点滴才会那么动人。

那张老照片最后还是躺在了我跟蔡梓的微信对话框里。我猜蔡梓是趁着小橙她妈烧水的时候偷偷拍下来的，时间太紧，明显看出手抖了一下，连我都不敢想这一幕被小橙她妈撞见的后果，蔡梓够胆大。蔡梓离开的时候一定独自端详过拍下来的老照片，再普通不过的彩色胶卷，还没泛黄却给人一种旧时光的温存。一家三口吗？

似乎是这样。我揉过眼睛盯着它看,画面最左侧的小橙没有太多笑容,甚至带着点儿尴尬,嘴角的弧度像是大人强迫她摆出来的,这跟我认识的小橙没有分别;身后那女人却笑得质朴,年轻的母亲让人倍感温暖,确切地说她站在中间;最右侧的男人身材高大,浅蓝帆布长裤显得旧了,灰色有领T恤却那么崭新,不像是之前在她们家见过的男主人,或许是小橙的亲生父亲?

遗憾的是男人的脸被圆珠笔划了,不但被划了,还被笔尖点过好多下,蓝色斑点倒跟他的裤子挺搭。看不清眉眼,却辨得出脸庞跟发型的轮廓,对了,还有那嘴角,让我不由得跟着张大了嘴。

我使劲睁大眼睛,那就像一个漩涡,让我脑袋不断往下沉,视线里只剩下那张模糊的脸。太早的事按说我不会记得,奇怪的是自从失去影子以后,久远的记忆在我这儿却愈发清晰,受到一丁点儿刺激都会来势汹汹地朝我涌来,仿佛老电影被修复成超清版本后重新上映,我止不住地惊叹和怀疑,好像从没发现过他们的存在。

应该不会看错,照片上的这个男人我再熟悉不过,也陌生了许多年,上衣胸口的小标识不会出卖时间跟身份。那是我父亲。

3

我原本还上网胡乱看看,想着说不定有谁扒出了小橙的消息,结果却是我,被冠以一些听起来蛮有创意的头衔,比如"CBD低空跳伞直播第一人",再比如"为爱飞跃CBD的男人"。有人以为我是为了寻求刺激的低空跳伞发烧友,直播寻人不过是噱头,作死的时间规则更是为吸引眼球，也有人关注我背的降落伞，认为这是精心谋划并且在为即将投放市场的新产品进行预热，甚至还有人说这是在为某部即将开拍的电影做宣传……

我没心思看这些了，翻出手机看蔡梓拍下来的那张照片，舌尖舔触上嘴唇时泛出一阵苦涩，掐着指头一算，差不多快三十年了。

差不多三十年前，我爸还年轻，人长得端正，一看就是工厂宣传画报上的劳模人物。我从来都以为他在军工厂上班，可他不生产飞机大炮，也不生产枪支弹药，生产的是被褥和军服。听来是女人更擅长的事，大老爷们儿凑什么热闹。我爸总拿一种万不可小觑的口吻来强调军需的重要性，称在军人荣誉面前不分男女、不分工种，可"张飞绣花"这个雅号还是被大伙儿在酒后喊了出来，我爸借着酒劲将脚边的空酒瓶一个一个朝垃圾堆所在的墙角扔去，那姿势仿佛投手榴弹一般标准，酒瓶每一声爆裂就如同他出了一口气，等所有酒瓶都碎完时，他的自尊心仿佛得到了重建，便不再言语。

我爸当然更想参与到像模像样的战斗中去，不是说他自己要真刀真枪上战场，最起码经手的产品能够跟实战扯上更直接的关系吧。一九八五年开始了百万大裁军，军需生产也面临着调整，巧了，我爸被阴差阳错地调到了另外一个厂，专门生产军用降落伞。

我打小就生长在那个厂区。厂区里有一块空场，空场上有一座苏联援建的伞塔。语文课上学到"高耸入云"时，我坚定地认为这四个字就是为我们厂区的伞塔量身定制的。长大后我仰望摩天大楼时也不觉得新奇，跟印象里的伞塔都没法儿比。

降落伞跟实战扯上了关系，只不过没我爸想得那么直接，毕竟空降不过是士兵抵达战场或指定目标地的一种方式，需要一定的制空条件及地面协同，不属于独立而主动的作战方式，不过这已经足够他跟大伙儿炫耀一番了。

　　比这更让他庆幸的是，他遇上了一位漂亮姑娘，直溜溜的长发，眼睛虽大却不会说话，我爸讨厌什么眼睛会说话之类俗套又失真的形容。在时兴连衣裙的年代，没人见她在夏天穿过裙子，不知是为了与众不同还是哪里有什么缺陷，唯独脚下那一双小白鞋给了人个性又轻盈的俏皮感。

　　姑娘是紧挨着厂区的那所业余军事体校的文化课老师，每天中午都会到我爸他们厂的食堂打饭。我爸为了讨好她，私下买通窗口里的师傅，每次下勺舀给她的都特别实在，多几颗丸子、几片肉是常有的事。姑娘以为那师傅对她有意思，往后便不去食堂打饭了，这可急坏了我爸。

　　好在体校跳伞队所用的那一批伞到了该翻新的时候了，厂里派我爸和另外一位老师傅过去瞧瞧，把栓带和锁扣老化的挨个儿筛检出来，带回厂里修补加工。巧了，那天负责对接的正好就是她，按说本不该她一个教文化课的去。这一次筛检，效率低得出奇。

　　第二次去的时候就只有我爸一个人了，效率更低了。虽然回去挨了车间主任的骂，但我爸却跟姑娘熟了起来。

　　不过，习惯受人追捧的跳伞队教练不干了，摆明了要跟我爸竞争。俗话说两虎相斗，必有一伤，我爸志在必得，所以最后受伤的是他。

　　新一批降落伞出厂，借着跳伞队试跳的机会，我爸一拍脑门儿，提出要跟教练比试一下，所有人都乐了，再听我爸说要比试坠降速度时，更是哄笑一片。

干冷的北方空气里因此而有了一股淡淡的温润，又带着一丝莫名其妙的铁锈味，像血，还很怀旧。在那个天光透亮的冬日午后，我爸裹着棉猴，跟那位有着八年跳伞经验据说还在苏联受训过的教练一起站上了塔顶，两人早将诸多禁令抛在了脑后。姑娘生着闷气说谁上塔她跟谁急，此时的她两耳充斥着自己咚咚咚的心跳声，蜷在矮楼转角的卫生间门口，正好将整座塔收于眼底。

塔顶上没风，却冻得人不想说话，教练硬是先开了口，说是为我爸的性命着想，算了。我爸不听劝，因为在他的字典里没有"算了"这俩字。他告诉教练说，我家里就一老母亲，可我也敢跟你拼，万一我爬不起来，你可得帮我给她养老送终。别劝我，劝我就说明你怕了。话一出口，气势上先压倒了对方。

沉默了十几秒，二人俯视整个厂区以及厂区外如废墟般散乱的建筑，似乎在寻找姑娘的身影，却都没找着。目光收回来，假设姑娘能站在伞场着陆中心点就好了，最先落地的那个人可以直接牵起她的手，这样更符合先到先得的规则。

最终先落地的是我爸，因为他比教练晚开伞，具体晚多少没法儿精确计算，反正下面那帮学员都以为我爸死定了。

要不是伞场上临时刮起一阵小风，我爸真死定了。左盆骨骨裂，外加胳膊和大腿不同程度的损伤，还有脑震荡。被人抬走时据说只差耳朵里没流血了。在医院醒来他第一句话就是，这是老子第一次跳……

这件事传遍了整个体校乃至厂区，不少人以为我爸有不死之身。

我爸在医院里躺了两个月，姑娘自告奋勇照顾了他两个月；接着，我爸回家又养了一个月，姑娘跟着又伺候他一个月，早中晚三顿饭准时送到，比上下班还规律。我爸能下地行走了，便拿出积蓄，带着姑娘上新侨饭店美美地吃了一顿。

再后来，两个人结了婚，那姑娘成了我妈，那副降落伞见证了我爸拿命换来的爱情，也成了我爸的战利品，一直保存到现在。

从楼顶一跃而下时，我身上背着的就是我爸当年的那副降落伞，唯一不同的就是伞面上叠印着小橙的照片。

上小学时我就曾借着这副伞去打小橙的主意，多少次想象着带她一起挎上伞从塔顶飘落而下，给她看不一样的蓝天，给她听不一样的风，给她飞的感觉……所有别人给不了她的，我都能！只不过在上塔之前我就不能了，那时明明是三伏天，我的两条腿却像在腊月天的雪地里打战，恨不能把膀胱里的尿抖出来。那时小橙还不知道我恐高，直愣愣盯着我的下半身，好像光凭她的目光就能给我治愈了似的，她脸上泛出淡淡的红，仿佛擦了一层淡淡的胭脂。

实在没辙了，我灵机一动提出把降落伞送给她，寄托着满满的寓意。小橙却没要，不经意地对我说，哪天你要是能上去了，再带我飞吧。

我没能带她飞。小橙读到四年级就莫名其妙转班了，毕业之后就消失了。

伞塔在我上中学时就不复存在了。整个厂区如同一盘被晾置在柜子深处的腊肉，再没热乎过，也不会有人再像以前一样在意它，端走倒进垃圾桶，连盘子一起扔掉也不为过。

爆破那天，厂办的人举着电池喇叭转着圈儿不停地嚷嚷，原本是为了驱散伞场四周一窝蜂似的乱跑的孩子，结果却把全厂区的人都招来了。

　　我不想挤在人群里，也没跟其他伙伴一块儿上树。如果把即将发生的事当成一场演出，那我们家阳台无疑是最佳观赏位置。伞塔顶端伸出的三根钢架最先被拆掉了，以前总觉得它们像大吊车的吊臂，拆掉以后整座塔犹如一根光秃秃的烟囱，它身上有八个已经褪了色的油漆大字：锻炼身体、保卫祖国。

　　当我还在思索那三根钢架是如何被拆掉时，传来"轰隆"一声闷响。伫立了半个世纪的厂区里的最高建筑就那么一点一点矮了下去。烟尘如同舞台上涌起的干冰，一边蔓延一边升腾，一眨眼工夫，就将伞塔彻底没过了。混沌迷离中分不清是烟尘升得太高，还是伞塔沉降太快。

　　虽然隔着一段距离，我却感觉到了前所未有的震慑力。没法儿做到泰山崩于前而色不变，可我还是尽量克制。想到小橙，同她一起跳伞的梦想正跟着眼前的景象不容置疑地沉消而去，连小橙本人也随着扩散开来的烟尘愈发缥缈。一整片蘑菇云在低空里垂悬翻滚，我遗失了她脸上淡淡的胭脂的消息。

　　一切太不真实。

　　要不是有人拦着，我爸差点儿冲进烟雾里了。后来他哭成了泪人，却没多少人同情他。

　　夜里来了一场大雨，我爸在废墟前的泥潭里坐到了天亮，口袋里的烟一根没抽就全稀烂了，或许有太多需要凭吊，没完没了地为往事默哀。

4

我爸离开是哪天我记不太清了。

厨房里的水烧好了，壶盖被水汽顶起来，都什么年代了家里还在用那种老式烧水壶。我是被壶盖磕落在灶台上的响动叫醒的，或许是满屋的烟味儿，我爸略示歉意似的起身掐灭了烟头，去厨房给自己泡了杯茶。

我挎上书包出门那一刻，他漫不经心地问我，书本都带齐了吧？

他从来不过问我上学的事，那件事之后更是消沉落寞，比烟缸里的烟蒂还要颓废不堪。为此我郑重地点头，他没再说什么，端起茶杯将浮在水面上的茶叶末从嘴边吹开，仿佛将散落成堆的柳絮一股脑儿清理到了街道的另一侧。

上学路上我还有些愣神，所有人都行色匆匆，只有我走得很慢。后来发生了什么我不知道，应该什么也没发生。当天放学，我跟着隔壁班的几个不算朋友的人去了厂区外的游戏厅，我爸以前禁止我那么做，可我还是去了。

晚上到家时屋里没人，桌上的茶杯洗得很干净，一滴多余的水都没有，下面压着一张存折。

好长一段时间，我会觉得我爸离开是跟我不听他话兀自上厂区外的游戏厅有关，如果我按时回家，或许他不会走。

这一走，他就再没回来过。

我搬到了奶奶家，她头发一丝不乱地说等我上了大学她就可以死了。我跌跌撞撞熬到大二，她去世了，麻将桌上的头号死对头吴婶都到场红了眼睛，作为亲儿子的父亲，身影却始终没有出现。

我没试图找过我爸，当影子离开我的时候，我内心深处还胡乱猜测过，可能影子去找我爸了，要么就是去找我爸的影子了。

　　我不该那么想，影子可能去找小橙，找任何人，就是不该去找他。我没他的照片，一张也没有，我对他的印象就是没有印象，但看见蔡梓拍的那张奇怪的照片却立刻认出他来。我们一家三口的合影一张也找不到了，他却跑去跟别的女人和孩子拍照，我想不通。

　　我多希望自己没认出他，或是认错了，直觉告诉我不是那样的。我爸辜负过我妈，后来我对他没有恨了，只想忘记他。影子离开以后我会忘记最近发生的事，但那些久远的记忆反倒全回来了。

第十三章
别让孩子过去

I

许多年以后，面对墙上硕大无比的影子，半睡半醒的我莫名梦到了我爸带我去伞场看我妈的那个不太真实的傍晚。像剥开浅褐色蛋壳后意外的不是发现双黄蛋，而是发现了双头鸡。令人过目不忘，又不敢再回想。

影子是不是和我拥有完全同步的记忆，我不敢肯定，但在一些事情中我们都失去了同样的东西。当我不再拼命要它像一只连撒娇都不会的家犬匍匐于我的脚下唯命是从时，它反倒更像是在为我们寻找共同的出路。

我终于可以下床了，能走，甚至走得很利索。看来我和我爸当年一样，拥有强大的康复能力。我很诧异为何会梦见我爸，他太多年不出现在我的梦里，是死是活我也太多年没过问，也无处过问。那些跟伞塔跟夏天有关的记忆，残片般散落在深谷里，即便惰性让我麻木，可也还是觉得可惜。

硕大的轮廓闪了一下，如霜般的墙面又变回光秃秃的模样。光线是从窗户外的建筑工地蔓延来的。如果不是跟着那个身影踏出病房大门，我一定会让护士打电话投诉施工方，夜里十点了。

楼道狭长又封闭，稍大点儿声说话就仿佛身处回音壁里。小时候,我总觉得回声应该是无数个人几乎同时在学我说话,可眼下无数个人还是没叫住它。

走到楼道尽头,我突然看见它正在楼梯口站着,一个跟我共用同一躯壳的陌生人。在没有人声的夜晚,它苍白的脸孔着实吓了我一跳。

好在这不足以让我一直害怕,我跟上它的脚步沿着楼梯离开,愈发像从前,一次次充满挑衅地闪身,一次次不甘落败地追逐。

室外的温度让我浑身皮肤紧绷,舌根似乎生出了芥末,一股清流自鼻腔经眉心直冲头顶。恍惚以为听到的脚步声不是自己的,但也应该不是它的。

出了医院大门,出租车头尾的双闪一眨一眨,像是在吸引我过去,影子头也不回地坐进副驾。此时我需要一个不上车的理由,哪怕有护士追出来嚷嚷着要我回去。

又一辆车开着远光灯驶来,正好刺中了我的双眼,黑夜转瞬煞白,我闭上眼差不多有五六秒钟,大小不一的光晕陆续撞击着我的意识,我希望等我睁开眼时,停在那里的出租车已经离开了。跟自己打个赌吧,万一车还没走,我就坐上去。

司机也没问我去哪儿就一路往北开去,好像知道我要去哪儿似的,事实上我根本没有目的地。影子在副驾上一言不发,应该说发不出来,我坐在狭窄后排伸不开腿,不知副驾上的影子在想什么。

车窗外没有夜色,只有唰唰而过的路灯以及沉睡中的楼群。上了环路以后,窗外就更显单调了,我丝毫不担心被载到荒郊野外先杀后埋,一是我没什么可抢,二是影子起码还在,万一真出什么事儿,最起码它还能脱身,哪怕没有了躯壳,这个世界也还有我的存在。

飞逝的路灯像频闪，竟有了催眠的效果。我靠在并不干净的头枕上，胡乱猜想着接下来会发生的事，结果睡着了。

醒来时汽车是停着的，车窗外有一栋辨不清轮廓的建筑。这里缺少城市光线，漆黑一片，让我想起小橙老家那片海，即便如此，我也还是能分辨出这栋建筑是白色的。

我还在为怎么支付车费犯愁时，却见司机头也不回地摆了摆手，像是赶我下车似的，一个字都没说。

没等我找到建筑前的标识牌，影子就径直朝里走去，我心想既然开始没问，那么现在也别问了。

楼里有不少电梯，影子显然来过，要不然不会坚持绕到最靠里的一部电梯。电梯里三面都是镜子，镜子里的两个身影如孪生兄弟，我差点儿混淆，相比起它那显得生动的面孔，我更像一个蜡像。

跟着影子小心翼翼地推开一扇门，屋里只亮着一盏灯。影子缩手并缓缓回头，分明在用眼神示意我放轻手脚。一路上我都抱着听天由命的心态，多少有些麻木，现在却陡然清醒了，直觉告诉我这里一定有什么东西在等着我。

那是一种陈腐的味道，不知是不是暖气上烤着还没干的旧衣物。借着仅有的光线去打量陈设，乍一看像是没什么辨识度的公寓式酒店，该有的都有了，只不过窗前那张单人床稍有不同，滑轮支撑着床腿，床侧还有挡板。

当心悬在嗓子眼儿的时候，视觉和听觉都会保守起来。我一点点转动眼球，终于将视线挪到床上，空瘪的被褥让我莫名其妙地松了一口气。话说回来，我这副蹑手蹑脚谨小慎微的样子本身就很莫名其妙，我这是在干吗？我开始怀疑自己，并用怀疑的目光找寻影子，想问它个究竟，却无意中瞥到了床头柜上的一张照片。我没有凑上前，而是远远地端详着，当我认出这张照片上的人时，四周一下子由安静转为寂静。

如果现在为我测量心率，相信数值一定会爆表，虽然能确定照片上的我以及身旁那两张面孔，但我不清楚照片为什么会出现在这里。这张照片跟我家里那张出自同一张底片，只不过这张没有被撕开，完整清晰。照片拍摄的地点就在我的学校门口，我猜那天是小学一年级第一天入学。

屋里唯一的一盏灯不够亮，我伸手去摸大灯的开关。好不容易摸到了。房间彻底亮起的一瞬间，好像结束了一场捉迷藏，那个人正坐在墙角的轮椅上，其实他一直都在那片黑暗里。

你还活着？面对这么个大活人我还是用了疑问的语气，好像他鼻子里的管子和被针头扎过太多次而略显臃肿的左手仍旧没法儿证明。

快了，快死了。回答是孱弱的，嗓音里裹有痰，简单几个字就让他咳了起来。

我惊诧于他深陷的脸颊，还有核桃皮一般的皱纹，在灯光下显出了更深刻的层次。我有太多年没再见他，甚至压根儿没再想起过他。

你不是死了吗？我全凭直觉在发问，记忆里的他自从离开家后就再没有音信，唯一一次有消息就是听说他死了，那也有好几年了。

我头皮一阵发麻，接下来鼻子酸了，意识里并不确定自己的情感该往哪个确切的方向靠拢。累了，我想坐一下，除了他那张床，

250

再没有别的坐处。我不让自己坐床,便轻轻靠在床侧的挡板上,一只手撑着墙,另一只手干脆抓起相框,近距离端详起年轻的爸妈,在他们既熟悉又陌生的脸上写满了故事。他这些年是怎么过的,后来又怎么样了,我有一堆疑问,却不知该从何问起。此刻若要开口,犹如在天色昏暗之中绕过一株株浅色而近乎透明的荆棘,随时可能被脚下野草丛中的连秧缠住。

没等我问他就先开了口。

我的病本来几年前就该死的,大夫医术高,让我活了过来。我气呀,让我死多好,死了就没那么多痛苦了。我知道你这些年不容易,可我也帮不上忙,我泥菩萨过河嘛……说着又咳起来,每呼吸一口气都显得十分艰难,像是随时可能断气。

如果他就这么死了,我可能没法儿哭出来。

低头再看这相框,玻璃面被擦拭得如此洁净,俨然被当成某种寄托。估计是因为抓握了太多次,左侧的柳木边缘竟能看出一条光滑的纹路,跟拇指的轮廓相吻合。不愧是父子,习惯用同一只手。父亲的手从来就比我粗糙,现在他指甲缝隙里的污垢,让我怀疑这里的护工根本就不够上心,也或许是因为他乖戾的脾气让别人无法靠近。

我忽然明白了,让我惴惴不安的并不是他可能死在我面前,而是这么一个在我心里死了很久现在却凭空冒出来的人,可能会激化某些藏在我内心深处的东西。

别说了。我上前将相框塞进他粗糙的手里。

我对不起你。他千疮百孔的肺腔里冒出这么一句。

求你别说了。我压低声音。

我对不起你妈，我……他还在不遗余力地用这些没人听的忏悔来刺激我。我忍无可忍，冲上前用两只手钳住了他的胳膊，可很快我原本用力的手不敢握太紧了，生怕伤着他的骨头。他太瘦了。

你就是个魔鬼，你要是几年前就死了，我想起来还会难过，可你现在窝在这暖烘烘的屋里跟我说你对不起谁，你是想让我原谅你，最后再为你养老送终吗？！

我双肩激烈地耸动，整个后背随即疼了起来，估计是伤后留下的症状，而他的嘴唇微微翕动着，俨然一个弄坏别人玩具的孩子。屋里还是安静的，只不过汩汩暖流和鼓鼓气压在暖气管道里相互角力，响动愈发清晰，它们好像一触即发，随时可能顶开阀门，喷溅得到处都是。

相框从他手里滑落，不知道他是不是故意的，之前他的手明明攥得很紧。相框掉在了地上，玻璃倒没碎，就是裂开了花，照片倒扣在豁开缝隙的木地板上，看得出这种木头有年头了，真担心白蚁从缝隙下钻上来漫噬掉整张照片。

一张纸条引起了我的注意，它一直藏在支撑架所在的硬纸板后头。我俯下身拾起它的时候，感觉到轮椅抖动了一下，可能是幻觉，不过他的确露出了十分介意又无可奈何的表情。当我展开字条时，他用近乎投降的方式将后脑勺重新靠回到轮椅枕上。

虽然不敢确定是谁的字，但落款处写着"妈妈"，日期没有，可能被撕掉了，不得而知。这时我意识到我的影子回来了，就在我脚下，相接处严丝合缝。影子看起来再平常不过，如过水的毛笔在白纸上留下了浅淡的墨迹，灰白中兼有那么一丁点儿青色，透出一种风轻云淡的感觉，可我却无比沉重，最浓的墨色也没法儿描摹出我脑中的灰暗，比较接近的或许只有小橙老家那片黑夜里的海。

不由得想起蔡梓拍下的那另一张老照片，那个男的是谁？到底怎么回事？我蹲在地上，恨不能将手机贴在他眼前，恐怕没人能替他回答我。轮椅上的他双眼失神，凝固着如两粒琥珀。

2

我妈把组织上的决定告诉我爸的那天是星期六，我爸正要推自行车出去领厂里发的电影券。当时军工生产比例下调，降落伞逐渐转向以民用为主，需求量小了，厂里任务少了，工人们闲的时候多了，去文化宫看电影在我爸眼里就成了顶要紧的事。

当晚，两人都心不在焉，放映还没过半就早早离场。我爸多少有些扫兴，一个劲儿抱怨电影难看，买汽水时还不慎把硬币掉进了路边的沟槽里。我妈宁可口干舌燥也非要他第一时间表态，她以为自己很在意他的感受。

是机会，就别问我了。我爸耷拉着眼皮。

你觉得不合适我就拒绝了。我妈认真的时候眼睛睁得好圆，嘴角起了皮，作为女人不该如此。

那怎么行。人家领导决定了你敢说不？要搁部队这就是抗命。我爸认真的时候会掏出烟。划了两下才擦亮火柴，其实他并不清楚教育口那些领导是怎么决定的，却一句话也没有多问。

我妈不由得咬起了指甲，被我爸伸手轻轻拍了一下。

孩子还小。大不了不争那个先进，荣誉又不能当饭吃。我妈一只手包住另一只手，像是在使劲克制咬指甲的坏习惯。

我爸猛嘬了好几口，烟头活像一条燃烧的引信，转眼就烧到了尽头，然后说，我看这样吧，等孩子入了学你再走，也不影响。厂区里到外地下基层蹲点的大有人在，也没见谁家孩子就放了羊。西部开发是政策，搞教育不能太计较你自己，荣誉该争还得争啊。

我妈听进去了，我爸还是了解她。虽然她心存顾虑，可顾虑到后来往往也就不是障碍了。

我入学报到那天，我妈特意打扮了一番，同时还打扮了我爸，他难得地穿上了雪亮的白衬衫以示隆重，然后就有了学校门口那张合影。用我妈的话来说，仪式感还是要有的。那算是唯一一张全家福，照片里俩人都在笑。事实上我妈忧心忡忡，一直到她坐上了往西宁去的绿皮车，还在跟我爸讲，实在不行，到了那边她就想办法申请病休，再调回来。

我爸半天没吭声，一发现她的指甲又不自觉地奔着嘴边去了，便弓起指头狠狠地弹了她一下，接着说，你好好的，两年很快的。

改革开放以后，随国家政策往西部派去了好几批教师，我妈算是第三批。对于她那样自尊心强、凡事争先的人来说，内心是不愿放弃这种机会的。

印象里我跟我妈的关系，一定和她这次走有关。要是她没走，或许就不会有后来的事。

3

我爸带我去伞场的那个傍晚，我的手被他攥得很紧，就像是对我的一种惩罚。白天我的确在学校闯了祸，但不全是我的错。我爸就走在我身前好几步的位置，说明他的胳膊很长，攥着我的手还能在前头带路。我提心吊胆地想象着自己可能迎来何种惩罚，估计要在大庭广众下丢脸了，可越走我越猜到应该是有另外什么事。我瞥到我爸鼓着的腮帮子，还有摇摇晃晃的背影，头发被夏天燥哄哄的小风吹散，凌乱于额前。这一幕在日后曾反复出现在我的脑海。我钳住轮椅上那双瘦如扦管的胳膊时，就想问出个究竟，他却低下头恨不能把下巴埋进胸口，刘海垂下来依旧是乱的。

一路上大家的眼神都怪怪的，不知是看我还是看我爸。多少年我都被那种怪怪的眼神笼罩，不论在街上，还是在商场，只要陌生人多的地方，我都会为此不安。我在梦里也会去深究那些眼神和不安，却引来更多无法廓清的杂念，就好比好不容易掀开一个姑娘的面纱，却失望地发现面纱后面还有另一帘面纱。

顶着怪怪的眼神，我踏进那块来过无数次的伞场，却没能走到伞塔跟前去。我爸的手快攥不住我了，是被人群挤掉了，还是被谁推开，还是我主动挣脱的？反正我们失散了。我试着找他，视线里全是成年人的腰或者背，仰视到的每个人连后脑勺都充满冷漠，我更没法儿去主动和他们对视。我以为凭那些腰和背就能认出我爸来，就像多年后凭借轮廓就能认出我的影子来一样。

我使劲拨拉开人群，却失望地发现人群后面还有另一群人，他们的腰和背不太一样，光是那方扣皮带就显得比其他人威严，还有宽松的白色大褂让人猝不及防。

越是没头没尾，我越不怀疑它的真实性。我胡思乱想时甚至觉得那些印象都来自另外一个"我"，我所感知到的都是另外一个"我"所经历的事，然后被莫名传输到了我这里来。或许在另一个城市类似的厂区里存在着另一个和我一模一样的人,我们从来没有见过,最烂俗的比喻就是两条不会相交的平行线,甚至连时间节点也处在错位当中,冥冥中就是存在一种联系。

两张不同的照片,唯一的联系就是我爸。我在这头,小橙在那头,我看不到她,她看不到我,我们彼此缠绕,谁也逃不掉。

4

我爸当然知道是怎么开始的。我妈刚走那一阵子,他的棋艺和酒量见长,工人文化宫里的放映满足不了他,他便开始私下钻录像厅。孤枕难眠的阶段很快过去,从最初和我妈每周通四次电话逐渐成了一周一次有时甚至两周一次,忙碌和长途费是借口,事实上,他逐渐发现夫妻分隔两地并不是什么大不了的事。

两年很快。时间到了,领导又临时决定给我妈延了一年,具体怎么个情况我不清楚,据说是从提干和模范人物宣传两方面考虑的。她没反对,我爸也就接受了,反正跨了年就开春了,夏天也就不远了。的确不是什么大不了的事,却让他的生活走上了另一种轨迹。

我爸开始值夜班的时候我一点儿也不知道,有一次起夜发现屋里没人,我裹在被窝里打着手电才挨过漫长的一夜。

其实就在几天前我爸受了伤——晚上在路边摊喝酒时帮工友拉偏架,不可避免地裹了进去,想不动手也不行。虽然成家以后好久没跟人练练了,却一点也不怵。他们厂曾经在这一片打败天下无敌手,要不是那个叫老魏的头头儿撞上了严打的枪口,一下子败了势,否则还没谁敢跟他们厂的人叫板。这次好了，竟然被一个下手没轻没重的生瓜蛋子拿敲碎瓶底的半截酒瓶子戳到了肚子上，鲜血浸透了整条裤子。

正好遇上厂区医院断电检修，几个伙计只好摸黑把他送到了好几公里外的一所大学的附属医院。被推进抢救室时他已经气若游丝了，白炽灯管的光线都没法儿照亮他眼睛里的黯淡，直到一副白色口罩闯入，紫红色的血雾瞬间化开了。

那副白口罩好大，大到连她的两只耳朵也几乎被包在里面，稍不系紧随时可能脱落，估计是戴错了。想着就带有喜感。我爸笑了一下，陪在一旁的工友吓得以为这是人死前最后一刻的释然，笑就意味着马上要挂了，武侠电视剧里都是这么演的。

大白口罩把他们轰了出去，说，能笑说明没事儿，就不上麻药了啊。

刘伯承将军当年就没用麻药，他可以我也可以。我爸说这话时嘴里还有血沫往外冒。

一针下去，血雾消散后的世界开始天旋地转，背后产生出一种强大的力量不断向上托举着他，好像处在重力即将完全消失的临界点。

大白口罩放下针管，眨着眼睛说，能把元帅说成将军，还是得给你一针。

口罩稍微再大一些就成面罩了，上沿贴着眼睛，那是一双给人安慰的眼睛，一双跟我妈不一样的眼睛。他没气力再说话，只能睁大眼使劲盯着她，想盯到她无处躲藏，实在有些肆无忌惮。这一瞬间的念头让他兴奋起来，好久没有的掌握先机的冲动，跟求生的欲望裹挟在一起，让原本十分怕疼的他变得无所畏惧起来。

光是将大小不一的碎玻璃碴儿从肉里摘出来，就花了好长时间。他赤裸上身躺着，腹部一块块肌肉即便放松也依然有型。大白口罩费尽心力几乎将脸贴在上面，每一寸肌肤都不放过，像是在呵护一块只属于自己的宝贝。虽然隔着一层口罩，可他分明感受到了她的呼吸，如柳絮在摩挲着他的肌肤，他听得见自己的心跳，或许她也听得到。

缝针、拆线、换药、复查、再换药……除去这些过程，我爸连伤口正常发痒都要跑到四公里外去找大白口罩。有时候人没当班，就变着法儿打听她的时间，宁可隔天再跑一趟。由于伤在腹部，没法儿骑自行车，只好坐36路，每次一等车就是二十多分钟，真怀疑这趟车是不是故意在和他耍赖，他于是一步一步走过去。虽然走多了伤口也疼，但他不怕，反正不希望伤口痊愈太快。

两人慢慢熟悉了，我爸凭一己之力融化了一块坚冰。整个过程中一次次微妙的小感觉，让他获得了太多的成就感。大白口罩摘下口罩时，我爸想到了挂历上的那些大众情人，不，比她们还要超凡脱俗。

他跟她的眉来眼去不再收敛，去找她的理由也不再只是为了肚子上的伤，他心里还有个洞，他相信她能帮他充实起来。

她值夜班，他主动去医院陪她。厂里发的燕麦仁他之前从来不碰，现在洗干净了正好派上用场，跟玉米粉和冷豆浆搅和到一起煮上一锅燕麦粥。报纸上说喝燕麦粥对熬夜的女性有滋补的好处。又怕她烫着嘴，出了锅还要专门晾上七八分钟，等温度下来一点儿再往保温壶里灌。次次都拎着盛满燕麦粥的保温壶过去，心里既紧张又满足。

  伤口痊愈那天,他陪了她一整夜,她在急诊室忙到直不起腰来。他倒还好,在楼道的长椅上枕着保温壶眯了半宿,身上盖的一张报纸显然太过单薄,鸟一叫说明天亮了,他打着喷嚏还执意要送她回家。她推托了两下,最后也没抵过他的坚决。

  她有个上小学的女儿,两人到家的时候懂事的女儿已经独自去上学了。或许她的腰疼得厉害,也可能她不觉得他还会有什么别的心思,便没有及时让他离开。他那双宽大厚实的手正好摁压在她那并没有因为生育而变得累赘的腰上,一股温热隔着棉毛衫由内而外传递到他的手心上来,不用看就能猜到她的皮肤一定如水般滑嫩。

  那是我爸第一次上白口罩家去,他不会猜到往后还有多少次,更不会料到后来发生的事。

  从此他开始值起了夜班。可连我都听说附近的一些工厂开始遣散工人回家了。我很纳闷为什么他那么忙,还一下子变得很规律,晚上离家前都会盯着我把作业写完,第二天吃早点的钱也会及时压在我的水杯下头。

  我一个人睡倒也不觉得害怕,奶奶偶尔来陪我,顺带着数落我爸妈的不是:一个远在天边,一个昼夜颠倒,争着当甩手掌柜,把你一人撂下,万一有个三长两短可怎么办。

  殊不知我爸所谓的夜班,不过是去见大白口罩,要么陪她值夜班,要么帮她看女儿,后来干脆整晚留宿在了她们家。他开始过另外一种生活,连他自己都不曾想象过的生活。

5

　　学朱自清的《背影》大概是初一，全班集体朗读课文时我趴在课桌上不由得发起呆。班主任当着大伙儿的面损我，故意问我是不是想起了哪个女生的背影。哄笑中我一言不发，我从不想女生的背影，我只想小橙的脸蛋。若要说背影我只会想到我爸，想到他骑自行车去值夜班的背影。

　　那段时间到了夜里就拉闸限电，黑漆漆的夜色能把手电筒的光线吞没。保卫科分两拨人巡逻，偌大的厂区倒也维持着平和，可我还是有一种莫名的担心，每次都趴在阳台上注视着我爸的背影。他往往先推着车走上四五步，接着小跑，速度起来后再抬右腿跨上去，动作显得笨拙，有时没跨上去，还得下来再重来一遍。他的背影有时鲜明，有时模糊，全看楼里住家的灯光多少以及夜的浓度。待他融化在黑暗中，我会再仔细听一会儿自行车链条的搅动，声音会持续差不多十几二十秒，等它完全消失的时候我还会通过幻听来延续耳朵里的响动，想象他骑出了家属区，穿过工厂的坡道，骑进了车间……我永远想象不到他骑到了另外一个女人的怀里。

　　大白口罩比他还大几岁，年纪不算轻，在多数人眼里算姿色还在。脸盘精巧得不像北方女子，据说皮肤好得不像话，横竖怎么也看不出生过孩子。医院那些二十出头刚从卫校毕业的小护士总喜欢当面夸她跟她们同龄，少不了谄媚的成分，不过她们估计也是打心眼儿里觉得她看着不像实际年龄那么大。

　　我爸不修边幅的习惯也是被大白口罩改变的。胡子拉碴的他竟然开始对着镜子拿剃刀在脸上比画了，据说她不喜欢在做爱的时候被男人的胡子扎到，他倒没问为什么，也愿意投其所好，但她出于坦诚告诉了他实情，那是因为胡茬蹭在肉体上会令她想起她前夫。

除此之外，看不出她身上有任何别的男人的痕迹。听过就罢，他还是不会主动问起她的过去，她有时忍不住想讲给他听，他也不接茬。两人可以谈的话题其实并不多，我爸就像接管了这个女人和她的女儿，组成了另一个家庭，直接柴米油盐过日子去了。

对这一切的发生我能开动自己的想象，但这背后的逻辑我却无法梳理。我爸到底中了什么邪才决定那么做的？

6

没过几个月事情传开了，最开始是在医院的上上下下，然后是厂区的里里外外，我爸和大白口罩上上下下里里外外就都不是人了。

尤其是我爸，老婆在西部支教，孩子扔家里不管，跑出去睡别的女人，搁在哪儿都得被唾沫淹死。大白口罩心里是内疚的，却也清楚他不是单单睡了自己，他对她好，对她女儿好，还帮她解决了一件非常棘手的事。她没有勇气挨着个儿跟旁人澄清，或许永远澄清不了。

我奶奶每日将自己那银白色的长发梳理得一丝不乱，衣裤上下不能有哪怕一处旁逸斜出的线头。不过五十平方米的屋子收拾得一尘不染，这些就够她忙活了，连买菜时都不跟人多说一句话，半低着头进出厂区见人也早已习惯了不打招呼，不经意间就避开了那些眼神。她丈夫冤死在混乱又疯狂的过去，从此她便不再听关于任何人的闲言碎语，只跟自己对话。也好在耳朵背，如果什么都听到了，或许她就没法儿一个人心无旁骛地把我养到二十岁了。

我妈最先接到的是一个长途电话，西宁的六月初还穿长袖，握着听筒时她只感觉手心一阵阵发凉。那头称她好不容易打听到了她在西宁的联络方式，我妈根本听不出来是谁，直到对方自报家门后才想起原来是她在师范上学时的死对头。以前那姑娘就不喜欢我妈，我妈也讨厌她，其实不过是一个宿舍里那些陈芝麻烂谷子的事儿。毕业后两人就没了联系，偶尔一两次同学聚会上见了面也不说话，客套都懒得客套，估计都觉得这辈子跟对方也不会再有瓜葛。

谁会想到，世界就是这么莫名其妙。那姑娘离了婚没多久就认识了一个在某街道办搞精神文明建设的科员，我们厂区正好处在他管辖的范围里。街道办往往出没着不少"包打听"和"小喇叭"，正因为如此，姑娘听睡前段子时得知了那件事。

我妈呵呵咧着嘴挂断了电话，挂完有点儿后悔，忘了骂她一句不要脸。这么多年过去了，竟敢隔着近两千公里打长途过来挑拨是非，侮辱了丈夫也侮辱了她自己，最恶心的是结尾还要升华成一切为了她好。以我妈的脾气，恨不能再拨回去骂她一句不要脸，可当时并没有来电显示，我妈只能气得原地打转，要是再年轻个十几岁，她准会穿小白鞋踹对方的屁股。

当天下午，她还照常坐公交车去了西宁海湖路菜市场，用她一贯软磨硬泡的方式讨价还价，最后几乎照着批发价拿到了不错的牦牛肉干和枸杞，一个当儿子的零嘴，一个给丈夫润肺，还有西北特有的辣椒粉，也准备带一批回去。眼看就到学期末了，还有不到两个星期就要结束在这里三年的生活，不管怎么说，回到丈夫和儿子身边对她来说就是最大的安慰。想到这儿，她自己笑起来，拎那么多东西反倒走得更轻快了。

回到住处收拾行李的时候却一点也兴奋不起来了,情绪甚至有些低落,是因为突如其来的那个电话,还是打电话的那个人,还是对方在电话里说的话?

她咬着指甲在水磨石地面上坐了好久,直到屁股凉了才爬起来,索性下楼拨个长途回去跟丈夫聊两句。一看表已经十一点多了,楼下传达室的大爷睡下了。不自信地敲了两下门,敲门声还没大爷的鼾声大呢,她换另一只手继续咬着指甲犹豫,突然听大爷在里头问起话,急吗?她有些惊讶,回话说,不急。是啊,她有什么可着急的,马上就回北京了。

火车到北京的时候是我爸去接的她。头两天里我妈小心翼翼,并没有察觉出什么不对劲儿,于是更觉得死对头可笑又可恨,无中生有挑拨离间也不挑个可信点儿的说辞。我妈庆幸自己还好没跟我爸开口,要不然即使是误会,也多少会影响夫妻和睦,她咬指甲的时候我爸依旧会轻轻拍掉她的手,她感到挺欣慰。

让我妈真正纠结的还是她个人提干的事。三年前走时一个样,三年后回来又是一个样,领导换的换,变的变,甚至连以前所在的单位都跟附近一所大学的附属中学合并了,再加上一些具体政策的调整,该兑现的事暂时都没有了下文。别说提干了,把她往哪儿搁都令人犯难,她顿时感觉前途没了着落。之前所盼望的清亮透明的蓝天,堕入雨雾迷蒙之中。虽说她没那么急功近利,可毕竟付出了那么多,不希望竹篮打水也是人之常情。

那个夏天来得比往常早,暑气重,她回来以后起了满身痱子,都这把年纪了智齿竟然还不要命地疼了起来,整个人焦躁得犹如平底锅里薄薄的一层热油,随时可能着起来。

不知道是不是因为下岗的人短时间内多了,总感觉街面上到处都是人。拿"闲杂人等"来形容也许不太合适,不过一个个脸上确实都写着"百无聊赖"四个字。大太阳一照,厂区的空气里弥漫着一股荷尔蒙气味,夜里酒瓶子爆裂的躁动跟白天工厂车间的寂静冷落形成了鲜明的对比。间或听到点儿警笛声,多数人或许分不清是救护车还是警车,也有可能是消防车。

我妈心头的无名火却一直没法儿扑灭,无意中又撞上邻里异样的眼神,她硬着头皮主动上前打招呼。对方显得太过自然了,反倒让她看出了不自然,她更愿意把这一切归咎于死对头恶意散播的谣言。

几天之后,我妈跟我爸一块儿出门,竟然遇上了死对头。就这么巧,对方当时在跟什么人谈笑风生,不经意的表情里都透出一种令人生厌的沾沾自喜,我妈觉得也许她正在跟别人讲述我爸搞破鞋的事,那种道破隐秘的快感让她笑出了鱼尾纹。日光从繁茂的梧桐树叶里钻过,巧借着一处相对宽松的缝隙,让一束比平常更厚实的光线投射在了死对头的身上,恰到好处的分寸感仿佛舞台上的追光,连她脚下的影子都像是精心设计过一样。我妈上学时就看不惯她那一副自带光环的德行,如今不但没有收敛,竟然还升级到了自带舞台的地步,于是,我妈咬着牙瞪着她,扑上去揪住了她的头发……

7

我妈第一次体会到了头发被连根拔起的疼,虽然跟生我的时候不能比，但她还是号出了声，外人面前她坚强惯了，一旦遇到这种哭的机会，眼泪就止不住了。

让她更疼的是，那个曾经在宿舍偷看她日记并向全班散播的人竟然没有骗她。不论她是不是真为了她好，至少她说的都是实话。可她知道自己依然会讨厌她，恨她，像大学时一样。

我妈将她压在身子底下，两条腿夹住她的两肋，两只手紧紧卡住她的脖子，自己的头发被对方拔河一般死死地揪住，新买的发卡掉了一地，新涂的指甲也差不多劈掉了。死对头不愧是死对头，脸先是胀得发紫然后又没了血丝，可还是语气坚决、死不改口。我爸每拉拽我妈一下，她的手都会掐得更紧，他知道他拉不开她们了。

我妈头也不回地喊道，她说的是真的吗？你不说我就掐死她！

这话是说给我爸听的。掐死一个人，就要拿她自己的命还。要不是对方几乎要断气了，我爸本来是不会承认的。

我妈在床上躺了一天一夜，像个得绝症的病人，连周遭的空气里都充满了绝望，一身痱子好像更严重了，她却完全不觉得难受。

莫名其妙就回想起自己结婚前那两天，跳伞教练曾让人带话给她，大意是说，一个连命都敢舍弃的人，难道就没有舍弃你的那一天吗？情诗和外国小说太害人了……

兴许算不上一语成谶，但话里透着玄机。我妈这才回过劲儿来。假设我爸当年从伞塔上跳下来摔死了，那她是不是欠他一条人命啊。

从床上起身时她纯靠胳膊硬撑了起来。我爸守在一旁，相隔不到两米。倒也不是怕她想不开，就是在等，等着她哪怕歇斯底里地闹上一次也好，摔茶杯掀椅子砸电视都好，可她没有，我爸只好一言不发。憋着一定特别难受。

不知道过了多久,我妈开口了,说,纸包不住火,我烧死你。

我妈冲出家门的时候我爸还不知道她要去哪儿,问不出来,也不敢上前。就那么跟着一路走出厂区,沿途连卖西瓜的小贩都对他们屏息凝视。

我爸猜不出她怎么知道了大白口罩的住处。走到那栋平房跟前,我妈像是预先知道我爸跟来了,竟然勒令我爸先进去。僵持了差不多两三分钟,我爸轻叹了口气,像是彻底缴了械,什么也不说了,从兜里摸出钥匙,娴熟地打开了那扇布满锈迹却异常干净的墨绿色铁门。

进去是短小的甬道。这一片平房不属于四合院,是由医院旧建筑改成的职工宿舍,布局一点儿也不讲究。往里还有个不到十平方米的小院,收拾得倒挺干净,然后才是只有一间房的正屋。

我爸走着也不敢回头,仿佛身后有刺刀逼着。一推开屋门就听见一个稚嫩的童声,叔叔你好几天没来啦!

小姑娘还没来得及继续说话,脸上的俏皮就收敛了起来,小手从他的大手里抽走,小小年纪就这么有眼色。

我妈扫视一遍屋里的全貌,挂钟的秒针像脉搏似的,透出一阵阵加速的错觉。她侧了侧脑袋,接着回过头,只见大白口罩呆立在小院里,脚边是一个大大的红色水桶,接近桶口的水面还在波动摇摆,水溢出来溅在凉鞋上她也没在意。我爸的手不自觉地抬了一下,很快又贴回在裤缝上。公共水龙头在外面,走过去得三两分钟,她腰不好,之前都是我爸帮她接满然后再拎回来的。

我爸第一时间将小姑娘推到了大立柜后面,然后将我妈拽出门去。三个人站在院子里，原本就空气不畅的小院变得更加闷热。

我妈抡胳膊上前打了大白口罩一巴掌，对方迅速低下头，早预料到了这一天，她淡定得甚至没有别的反应。我妈抬手还要再打，被我爸拽住了，他宽大厚实的手此刻如钳子一般攥得她手腕生疼。

要打就打我吧。说着，他用两只大手轮番在自己脸上招呼起来，"啪啪啪"的响声让我妈觉得恶心。

你跟这个骚货在床上也是这个节奏吧？

我爸听不见，继续抽打。

叔叔别打了！小姑娘冲他喊着，然后跑来抱住自己的母亲，她母亲却抱住了我爸。

我妈冲过去扯那女人的头发，却被我爸一把推开了。我爸挡在那女人身前，一副替人挡子弹的架势。我妈才意识到自己眼泪下来了，以前丈夫都是这么护着她的，他高大勇猛，搁战争年代一定是最勇敢的战士。

我妈想拎起水桶朝他们扔去，但水桶太沉了她根本拎不动，接着她几乎用祈求的声调叫我爸的名字，希望他推开身边那个骚娘们儿，跟她回家。

我爸无动于衷，腾出一只手将小姑娘一起揽到身旁。

最后说一遍，要么你跟我走，要么我自己走。

我早没法儿跟你走了。我爸说话的时候眼睛看着她，眼神里什么都没有了。

我妈愣了一下，抖动的右手握住了自己的左手，茫然之中一脚踹翻了红色的水桶，清凉透明的水流淌了一地。

8

我妈性情大变。我爸不再回家，估计是不敢回家，可我不能。

我妈抱着我的时候，我不敢说话。我越不说话，她抱我抱得越紧，紧到我根本没法儿呼吸，好像她整条胳膊都勒住了我的脖子和胸口。我被她缠绕得不能动弹。她明明在哭，却还要憋气一般忍住不露声色，我感觉到了她颤动的气息和心跳，还有被吸回鼻腔的液体。

我试着让她别抱我太紧，她却一个劲儿跟我说对不起，告诉我她很爱我，很爱很爱。然后她抱得更紧了，我想我快晕过去了，想告诉她我也很爱她，却说不出话来。她希望我快点睡去，天一黑就把门锁上，用被子蒙住我，哄我入睡，然后告诉我她很爱我，很爱很爱。原来这就是爱。

那几天里，她一起身就趴在阳台上往楼下看，指着一个个经过的路人远远地自言自语，太矮了，太矮了……我以为她说别人个头矮。

我奶奶来看她，连口水都没来得及喝就被她轰走了。倒也没有激烈的争吵，我妈只是低头自我检讨一般嘀咕，是我没本事，是我太无能了。

我奶奶忧心忡忡地拉着我，让我多跟我妈讲话，撑过这个星期估计就好了，我爸会回家的。其实我妈听到了，把我拽到墙角指着我鼻子厉声道，你长大要是干这种事儿我可不会像她那样护着你。

我听不懂，却忘了要点头，于是被她抓住脑袋拼命地摇晃。不止这一次，她会为一点儿小事就冲我发脾气，大吼大叫，甩动着手里能甩动的东西，然后将夏天打盹时盖在肚子上的薄毯蒙在我头上。具体为什么我记不清了，她越来越频繁地抱我，仿佛要弥补她以前从不抱我的缺憾。

每次当我体会到短暂的窒息时，就会更加清楚地听到我妈说她爱我。

我想过去替我妈报仇，我必须去。

厂区锅炉房前的煤场还是空的，空到被蚊子苍蝇占据。除了前一年剩下的煤渣，就是一坨坨人屎，因为没到秋天。冬天来临的时候这里会被黑色的煤块堆满，我那些伙伴会在如山一般高大起伏的煤堆上打闹。等下了雪，这里就变成了一座雪山。把煤块包裹在雪里拧成球，朝对方砸过去，一旦砸在脑袋上，白色雪地上就会显出红色的血迹。好一段时间在我印象里，煤块是挺有杀伤力的武器。

即便那女人家的窗户玻璃全被我砸碎了，我也不觉得解气，一想到那窒息的感觉，就疯了一样抡圆了胳膊继续往里扔。煤场里仅有的煤渣全被我捡空了，要是到冬天就好了，我每天捡几块，每天往里扔，让你们家一冬天都没玻璃，一冬天都不安宁。

我终究见过那女人一次，似乎有着一张并不会被人记住的脸，一个人低头孤独地走出厂区。我攥着煤块跟在她身后，靠一棵棵粗壮的杨树干作掩护，想着即使没有雪包裹也要朝她后脑勺砸去。一路上没人理她，也没人斜眼瞧她，好像什么都没发生过。

我不允许她像没事人一样，这仇一定得报，不报在那女人身上，就报在她孩子身上。

回家时不小心让我妈瞧见了我满手的黑，被她摁在水龙头前洗了三遍，在听我如实道明原委后，她卡着我的脖子勒令我不许再靠近那女人半步，更不许去她家。

我憋红了脸也挣脱不开、动弹不得，只能使劲眨眼睛来代替点头。她那天哭的时候不停地盯着墙上的圆形挂钟。今天是星期天，明天就是星期一了，她以为我该去上学，她会一个人在家，其实当时是暑假。我的暑假要结束了。

9

伞塔废弃了有一两年了吧，也许更短，没人确切记得，好像不知不觉就成了厂区里一个被人忽视的存在，多它一个不多，少它一个不少，除了一帮孩子没事儿到伞塔里追逐打闹、爬上爬下，再有就是那些野猫野狗，疯长的杂草正好成了它们的栖身之所，没人去理会。

如果塔底下的入口是锁上的，最顶上的跳台也封住了，那我妈是怎么上去的？没人清楚，反正她爬到了伞塔的最高处。我一直以为我的恐高遗传自我妈，但她和我爸都能上去。

那一年的整个夏天，是我记忆缺席的夏天，没头没尾的夏天。

虽然印象里择得出随我爸去伞场的那个炎热的傍晚，别的却很难找到存在过的痕迹。

我爸说谢谢我，说他知足了。我怀疑是他跟影子串通好，把我引来，就为临死前再见我这一面。从我爸所在的那家偏远的养老院出来以后，在一个阴沉的下午，黄警官找到我，竟然主动跟我讲述了近乎完整的事情经过。我坚持听下去，似乎在面对一段离奇的故事，听着听着自己就身处其中无法逃脱了。影子伏在脚下跟我连在一起，犹如秤不离砣，好像没了它我就轻飘飘站不稳似的。

我突然意识到我应该恨黄警官，恨他把当年的报纸、厂办的文件、派出所的卷宗以及医院的单据挨着个儿找了出来，或许是我爸交给他的，抑或是他从我爸那里搜刮出来的，影子会不会也是帮凶？我追究不过来了。

那一切明明早就已经跟我无关，烂在过去好了，还翻出来干吗？他将我的侥幸彻底啃噬干净，也将我脑袋里的海绵变得太过湿润。原来当一块硬邦邦的干海绵没什么不好，现在它仿佛被浸泡在那红色的水桶里一样，每一滴液体都带来历久弥新的疼痛。

不只是清凉透明的水流淌一地，还有暗红色融在里面。

重新穿过那个傍晚，对了，就是星期一。我爸还是走在我前头几步的位置，宽大厚实的手依旧把我攥得很紧，但这次我们没有失散，像是在逆流而上，挤过一层层人群。我的鼻尖不时蹭在那些大人的腰和背上，不论哪种材质的衣料都透出一股湿漉漉的汗臭。太炎热的夏天，连刚切开的西瓜多放一会儿都会发蔫，何况破损的肉体以及流淌出来的一片暗红色。

我闻到了。

一股比断了几天电的冰箱里陈腐的猪肉和带鱼更加难闻的气味，其中还有一丝熟悉的腥味，冬天的早上从我鼻孔里流出的就是那种气味。

我爸松开我的手以后，像断了线的木偶，矮掉了一大截。我傻愣愣地盯着前头不到两三米的地上。腰间挂皮带的叔叔让我还是让我爸上去认一眼。我奶奶以前就这么认过她的丈夫，也是在类似的白布单下。这次不同，一旁还裹着一面估计是被人遗弃的旧降落伞，上面布满了暗红色。

别让孩子过去。我听到人群里不知道哪个女人说。

听起来跟我妈的嗓音一样柔和。可我还是走上前看了一眼，只感觉眼球被什么东西猛刺了一下，身子不由自主地撕裂开来。后来我什么也不知道了，最后一瞥应该是白布单下她的指甲，上面有破损，还有牙齿咬过的痕迹。

14

第十四章

这不是我　那就是我

I

生活还得继续,这就是一句自欺欺人的话。有时候真正的生活明明在远去,就像一艘你没赶上的船,开走了就不会回来。若执意要游过去追赶它,有可能被淹死在途中。

剩下的,说苟延残喘有些矫情,只不过就那么存在着,没有意识没有情绪,像石头,像风,存在的意义就是为存在着而已。

每次脱离阿布,可能因为我不愿无动于衷,所以作为影子的我还在争取着什么。阿布宁愿让那条破了洞的船尽情地沉下去。时间长了它会腐烂,会融化在大海里,反正大海不会枯竭,碎片就永远无法被打捞上来。

我想那不是他,也不是我。

去家里找阿布的时候他不在,我发现窗外的光线一反常态全都暗了,整个房间变得跟从前有些不同,仿佛回到了阿布小时候住过的那间屋子,一旦关上灯就几乎什么也看不见了。阿布他妈随时可能推开门,但从来不是悄悄把头伸进来,而是像他们班主任在教室后门监视大家一样,一旦发现阿布没在写作业或是发呆,便会粗暴地摁住他的脖子,厉声厉色地教育他,要他立即把视线挪回到作业本上去,拿笔姿势不对还要打手。即便阿布已经躺下,她还会把他从被窝里拽起来，让他回答她的提问，答不上来就不许睡觉。阿布想过很多次给门上个锁，不用想他妈不会答应，其实是阿布于心不忍，门锁上了他妈还怎么进来抱着他哭啊。

我无意中抬起头，发现天花板上竟然显现出了那幅白布单，暗红色星星点点，如点缀的花色，不由得记起小时候阿布他妈跟他讲过的一个土耳其童话：小波亚最喜欢跟父母在自家的草地上野餐了，铺开比蛋壳还洁白的布垫，将摘下来的新鲜樱桃一股脑儿抛撒在上面，俯下身再去拾起一颗放在嘴里。这生动的画面令人感到一种欢快的美，但此时想起却似染上了一丝凄厉。

诡异的是，阿布他妈的脸出现在了白布单上。脸很干净，浅笑着，眼神里却含有几乎难以察觉的忧虑，跟她透过火车车窗望向阿布时的表情一模一样。紧接着，她的脸渐渐变得惨白，分明成了一张死人的脸，耳孔里的血柱犹如一条小蛇蜿蜒爬出。最显眼的还是她那双眼睛，就那么无辜地睁着，眼眶里是湿的，再没有任何表情。

那个夏天的傍晚，阿布看过一眼就倒了下去，被掐着人中也没醒来。在医院躺了一夜，第二天睁开眼张口竟然要吃煎饼果子，可吃过以后就全吐了，午饭晚饭时，吃别的也吐，虚弱到不得不继续留在医院打葡萄糖。后来他好长一段时间没有跟人说过话，蚊子伏在他的胳膊上吸着血，他一动不动地盯着看，直到对方吸饱了飞走，视线才随之而去。不论白天还是黑夜，他一睡觉就会抽搐或者发抖，许是做噩梦了。奶奶抱紧他的时候，他偶尔会干号一阵，没有眼泪，奶奶也没有，她老人家的泪早在过去哭干了。

当我还在等着天花板上可能发生的变化时，她的脸像是被定格在了那里，一瞬间什么东西闪了一下，可能是我意念里的另一张面孔，十分短暂却又十分饱满。

我想，阿布一定也会发现，这张睁着双眼死去的脸，跟小橙很像，尤其是那双眼睛，不愿闭上，好像以后也不会闭上。

2

我想，阿布一定会诧异，为什么母亲死去的脸会让他想到小橙，为什么母亲死去的双眼会勾起他对小橙那双眼的渴望。他会不会恍惚觉得这分明就是同一双眼睛？

我知道阿布还在千方百计地找寻小橙，自以为离不开她。也许只有等到真相，他才会明白这一切到底是怎么回事，因为我知道了，我知道我为什么离开他了。我找回失去的记忆了。

我连夜去找黄警官，他在值班。没等我坐下，他就说他们联系了小橙美国的学校，校方答复称，小橙至少两个月没出现了。

这不重要了，她死了。

谁？黄警官一怔，瞪大眼睛，没几秒钟紧绷的嘴突然又咧开了，看来他不会相信，其实我也不太敢相信。

我对他说，之前不是一直找不到小橙吗？当然找不到了，她死了，就是阿布干的。如果阿布还没意识到这个，只有两种可能，一种是他真不记得自己做过什么，就像不记得那年夏天傍晚发生的事；一种就是他在装傻，在混淆视听。

他那么做的目的呢？撇清自己？黄警官这么问，我也没法儿回答。

我几乎不带抑扬顿挫地讲完，像是在急于完成一件任务。黄警官看我的眼神更怪了。

你，确定吗？

我猜到你会这么问。告诉你，我一闭上眼就看到了小橙死去的脸，太可怕了。她睁着眼睛，跟阿布他妈死的时候一样，我没法儿不去想，毕竟我和阿布的记忆是同步的。之前被他刻意堵上或忽视的一条条死胡同，盘根错节交织在一起宛若一座迷宫，现在这条出路终于被我找到了。

黄警官挺聪明，不至于听得云里雾里，可他对我说的话没有任何准备，嘴唇微微颤动了一下。

我知道你想问杀人动机，小橙要留在美国了，懂吗？她不打算回来了，她妈也不想让她回来，阿布被她抛弃了，他终究还是被抛弃了！

你有证据吗？黄警官终于回应了我一句。

证据？不需要证据。你想过吗，阿布之所以会走极端，跟他的过去有关。他潜意识里接受不了两人分隔异地，接受不了对方的变化以及经不起考验的感情。他从来就没有真正走近过小橙，他对她有一种畏惧，甚至是不信任。他不敢说，说了又怕失去，他内心承受不了太有负担的情感，怕受伤害。其实我从一开始就觉得小橙不适合他，可他习惯了，就像习惯日出日落一样。他以为那是一种能逾越一切的爱，咬牙也要坚持，不能撒手，撒了手就全都没了，撒了手就更不知道这些年的投入到底是为什么了。

黄警官发蒙般望着我，又将目光挪向一旁，我才注意到他的卷宗散落一地，好像什么人来过。

他来过这里吗？

谁？

阿布啊！

黄警官似乎被我吓到了，他没回答，只是俯下身把地上的东西捡了起来。

你可得当心，他现在很危险，说不定会变得穷凶极恶。

时候不早了，回去休息吧。黄警官打断我，掏出烟点上。我没再叮嘱他什么，估计他得消化消化，我准备赶天亮前回去，起身要走时他又叫住我。

你觉得合理吗？

什么？

或者说，你自己的理由充分吗？

当然，当然充分了！

黄警官想了一下，你打算怎么做？

我突然意识到自己并没有完全想好，犹豫了一下反问他，你觉得我应该怎么做？包庇一个杀人凶手？

说这话的时候我想这不是我，我可是阿布的影子啊，当影子的怎么能背叛主人呢。

3

阿布做过一个关于眼睛的离奇古怪的梦，梦里他还是个小学生，使出浑身解数想把一只巨大的眼睛给合上，有点像游乐园里某种超现实风格的游戏设施。面对两米多高的大眼睛，得蹦起来才可能够得着上眼皮，上眼皮又像是街边商铺的卷闸门，得从上头使劲往下拉，拉下来才算合上一只眼睛，如果合不上，作为惩罚，眼睛里会有可怕的东西爬出来……

这个梦反复出现，阿布为此感到困扰，因为他始终没法儿将那个上眼皮拉下来，有时拉到一半它竟然又弹了回去。后来每当看到战争片里有人牺牲，他就会不自觉地关注那些帮牺牲者合上眼睛的战友，只见他们抚手一抹，再死不瞑目的人也会合上眼安然睡去。

小橙的眼睛或许就像阿布的梦，想尽办法无论如何也合不上，最后只有毁掉它们。因为那双眼睛不停地盯着他，死了也盯着他，让他无法忍受。

按压马桶冲水栓的时候他还犹豫了一下，该不会被堵住吧？"哗啦啦"的冲水声打消了他的顾虑，直到马桶彻底完成了吞咽，深处的水位线回归了正常，水面平静得像什么也没有发生过，他才离开，只是心里还不时犯嘀咕，一对眼球会随着管道去哪儿呢？他好像从来没有仔细思考过这个问题，反正最终应该搅和在粪便里，跟污秽物融为一体了吧。

此刻我还在想我应该怎么做。黄警官之前还有话没说完，他一定觉得我把话说重了，而且空口无凭。我知道认定一个杀人凶手需要确凿的证据，譬如那对被他剜下的眼球在马桶里冲走了该如何取证，何况过了这么久，估计连最好的侦探都无从下手了。

对了，还有阳台上那条挨尽风吹日晒的狗，见了阿布跟疯了似的，震天的叫声深处充满哀号意味，好像恨不能挣断绳索冲过去跟阿布同归于尽。许是叫得太声嘶力竭而哑了嗓子，眼神里没了宠物的光泽。从没见过这么对人的狗，除非它犯了严重的狂犬病。

那么，还有一种可能，主人死在了阿布手里，狗就是目击证人，而且事发时那条狗曾试图阻止阿布行凶，还在他手腕上狠狠地咬了一口……咬痕肯定还在，不知道这算不算证据？

可问题是狗毕竟是狗，除非它眼里所看到的能当监控录像放出来给大家看，否则，狗证没法儿作为证据。

奇怪！阿布为什么还不回来？我在屋子里踱着步，几乎能走到的每一个角落都走了一遍，试图去发现一些蛛丝马迹，譬如血迹啊，毛发呀，甚至是任何可能被当成作案工具的物件，尤其是厨房。但意外的是，却连一双筷子也没找到，虽然阿布很少在家开火，但连生活必需品都统统没有，说明他内心有鬼。

但这也不是证据。

我又回到卫生间，面对泛黄的浴缸——想必刚搬进来的时候它还是白色的，珍珠白，或者奶白色，总之现在更像是奶酪色。浴缸里虽然落了一层灰，可还是显得挺干净，估计之前因为什么事彻底清洗过一次，我猜可能在这里处理过尸体。

这也构成不了证据。

我有些累了，索性躺了下来，平静之中忽然感受到了一股涌动的红色液体在泥浆里搅拌着，很快就形成了一个巨大的漩涡，仿佛能将一切吞没，阿布就处在那个漩涡的中心……

我猛然睁开眼，还以为自己做梦了，看来我的焦虑全部来自他，做他的影子，就不得不为他做点儿什么。

既然没有证据，那就不要有了，永远不要有。

4

之前是我太冲动，现在却后悔了，我后悔不该把什么都跟黄警官讲，所幸他没有证据，仅凭我的胡言乱语，说出去也没人会信。

瞥了一眼窗外，像是要下雨了，乌云让天色早早暗了下来，空气里弥漫着不同寻常的湿气。重新翻开阿布的书柜和抽屉，我冥冥中觉得可能会有收获。果不其然，翻到最后竟然意外地发现了另外一张照片，彼时阿布和小橙二十多岁。恐怕再也不会见到那么自然的笑容了，尤其是阿布，透着羞涩，还有掩饰不住的傻气，更有志得意满似的顽皮，猪八戒娶媳妇时的表情差不多就是这个样子。

端详着照片，我下意识地哼起了歌，开始时连我自己都没觉察到。歌曲旋律简单，五音不全的人也能上口。当我反应过来时，又发现好像不是我在哼，或者是另一个人在借我的嘴哼，我猜，也有可能是阿布，他比我更熟悉这首歌。

熟悉的还有照片里的建筑和背景，让我不知不觉一身冷汗。大概是我没太在意，背后已经有人悄悄走近了。倒也没听见开门锁的响动，看来阿布可能因为心虚，连手脚都轻了不少。

转过身来，只见阿布直愣愣地站着，眼神有些空洞，像是刚大病一场。

外头下雨了吧？话一出口，我就意识到他是听不到的。

想必他看见了被我翻过的一地狼藉，会冲我发火，就像以前一样，除了指责就是抱怨。不过我不怕他了。

我想听听他会说点儿什么，但他始终没开口。

其实我都知道了。我直奔主题，口气像审讯犯人时的开场白，阿布却无动于衷，跟黄警官的无动于衷如出一辙，虽然我清楚他听不到，可我还是感到恼火，接着说，有些事你忘了，但你不该忘！我想最好不要让我来告诉你。要是没有我，你恐怕就得自己面对这一切了。

说到后半句时我还是在想刚才那张照片，那张照片又让我想到了什么。

我不得不出去一趟。

5

天黑得很不经意，这个城市好久没在天黑的时候下雨了。不管阿布会不会像以前一样跟上来，我都要去那个地方。

雨水的密度不大，淅淅沥沥的，估计浇在那些心情好的人头上，他们没准还能笑出声来。

我一路沿着人行道溜着墙边往前走，地面上不时出现的积水将周遭的灯光反射成了更具饱和度的色带。没伞的人大多显得慌慌张张的，撞在我胳膊上也懒得道歉，估计心情都不太好。

那个地方距离不太远，不知不觉就走到了。我竟然生出一丝伤感，只见它颓丧地立在路旁，所幸身上没有被白色油漆抹上大大的"拆"字，但东侧相邻的一排商铺已悉数搬走，低矮的老建筑们没了门窗，想必也挨了不少粗暴的敲敲打打，像是随时可能倒下来，变成一堆砖砖瓦瓦。

只有它苟且留了下来，暂时延续着不知所向的命运。这是一座建于二十世纪初叶的基督教教堂，规模不大，没有哥特式的尖顶，巴洛克拱门上原本立有一尊耶稣的雕像，"文革"期间被毁了，后来曾补立了一个十字架，竟显得不伦不类。现如今却光秃秃的，不过大多数人也不会在意。教堂后面还有一栋配楼，曾是高级神职人员的住宅，七十年代后期跟教堂主楼一道被改建成了一座彼此相连且风格混搭的新楼体，没再作教堂使用，如今成为这条小路上稍不留神就会被忽视的一座普通的三层小楼，跟市区里其他高大又具有知名度的教堂没法儿比。

后来一家咖啡馆搬了进去，让这个快要颓败的地方又富有了生气。咖啡豆的香味漫溢在整栋楼里，古旧的藏书装点着一面面幕墙，仿佛不停在提醒：这里没有被时间遗忘。

阿布和小橙在充满火药味的曼谷街头重逢后，回国的第一次约会就发生在二层最靠墙角紧挨着窗户的那套木棉沙发上。两人待了几乎整个下午，聊到更多的是小时候的事。彼时阿布还有点儿端着，听小橙偶尔谈起了自己的见闻，便笑着附和，然后沉默。两人就那么相对而坐，说不自然又很自然，品着咖啡，望着窗外楼下的人流，还有不远处景山上浓密的绿色轮廓。只此一次，阿布就爱上了这个地方。再后来，印象中他来这里的每一个下午，都伴有暖和的阳光，如置身世外般幽静。小橙曾说过，这里有一种旧时光的气味，似乎再没有别的形容词了。

想象一下，一百多年，随着时代更迭、岁月流转，其貌不扬的三层小楼在时间的沉淀下目睹了多少风风雨雨。

风雨说来就来了，还伴有打雷和闪电，像是专门赶来营造厚重和悲怆的氛围。我推开大门进去，隔着咖啡馆内侧的玻璃门望去，除了"暂停营业"的木牌，什么都看不见，估计早搬空了。顺着玻璃门西侧的小楼梯贴墙往上爬，二层、三层竟然都没封死。一直爬到通向楼顶的那扇窄小的铁门，我本以为作为影子能从门缝穿过去，却不知什么原因没法儿实现，又没法儿从咖啡馆的阁楼绕上去，只好在原地转圈儿。真应该把黄警官喊来帮忙，不过想了想还是算了，安全起见，仅限于我一个人知道为好。

大风开始时还好，但愈刮愈反常，将雨水都刮偏了，横着打在老旧的马赛克玻璃上，"吧嗒吧嗒"作响，乍一听还以为是冰雹。大自然果然是最好的老师。我赶紧下楼，冲进了一旁的工地，本想找点儿坚硬的梁木或者石块，没想到找着了一把顶我半个身高的铁凿子。

敲碎了马赛克玻璃，我沿着建筑外侧的雕刻立柱爬了上去，好在我不像阿布那么恐高，反正也摔不死。

雨更大了，大到人几乎无法睁开眼睛。这样也好，希望这是我最后一次上来。

6

白光闪烁的刹那我感到了一阵短暂的兴奋，因为闪电过后的三到四秒钟就会打雷，滚滚雷声正好可以掩盖铁凿撞击水泥墙体的声响。

或许是我太谨小慎微了，其实此时此刻附近没有人，我完全不用顾忌，料想阿布当时都不至于像我这么诚惶诚恐。

楼顶上这面矮墙几乎难以撼动，新灌注不过几个月的水泥坚硬无比。我没有别的选择，必须凿开它，我记得没错，我想起来了，就是这里。

虽然没有完全做好准备，但每挥动一下铁凿，撞击所产生的强大震动都让我愈发清醒，我笃信只有这样，阿布才不会有事，我也不会受到牵连。一直以来我和阿布彼此折磨彼此逃避，一切都源于此，所以我真的没有别的选择，只有这样，才会天下太平。

头顶上空全是黑的，仿佛天漏了一个巨大的洞，水浇灌下来，浑身无法克制的战栗让我几乎抓不牢铁凿，胳膊已经彻底麻木。可我不能停，要一直这么砸下去，一下、两下、三下、四下、五下……就是砸到一千下、一万下，砸到天亮，无论如何也要砸开它。

阿布是不会有我这种勇气和毅力的。他从小就娇气又软弱，性格乖戾，人缘差劲，周遭的环境无疑又雪上加霜。缺失的关爱，不健全的家庭，还有无边无际的孤独，即便是野蛮生长，也无法成长为风雨中坚不可摧的大树，只能在畸形的温室环境中当个委曲求全又自以为是的小苗，可笑可悲又可叹！他该庆幸有我这么一个不会出卖他的影子，庆幸有我这么一个帮他擦屁股的影子！

突然一声惊雷，比之前所有的都要响，仿佛天空会炸开一个口子。我的心跟着一紧，血液几乎凝固，只好将铁凿当作拐杖，原地哆嗦着喘气。闪电在继续，面前的水泥墙在瞬间的照射下白亮晃眼。我强打起精神瞪大眼睛，盼望着闪电再来一次，好让我看清墙面上那道深色的痕迹到底是什么。

又闪了一下，总算看清了，像是我的影子，没错，连拄着铁凿的姿势都跟我一样。我揉了揉眼睛，不对！我怎么会有影子呢？！影子难道也有影子吗？！

我愣住了，确切地说是不敢动了，屏住呼吸贪婪地等待下一次闪电，我还得再确认一下，兴许是我花了眼。

闪电迟迟不来，雨水声还在继续，耳朵里充斥着同一种单调的声音,但仿佛不觉得吵,"蝉噪林逾静",这么一想,周遭真就安静了下来。我又能听到街上车轮碾过井盖的声音,听到远处汽车喇叭的鸣笛声,还有,什么东西距离我越来越近了⋯⋯

我转过身。

雨雾里,黑暗中,一个人影站在那里,看不清面孔,可我一眼就认出那是阿布,他竟然跟来了。

你来干吗!我冲他吼道,话音随即被大雨吞掉,反正他也听不见。

我们对峙一般相向而立,不足五六米的距离,却仿佛隔着整个世界。

顾不上了,我得继续砸我的,好不容易刚破开一个口子,离彻底挖出来还早呢,不能耽搁。一下、两下、三下、四下、五下⋯⋯每一次发力,我的臂膀深处就如撕裂一般,想起从壁炉里拎出的烧鸡被撕扯下翅膀时的快意,不知阿布那么对小橙的时候,是不是也有同样的快意。一想到这些,我就觉得阿布俨然一个陌生人,为一个陌生人这样做真有点儿不值。

放下铁凿,我缓缓回头,他还站在那里,纹丝不动,仿佛一名路人正瞧着铁匠打铁,"叮叮咣咣""叮叮咣咣",就是砸出金矿来,也跟他没有半毛钱关系。我痛恨这种无动于衷!

朝阿布冲过去的时候,我几乎忘了要扔下手里的铁凿,甚至还机械地举起铁凿朝他砸去,如果这一下真砸在他身上,一切就结束了。

可他躲开了,连一丁点儿大义凛然、不为所动都没有,哪怕直挺挺地站着多撑个两三秒,我也敬他是条汉子,就是他那一眨眼间的躲闪,彻底激怒了我。

我是在为你好你知道吗,杀人偿命你懂吗?!你死了也就没我什么事了，所以你不能死，不能死！我得帮你把所有证据销毁了，什么都不留，你懂吗？你他妈傻愣着不过来帮忙，你当这是儿戏吗？这跟你无关吗？口口声声说你爱她，她的尸体就在里面，你不记得了吗？

又劈来一道闪电，我什么也看不清了，泪水和雨水混杂在一起，模糊了我的眼睛。

7

凄风冷雨中，我和他之间展开着一场宛若事先设计好的对决。我们扭打着，翻滚着，身上裹浸着泥浆，嘴里布满了沙粒。

直到我抡不动拳头了，只好死死掐住他的脖子，或许是他先掐的我，我不得已才那么做，反正不是你死就是我活。是你逼我的，这次我饶不了你，你个不识好歹的东西！说完，我被雨水呛了一下。

雨势太大，楼顶上集了一条一条小河，一部分聚集在楼沿外侧的下水槽前，一部分漫过了窄小的铁门向楼下流去。我和阿布被另一拨水流裹挟而下，翻滚到了屋顶的另一侧——一个坡度很大的斜面上，这里水流湍急，如泄洪一般，加上陈年累月的苔藓，湿滑得难以想象。我头朝下，大水像长了眼睛，专往我嘴巴和鼻孔里钻，呛得我快死过去了，倒霉的是身子还在不断下沉。大雨推波助澜，我一只手下意识抠住了一块瓦片，挣扎着收缩起身子，让重心尽量上移。

救我啊，救我！这么喊完全是出于本能，其实喊谁也没用了。

没想到的是，阿布不但见死不救，还彻底失去了理智，一稳住身子就腾出双手来掐我的脖子。果然是杀过人的，下手不是一般地狠。我几乎要窒息了，但还是尽量保持眼球不往上翻，据说眼球一旦翻过去，人也就断气了，虽说我不是人，可也不愿那么狼狈。现在连阿布浑身的重量也加在我身上，那块瓦片成了我和他唯一的救命稻草。

昏天黑地之中，我和阿布还有整座教堂随时会被暴风席卷而去，不用等了，我快死了。

不知过了多久，我还没死，暴风也没来，可我意识到该放弃挣扎了，便用最后一点儿力气将阿布推开，只让自己顺着水势坠落下去。

那一刻我还抱有一丝侥幸，反正影子是摔不死的，即便死了，只祈求死相不要太难看，毕竟一直以来都跟阿布共用这一副皮囊，我们还是要体面的。这或许是我能为阿布做的最后一件事。

8

当我听到有人叫我的时候，浑身早没了知觉。有人不停地喊我名字，奇怪，我没有名字啊。

在整个世界被摇晃颠倒之前，大雨停了下来，跟黄警官的出现一样及时，要不是他，我不会活到天亮。是他费劲地把我的十个指头掰开，让我意识到它们始终都卡在自己的脖子上，就在喉结往下一点点的位置。

黄警官拍打我的脸颊敦促我醒来的时候，我全都清楚了，但我不记得是怎么从教堂上下来的。我不记得的事黄警官都知道了，还从我的睡袋深处搜出了一顶长长的假发，小橙就是戴着这顶假发从机场洗手间出来，又披了件针织衫骗过了监控和所有人的眼睛的。她不是有意的，只是想见到阿布的时候让他看见熟悉的样子。

后来我像是昏睡了一个世纪。

再睁开眼，我已经躺在自己的床上，熟悉的地方就像一个舞台，上演着熟悉的一切。一个女生懵懵懂懂地走了过来，清唱起了《友谊地久天长》，婉转动听，熟悉的旋律散发出了熟悉的味道，让我闻见了好多难以形容又似曾相识的细节，想必它们曾被放逐在了太阳照不到的谷底，眼下却让我不由得跟着哼唱。

歌声断断续续，那个女生渐渐模糊。我独自坐着，在歌唱到一半时，看到了自己的影子，它像个滤镜，跟深红色的液体产生了交集，深红色不断蔓延，交集还在扩大，反正最终融为一体，颜色似乎更加怪诞，就跟小橙回来时的天气一样。

阿布特别欣慰的就是小橙回来了，名义上是为了参加闺蜜的婚礼，实际在阿布看来是专程回来见他。之前两人隔着一个太平洋吵架，嗓子都吼哑了，不过她人能回来说明趋势还是好的。阿布一直想象着她毕了业一回国就穿起婚纱的样子，还得是 Vera Wang（王薇薇，著名婚纱设计师）设计的，回来前就去纽约试好。事实上她也曾答应过他，毕竟他也是不经意间提出来的。两人一度投入对未来生活的畅快期许中，精细到等换了大点儿的房子，怎么把露天的阳台布置成小橙喜欢的样子，要多一些层次，种一些花花草草，还要坐汉莎的航班飞往德国，越过层峦叠嶂，去看路德维希二世的新天鹅石城堡。

飞机落地时，小橙还发微信给他报平安，句尾有一个笑脸。没让阿布接机是一开始就说好的，他抵不过她的坚持，只好把屋子收拾干净，从超市买来腌制好的进口牛排、沙拉还有红酒，本想点根蜡烛来着，怎么都没找到，准备下楼买时，她已经进电梯了。

切牛排的刀也是新的，再顽固的肉切起来都不费力，一口口嚼在嘴里，阿布望着她，虽然不太适应她的新发型，但心里渐渐有了滋味。安卧一隅的狗正专注地啃着骨头，谁也不顾。

小橙又一次把自己的决定说出来的时候，阿布正仰着脖子喝酒，杯子里没剩多少，一口下去正好，却被他喝得到处都是，还呛到了鼻子里，连狗都凑上来看他的笑话。小橙赶紧扯了张纸巾给他，他接过来时还冲她傻笑，说了句"不好意思"。

然后，短暂沉默。阿布很快挑起了一个新话题，讲起最近看过的几部评分不高却比较异类的僵尸喜剧，对，其中还涉及解剖学，跟医学沾边的。小橙猜到他是想打个岔就过去的，即便于心不忍，也不能任由他发挥了，她有她的打算，这次必须做个了断，她就是专程为这件事回来的。

我拿到 job offer（工作邀请）了，我妈也希望我留在那边。小橙说这话时放下了刀叉，其实阿布也看得出她根本无心品尝牛排的美味。这是他火候把握最合适的一次，牛排介于五分熟和七分熟之间。

小橙呷了一口红酒，杯沿的口红挺淡，似乎接近酒的颜色，不知这是不是职业女性专属，她就要成为混迹纽约的职业女性了。差距拉大了。

为什么？阿布想问一句为什么。小橙没法儿告诉她自己找到了新的归宿，这归宿不是人，也不是她更向往的生活。

专门为分手回来，我懂，有些事还是需要点儿仪式感的。

阿布也并不是没有心理准备，但他痛恨在吃饭的时候说令他不愉快的事，尤其这顿饭还是他亲手做的。

　　小橙将杯子里的酒喝干，抹着嘴说，今天我就喝这么多了。

　　想喝还没有呢，这酒贵，可得省着点儿。阿布说着却给自己满上了一整杯，满到快要溢出来，瞧着挺滑稽，哪儿有给红酒倒满杯的。

　　喝吧，喝完了我再去给你买。

　　想看我笑话？在你眼里我这么没性格，非得借酒消愁？

　　小橙一时不知该如何回答，把视线挪到角落里，狗竟也默契地抬头望她。

　　不吃给我！阿布说着伸手把她盘子里没动几口的牛排倒给自己。

　　小橙的嘴角嚅动了一下，欲言又止，她当然多少觉得对不起阿布，可阿布的心理负担一定没有她重。她妈委曲求全把她养到二十多岁，她要她离开这里，走得越远越好，哪怕不回来也成。她妈最看不得人走回头路，这里的逻辑连小橙自己也琢磨不清，但她从小就没违抗过妈妈的意志，妈妈让她躲在宽大的雨衣里时她绝不会露出半边身子，终有一天她妈亲手把她推开时她也发誓不会回头。

　　她时常以为自己被软禁在海边的一座独特的灯塔上，塔底附近的礁石过去曾藏在海面之下，现如今却成了一片荒芜，不知名的海鸟徘徊着，飞远了，她还是看不到海雾那头到底是什么。

　　阿布吧唧着嘴打断了她翻卷的思绪，连她都觉得难堪，她知道他是故意的，稍一有情绪波动就像小孩儿一样借着稀奇古怪的方式来宣泄。瞧他费力地咀嚼着她那块牛排，肋眼处的肥肉太多，油汁儿亮晶晶地挂在了嘴角也毫不在意。她又扯了一张纸，抬手要帮他擦拭，却被他一把推开了。

知道你心里不好受，我也不想说自己难过，当然不如你更难过了，但，这种事总得有一个人承受更多一些。小橙说话时不自觉地将那张被拒绝的纸巾攒成了一个小团。

真俗！感觉跟你在演一出俗到不行的戏。你回美国就好，别说了，再说一会儿你又要搬出你妈了，你妈不让你这个，你妈不让你那个。这次回来也是你妈安排的吧？还最后告个别，别逗了。其实我知道，你妈根本管不了你，你什么时候听过她的话？别跟我来这套。世界这么大，分手的理由多了去了，哪怕随便编一个，哪怕没理由，分就分呗，别弄那么矫情，打个电话就行了，还怕我想不开跳楼不成。阿布说着，一口气又灌了一杯，接着说，你要是还有话就一气儿说完。

小橙放松紧绷着的嘴唇，叹了口气，像是经过了一番思想斗争，拎起酒瓶给自己也满倒一杯。

那我就矫情到底，不想听就把耳朵堵上。我出生后没两个月，我生父就去了北京，听说临走时吃了一整锅猪蹄儿，那天正好是立夏，他还带走了家里几乎所有的钱。然后就没了他的消息。我妈担心得睡不着觉，非要自己去北京找。前后好几个月，一点儿消息也没有。好在这边有个舅舅，她不至于没地方落脚。后来她回老家把我接了过来，至今我还不清楚是不是因为老家待不下去了。来北京后，我从早到晚就是一个人。陌生的环境，没少被人欺负，特怕见生人。直到上小学以后，有一天我妈带了个叔叔回来，人看着挺不错，也没专门讨好我，却成了我当时唯一不怵的陌生人，他对我妈和我都挺好，还陪我们拍过一张合影。

合影，就是那一张合影。阿布瞪大了眼睛。

长大了我才知道，当年我爸出了事，辗转跑到香港，割舍不下我和我妈，托人带话回来，说他想尽办法也要回家。我妈却坚决不许，反复让人捎信过去，告诫我爸不要侥幸，不能冒险，否则，她和女儿都承受不起，还不如他在外头好好活着，怎么过不是过呀。我爸最后一次来信，大意是说，让我妈找到一个合适的人带着女儿嫁了，要不然，他无论如何也要回来。后来有了那个叔叔，我妈把我们的合影寄给了我爸。可能她多少也有些赌气的成分，反正我们也再没收到过他的信。我妈说，没有消息就是消息，没有消息就是好消息。

阿布怔住了。

那个叔叔搬到我们家住了一段时间，一直都很照顾我们。当时我就想，要是他当我爸就好了，可后来他还是搬走了。他老婆来家里闹了两次，我妈觉得自己受了骗，被羞辱得没了自尊，再也待不下去了。

我不想听了。阿布端起酒杯还要再喝，小橙却抢先喝干了自己的酒。

你妈在西宁的时候，有个女大夫跟你爸好过，你不会没听说过吧，后来你还拿煤块砸过人家窗户……

够了！阿布像是被什么东西击中了脑袋。

我也是后来才知道的，没想到会这么狗血。

闭嘴！阿布猛地摔碎了手里的酒杯。

刀叉、盘、碗，还有他口中并不便宜的红酒瓶子，被他统统摔了出去。若用慢镜头回放一遍，视觉上一定丰富又具有冲击力，只可惜现实里的节奏太过短促。米白色的墙面瞬间被溅得面目全非，碎裂声刺疼了小橙的耳膜,甚至可能传到了阿布父亲的耳朵里,老人家一定不能想象两个无辜的孩子会走到今天这一步。

沉重的实木方桌被掀翻在地时似乎被什么东西硌了一下,阿布根本不会留意,小橙的脚背仿佛挨了重重一锤,眼泪像豆子似的落了出来。

David Sanborn 限量版唱片被阿布攥在手里,一次都没放进真正的机子里听过,他曾说过万一哪天什么都没了,只留两样东西,妈妈的照片还有这张唱片——小橙送给他的唯一的礼物。

黑胶比想象中坚硬,要掰断它可花了不少力气。它断裂的一刹那听起来像是什么东西炸开了,阿布恍惚以为自己掰碎的是一颗核桃,心里跟着"咯噔"一下,赛璐珞的味道扑面而来,那是一股刺鼻的陈旧感,夹杂着久远的抒情。他似乎觉得掰成两半还不够,于是扬起了胳膊肘,又一声碎裂让小橙终于忍不住了,只见他掌心全是血,她没法儿无动于衷,纵使她根本阻止不了他,可还是迎了上去。浑身亢奋的阿布就如同一头不停挣扎四处乱撞的公牛。小橙是被他带倒的。狗扑上来,分不清是要保护小橙还是在阻止阿布,紧接着阿布被咬了一口,就在小臂上,就一眨眼,像是被蚊子叮的。

小橙仰面摔在地板上的时候还感到一丝心酸,她原本不过是想从后面抱住阿布。

血渗出了一大片,小橙以为是阿布的,碎片太锋利了,想必他的掌心及虎口被拉开了很大的口子。

她倒是忘了疼,手肘撑不起上半身时只好坦然躺下,整个脖子一下子变得湿漉漉的,像是戴了个项圈,接着就有东西汩汩地往外流淌,一直流到了后脑勺,跟散乱的头发纠缠在了一起。她伸手一摸喉咙，再一瞧，指头红得吓人，嘴里还没咂摸出铁锈味，心一下子空了，想勉强说句话，却勉强不了了。

整个屋子终于听得清喘气声了。阿布缓和下来，胸口还持续着一起一伏，盯住了第三排架子上的照片，注意力集中到连余光都不带分散的。一幅是小时候跟母亲的合影，一幅是和小橙的。他拆下相框，准备把跟小橙的那张撕掉，动手之前下意识扭了下头，因为喘气声不是自己发出的。

扑倒在小橙跟前，他不敢碰她更不敢扶她，谈不上慌乱，仅仅是不知所措，表情里也没有狰狞和惊惧，蒙了似的，看得出满怀歉意，好像小时候弄坏了别人心爱的玩具，连说几声对不起，红个眼圈儿低下头就能被原谅了。

他也的确红了眼圈儿低下了头，嘴里嗡嗡嗡嗡像蚊子似的一连串说着"对不起"，在满地狼藉中翻找着手机，打120一定来得及，小橙命大，曼谷街头的子弹都打不中她，何况喉咙上拉个口子。

小橙脸上很快就没了血色，下飞机前涂过的一点儿腮红在此时看起来简直像殡仪馆抹给死人的效果，嘴里的血沫盖住了发紫的嘴唇，从下巴到脖子再到胸口全都被血浸透了。

她睁得很大的双眼，谜一样正透着不可名状的含义，双手似乎还想握住什么，阿布赶紧递上自己的一只手。握上了，握上她就没气了。

9

不知道是不是酒精的作用，阿布哭得挺夸张，圈起腿坐在小橙旁边哭了很久，哭完闭上眼，想着再睁开眼，梦可能就醒了。一切虽然太逼真，但逻辑上漏洞百出，他没有傻到信以为真的地步。

是哪里不太对劲，问题似乎出在小橙的头发上，阿布伸手一抓，竟然是假发！这是怎么了，她什么时候剃了这么短的头发，还染成那种颜色，从头再来吗？旧的告别，新的开始？

突然意识到小橙正睁着眼，阿布还以为她活了过来，甚至跪在地板上摆出了庆幸的姿势，然而却是空欢喜一场。

再面对一双闭不上的眼睛，阿布想起了母亲轻生前的样子，还有她那双同样闭不上的眼睛以及从眼睛里最后看到的傍晚。阿布在那个夏天的最后一个傍晚听说母亲是被人害死的。当然母亲的自杀本身毋庸置疑，只是她本人怀着恨和绝望站在伞塔顶端的时候，心里一定会把一切都归咎于阿布他爸和那个女人，还有那个女人的孩子。要不是他们，她也不会死，他们脱不了干系，他们有责任。阿布记住了，处心积虑想杀掉那个女人和孩子为母亲报仇。那时候太小了，很多事他都做不到，可他很快就意识到了，假如母亲是被人直接拿刀杀死的或许会比现在好，因为如果那样，只是拿刀的凶手有责任，可母亲是自杀，说明她身边的所有人都有责任，包括阿布自己。这么想让阿布感到恐慌，一直到现在这个傍晚。

现在这个傍晚，跟天气一样怪诞的傍晚，这双闭不上的眼睛让他害怕，让他愤怒，之前的悲伤情绪竟然转瞬被取代了。

泪水模糊了他的眼睛，意识里没有了别的，只觉得人的眼球比想象的大，比想象的沉。

光是把小橙拖到卫生间就费了他好大力气，平时看起来轻盈苗条的姑娘原来这么沉。新买来切牛排的刀比想象中锋利，从相应部位抹过去的时候一点声音也没有。就这样让她安详地躺在浴缸里吧。

巴掌大的卫生间里，阿布踱起了步，相当于原地转圈儿，边转还边发呆。等过了好久，一回过神才发现还不到半个小时。为了熬过这一夜，他不得不出去。小时候老听大人说，天大的事，先睡觉，第二天起来就好了，这话怎么理解呢？眼下他没法儿睡觉，就出去等天亮吧。

第二天中午，阿布拐了一个背包从外头回来，眼皮耷拉着，一夜没睡，脑子里几乎想好该怎么办了。

他吐了好几回，每吐完一次，还得清理那些呕吐物，有时候刚清理完又会不由自主地干呕起来。哪怕是一个唾沫星，也要拿厨房吸油纸来擦拭干净。阿布不想她身体上有一丝血污，当然这完全不可能做到，可他还是尽力把它们处理得干干净净。

阿布一不小心就想起当年小橙刚转到他们班时，穿着一条好看极了的花连衣裙，跟她的脸蛋一样好看。老师还不遗余力地介绍说她多么多么好学，一周七天、一年四季，包括十二生肖，她全能说出对应的英文单词并且倒背如流，加上歌咏比赛上的大放异彩，这些都足以让她一个新来的很难跟同学们打成一片了。

她和她的连衣裙遭到了班里几乎所有女生的反感和唾弃，后来唾弃莫名其妙变本加厉地成了唾沫，从那些女生以及被煽动的男生们的嘴巴里喷出来。唾沫落在她裙子上时，只有一个人站出来阻止大家，没记错，那就是我。

15

第十五章

如愿

I

蔡梓想过阿布有一天会和她一样。

在这个没有星星但月光朗朗的夜里,蔡梓独自坐着,无论如何躺不下来,明明狭小的空间忽然变得空旷,死刑犯唯一的好处是可以享受单间。借着小窗洒进来的光线打量自己光秃秃的手腕,凑近一点儿再仔细盯着看,痕迹似乎是淡了,可文身还是没洗完,永远洗不完了,蔡梓想到这儿突然想哭,一段过去剪不断了,这文身曾经让她一看到就浑身不舒服。想当初蔡梓杀了人,只有她知道自己的影子不见了。她惶恐无助了好一段时间,从没告诉过任何人,直到遇上了阿布的影子。当时她还怀疑这事情是不是真的,竟然还有人像她一样丢了影子,这背后一定藏着更大的秘密。蔡梓想帮影子,帮它尽可能找到真相,帮它回到阿布身边去,她体会过那种滋味,帮它或许也是在帮自己。现实里找不到的,就只有从回忆里找。蔡梓后来面对自己影子的时候,就这么告诉自己。现在好了,经历了这么多事,都结束了。

阿布的影子此刻就在她眼前,几乎要跟自己的影子重叠在一起,它是来告别的。

蔡梓感激它,之前就觉得身旁有这么个伴儿心里很踏实,她习惯了它的存在,在它之前她没什么朋友。而对它来说,蔡梓也是唯一能沟通的人。

影子的使命完成了，阿布的内心也该重归平静，真相面前，人往往都会释然。它要回到从前老老实实做影子，自首是需要勇气的，它得陪阿布一起面对所有痛苦。

你是陪他一起赎罪。

影子没回应蔡梓的话。

蔡梓没法儿说她心里有多复杂，影子都想好要去承受了，她没理由不接受。毕竟是近似虚无的东西，没法儿把其他太多寄托给它，就是觉得可惜，失去自由对谁来说都可惜，但对她和阿布来说不遗憾。

蔡梓想让影子转告阿布，不要爱上那些注定会离你而去的人。算了，来世遇上了再讲吧。

2

自首之前阿布本来计划打车来着，稍微一想，最后一点儿时间了，还是走着去吧。选择傍晚也是觉得不会像白天那么显眼，活这么多年没太学会低调，最后一次做自己决定的事，还是低调点儿好。

距离不远，就是蜗牛的步幅二十多分钟也到了，于是他刻意绕了路，何止是绕路，几乎在起点和终点之间画了一个大大的字母"U"。

沿途经过的大街小巷、红绿灯、指示牌、显眼的商铺、餐馆、银行、写字楼，还有各种乱七八糟的门店、摊位以及广场舞大妈……让他眼睛有点忙，好像太久不识人间烟火，猛地一接地气，满世界让人眼花缭乱的。

再热闹也是别人的,他的行走路径或许早就规划好了。

快走到了,过个马路就是。等红灯时阿布隐约听到了一阵悠远的乐音,扭脸就瞥见了一家古色古香颇具格调的店铺,门上四个字用隶书写就——"皮影会馆"。

循着粗犷的西北唱腔就摸了进去。门廊不大,没两步就开门见山,大厅里一个个八仙桌上有的吃有的喝有的乐,聒噪得一塌糊涂。深处是一凉亭式景观,栅栏后头横着一块微微偏黄的白布,两个皮影小人儿在上头动来动去,一唱一和,惟妙惟肖,却没引起大伙儿的注意,不知道那曲里拐弯的唱腔是拜音响所赐,还是后台什么地方真藏着一个戏班子。待了没一会儿就出来了,阿布还怀疑起那对皮影的真实性,说不定也是靠LED屏幕之类呈现的。

瞅瞅脚下的影子,还是它最实在。低下头想对它说点儿什么,话到嘴边又咽下去了。

天彻底黑下来,阿布走了进去,两手空空,身无一物,除了脚下的影子,只有这影子紧紧跟着他。

阿布最后还悄悄转了一下身,周围谁也没有,就自己孤零零站着,一切都是孤零零的。没有酒肉助兴,没有兄弟饯行,连跟人说句再见的机会都没有。

告别

没有睡袋阿布很难睡着,那种小时候被妈妈蒙在被子里快要窒息的感觉曾让他感到无比安全。

天还没到黑的时候,光线就开始变暗。

不过就 A4 纸那么大一扇窗户,中间被一根铁柱截成了两半,玻璃还是特制的,很厚,感觉不止三层。好在窗户朝南,天气好的时候,折射进来的光线像是涂抹了一层淡淡的黄油。阿布会踮起脚用指尖去触碰那"淡淡的黄油",好像可以拿舌头去舔舐一样,能让他像孩童一般欢喜。再侧起脑袋,光是指尖的影子也富有了生命。

被截成两半的天,看上去跟水泥墙无异,阿布哼唱起《友谊地久天长》。

眼前浮现出一个背着书包的小男孩儿,放学以后跟着一个小女孩儿往西走。小男孩儿踩着小女孩儿的影子,抿着的嘴角翘了翘,悄悄地,怕被发现,还不太敢抬头,就这么一直走下去,哪怕不回家也乐意。女孩儿发现他的时候,男孩儿几乎把头埋到了胸口,女孩儿问他为什么跟在自己身后,男孩儿犹豫了一下说,看你书包拉链开了,就想告诉你。女孩儿问他怎么不早说,男孩儿一下也没犹豫,回答说,早说就没法儿跟你走一路了。

这是告别的机会。

阿布想到爸妈,想到小橙,想到许娜,还有蔡梓和新星,还有其他一些人。他们是谁?他们在哪儿?

望着影子,阿布跳起了舞,边跳边告诉它,有机会替我跟这个世界多说几声抱歉,我也会为往事默哀。

再见了我的朋友。